洛林传奇 ⑥
THE FATE OF TEN

十号的命运

〔美〕庇塔库斯·洛尔 著　　郑扬眉 译

人民文学出版社
PEOPLE'S LITERATURE PUBLISHING HOUSE

著作权合同登记号　图字 01-2016-6961

First published in the United States under the title：
THE FATE OF TEN
Copyright © 2015 by Pittacus Lore
This edition arranged with William Morris Endeavor
Entertainment，LLC.
Through Andrew Nurnberg Associates International Limited.
All rights reserved.

图书在版编目(CIP)数据

十号的命运/(美)庇塔库斯·洛尔著；郑扬眉译.
—北京：人民文学出版社，2017
(洛林传奇)
ISBN 978-7-02-012308-7

Ⅰ.①十… Ⅱ.①庇… ②郑… Ⅲ.①长篇小说-美国-现代 Ⅳ.①I712.45

中国版本图书馆 CIP 数据核字(2017)第 022283 号

责任编辑　卜艳冰　潘丽萍
封面设计　汪佳诗

出版发行　人民文学出版社
社　　址　北京市朝内大街 166 号
邮政编码　100705
网　　址　http://www.rw-cn.com
印　　刷　山东德州新华印务有限责任公司
经　　销　全国新华书店等
字　　数　236 千字
开　　本　890 毫米×1240 毫米　1/32
印　　张　10
版　　次　2017 年 5 月北京第 1 版
印　　次　2017 年 5 月第 1 次印刷
书　　号　978-7-02-012308-7
定　　价　39.00 元

如有印装质量问题，请与本社图书销售中心调换。电话：010－65233595

书中所述系真实事件。
人名和地名作了改动,
以保护洛林勇士,
他们仍在藏匿。
其他文明的确存在,
有些企图消灭你们。

前门开始晃动。自从他们三年前搬进哈尔勒姆公寓楼,每次两段楼梯下面的金属安全门猛然关上,前门就总会这样。在前门和薄如纸片的墙体之间,所有人进进出出的声音,他们总能听到。他们把电视调到静音状态,侧耳倾听。十五岁的女孩和五十七岁的男人,女儿和继父,彼此的目光几乎没有交集,但眼见外星人入侵,他们放下了两人之间的不和。男人大半个下午都在用西班牙语嘟嘟哝哝地祈祷着,女孩则看着新闻,吓得默不作声。这景象太像电影里的情节,所以她尚未真正感觉到恐惧。女孩很想知道努力抗击那怪物的金发帅小伙儿是否已经死了。男人则想着女孩的妈妈,市中心一家小餐馆的女侍应,不知道她是否幸免于最初的袭击。

男人把电视机设为静音,这样他们可以听听外头的动静。一个邻居冲上楼梯,经过他们的楼层,一路高喊:"他们来到这个街区了!他们来到这个街区了!"

男人咬牙切齿、难以置信地说:"那家伙崩溃了。那些脸色发白的怪物不会来哈尔勒姆作乱的。我们在这里很安全。"他哄着女孩说道。

他把电视机的音量调大了些。女孩不知道他说的是否正确,她悄悄地走到门边,从猫眼往外看。外面的走廊昏暗又空寂。

电视上的记者看起来就像她身后中城①的街区一样，狼狈不堪。她满脸尘灰，金发披散在脸上，本来应该涂着唇膏的嘴唇上有一块干血渍，看样子快崩溃了。

"重申一次，最初的轰炸已经减弱，"这位记者颤颤巍巍地说道，男人全神贯注地听着，"那……那……那些莫加多尔人，他们占领了所有街道，看来还在进行围捕，虽然我们看到他们稍遇抵抗就大肆镇压……"

记者拼命忍住啜泣。在她身后，几百个脸色苍白、身穿黑色制服的外星人列队走过街道，有些还转过头来，用空洞的黑眼睛注视着摄影机。

"老天啊。"男人说道。

"再次重申，我们现在……现在获准进行报道。他们……他们……那些入侵者，他们似乎想要我们在这里……"

楼下的大门又晃动起来。一阵尖锐刺耳的金属破裂声，还有大门轰塌的巨响。有人没带钥匙，所以想要把整扇门都拆下来。

"他们来了。"女孩说。

"闭嘴，"男人答道，他又把电视的音量调低了，"我说了让你别出声。该死的。"

他们听到楼梯上传来重重的脚步声。女孩听到另一扇门被踢开，赶紧从猫眼前退了回来。他们楼下的邻居开始尖叫。

"快躲起来，"男人对女孩说，"快！"

男人将手里的棒球棍握得更紧了。外星人的战舰刚出现在空中时，男人就从门厅的柜子里把这球棍重新翻了出来。他朝晃动着的门

---

① 中城，下城与上城之间，在曼哈顿十四街以北到五十九街为止。

靠近了一点,背靠墙站在门的一侧。他们可以听到楼道上传来的吵闹声。一阵轰塌声,他们邻居家大门的合页被撞脱,有人说着尖声刺耳的英语,接着是尖叫声,最后是一声像密集闪电的霹雷之声。他们之前在电视上见过外星人的枪支,枪里射出的那些滋滋作响的蓝色能量波令他们满心恐惧。

脚步声重又响起,在他们摇摇晃晃的门外停住。男人睁大了眼睛,双手紧紧地握住球棍。他发现女孩根本没有动起来,整个人都僵住了。

"清醒点,蠢货,"他厉声说,"快走。"

他朝着起居室的窗点了点头。窗户敞着,消防梯就在窗外。

女孩很讨厌男人管她叫蠢货。然而,这是女孩记忆之中第一次听从了她继父的话。就像以前许多次从公寓里溜出去那样,她爬出了窗户。女孩知道她不该独自离去,她的继父也该一起逃走。她从消防梯上转过身,想叫他,就在她往公寓里看去时,他们的前门被撞塌了。

外星人真人比电视上丑多了。他们那副异形的样子把女孩吓得停住了脚步。她瞪着第一个走进门的外星人那毫无生气的苍白皮肤、一动不动的黑眼睛和怪异的文身。总共有四个外星人,每个都荷枪实弹。第一个进门的人发现女孩在消防梯上,他在门口停下来,举起那把奇怪的枪对准了她。

"不投降就得死。"这个外星人说。

就在这时,女孩的继父用球棍打中了外星人的脸。这是一记猛击,这个老男人是个机修工,一天十二小时的活计使他的前臂粗壮。球棍打得外星人的头颅都凹了进去,这个怪物立刻化为灰烬。

女孩的继父还没来得及再将球棍挥到身后,离他最近的那个外星人一枪打中了他的胸口。

男人被这一枪打得直往公寓里退,他肌肉紧绷,衬衫也着了火。他撞烂了玻璃咖啡桌,翻滚到窗户的对面,紧紧地盯着女孩。

"快跑!"她的继父不知哪来的力气喊道,"快跑啊,该死的!"

女孩往消防梯上跳。她刚落到梯上,就听到公寓里传来枪声。她努力不去想那意味着什么。一张苍白的脸从她家窗户里伸了出来,把枪口对准了她。

她放开梯子,就在身边的空气开始嗞嗞作响时,跌到了下面的小巷里。她手臂上寒毛直竖,女孩知道那是因为有电流传过消防梯的金属栏杆。但她毫发未伤,那个外星人没打中她。

女孩跃过一些垃圾袋,跑向巷口,躲在角落里朝外头的街道窥探着。她就是在这条街上长大的,那里有一个消防栓正向空中喷着水,这让女孩想起了夏天的街区派对。她看到一辆翻倒的邮车,底盘冒着烟,像是随时就会爆炸。街区远处,一架外星人的小型飞船就停在街道中央,这架飞船正是从曼哈顿上空依然隐约可见的那艘庞大战舰里飞出来的。女孩和她继父在新闻里看过这艘大船,他们在新闻里一遍又一遍地播着那段视频,几乎和播放金发小伙子的视频次数一样多。

约翰·史密斯,他是叫这个名字。视频里的女解说员就是这么说的。

他现在在哪儿呢?女孩心想。应该不是在解救哈尔勒姆大厦里的人,这一点是可以确定的。

女孩知道她必须自救。

她正要跑开逃命,突然发现另一队外星人从街对面的公寓大楼里走出来。他们俘虏了十几个地球人,有些人非常面熟,都是街坊邻居,还有两个孩子,女孩认出他们是同校年级比她低的学生。外星人用枪指着他们,让他们跪在路边。有个外星人从跪倒的这排人身边走过，一边敲击着手里一个小物件，就像俱乐部门外的保安。他们是在数数。女孩不敢确定自己是否愿意看到接下来发生的事情。

女孩身后传来金属尖锐的撞击声。她转过身，发现一个外星人从她公寓出来，正顺着消防梯往下爬。

女孩拔腿狂奔。她速度很快，对这里的街道又很熟悉。地铁就在几个街区外。有一次，女孩受不住激将法，曾爬下地铁月台，冒险进入过隧道中。当时隧道里的黑暗和老鼠都不曾像这些外星人这么让她恐惧。她想到那里去。她可以躲在那里，也许甚至可以去市中心，努力找到自己的妈妈。女孩不知道要如何把继父被害的事情告诉她，连她自己都不相信这是真的。她一直盼着自己能醒过来。

女孩猛地转过一个街角，三个外星人拦住了她的去路。她本能地想转身就逃，但脚踝一扭，两条腿就迈不动了。她重重地跌倒在人行道上。有个外星人发出了短促刺耳的一声响——女孩意识到他是在嘲笑她。

"不投降就得死。"其中一个外星人说道，女孩知道她根本没有选择。外星人已经举起枪瞄准了她，手指几乎就要扣动扳机了。

投降，之后是死亡。他们横竖都是要杀她的，不管她下一步怎么做。女孩确信这一点。

女孩举起两只手自卫。这是一种条件反射，她知道面对他们的武器，这一举动无济于事。

只是这次还真的有用。

外星人的枪猛地脱了手往上飞，落在了二十码外的街道上。

那几个人看着女孩，目瞪口呆，难以置信。她也不明白刚刚到底发生了什么。

但她能感觉到自己体内有了某些不同，有一股新的力量。她好像是一个提线木偶，身上的线连着街区里的每一个物品，她只需要被提提拉拉就行。女孩不知道自己是怎么知道的，这一切感觉非常自然。

有个外星人冲上前来，女孩将手从右到左一挥，他就飞到了街对面，四肢扑棱着，穿过街边停着的一辆车的挡风玻璃，跌进车里。另外两个交换了一个眼色，开始往后退。

"我倒是要看看现在笑的是谁。"她站起来冲他们问道。

"加尔德。"其中一个嘶哑着嗓子回答道。

女孩不知道他这话的意思。外星人说这话的样子看起来像是咒骂，这让女孩莞尔一笑。她喜欢这个样子，这些夷平了她的街区的东西现在竟然怕了她。

她可以对抗他们。

她要杀了他们。

女孩将一只手举到空中，结果一个外星人飘浮着离开了地面。女孩迅速将手放下，让空中的外星人重重地砸中了他的同伙。她重复着这个动作，直到他们都化作尘灰。

做完这件事，女孩看了看自己的双手。她不知道这股力量是从哪儿来的，也不知道这意味着什么。

但是，她打算要好好使用它。

第一章

我们从一架炸毁了的歼击机断折的机翼边跑过,这块残缺的金属堆在城市街道的中央,就像一片鲨鱼鳍。我们看着这些歼击机呼啸着飞过头顶,朝城外和"阿努比斯"号飞去,那是多久之前的事了?感觉像是过了好多天,而其实只是几个小时。和我们在一起的一些人——那些幸存者们——看见飞机飞过,高声呐喊欢呼,好像局势就会有所变化似的。

我心里对事态更为清楚,于是默不作声。仅仅过了几分钟,我们就听到许多爆炸声,那是"阿努比斯"号击毁了空中的这些飞机,地球上最有作战经验的军队就这样被撕成碎片,飞机残骸散落到曼哈顿岛各处。之后他们再没有派飞机过来。

那得死多少人啊?几百,几千,也许更多。而这都是我的错,因为我在有机会的时候,没能杀死希特雷库斯·雷。

"左边!"一个声音从我身后传来。我迅速扭过头去,不假思索地燃起了一个火球,在一个莫加多尔侦察兵转过街角时,将他烧成了灰。我、萨姆,还有二十几个我们沿途救下的幸存者——我们几乎是马不停蹄，现在已经身处曼哈顿下城。我们一路跑一路打，走过一个个街区，奋力逃离中城。我们最后见到"阿努比斯"号就是在中城，那里的莫加多尔人是最强大的。

我精疲力竭。

我脚步蹒跚，连自己的双脚都感觉不到了，它们是那么累。我想我就要垮掉了。这时一只胳膊揽住了我的双肩，将我稳住。

"约翰？"萨姆关切地问道，并扶住了我。他的声音听起来就像是从一条隧道里传来的。我努力想回答他，但一句话也说不出来。萨姆转过头，向一个幸存者说："我们得离开街道一会儿，他需要休息。"

接着我就发现自己倚在一栋公寓楼里的大堂的墙上。我一定是晕过去了一阵。我努力打起精神，振作起来。我得继续战斗。

但我做不到——我的身体拒绝再跟我遭罪。我任由自己倚着墙滑下去，直接坐到了地板上。地毯上满是灰尘与碎玻璃，玻璃应该是被外面的爆炸震碎后溅进来的。大堂里大概挤了二十五个人，都是我们努力救下来的。大伙儿都疲惫不堪，身上脏兮兮的，血迹斑斑，有些人还受了伤。

我今天为多少人疗过伤呢？一开始还是挺容易的。可是替许多人疗伤之后，我感觉到我的疗伤能力渐渐耗尽了我的能量。我应该是到了极限。

我不记得那些人的名字，而是以他们所受的伤或是发现他们时的状态来记住他们的。"手臂骨折"和"压在车底"两位看上去焦虑又恐惧。

"跳窗女士"将手搭在我肩膀上，查看着我的情况。我朝她点点头，向她示意我没事，她看上去松了一口气。

萨姆就在我跟前,跟一个五十几岁的穿制服的警察谈着话。那警察的一边脸颊满是干了的血迹,这些血来自他头上一道已经被我愈合的口子。我忘了他的名字,也不记得在哪儿找到他的。他们的声音听起来很遥远,就像是在几英里长的隧道里回响。我得留心倾听才能理解他们的谈话内容,这费了我好大的劲儿。我的头感觉就像裹着一团棉花。

"无线电里说我们在布鲁克林桥有一处落脚点,"那警察说道,"纽约警署、国民警卫队、军队……反正都在。他们控制了大桥,从那里疏散幸存者。那里离这里只有几个街区,他们说莫加多尔人都聚在城外。我们可以逃到那里去的。"

"那你们就该赶紧走,"萨姆答道,"趁着海岸还安全,趁他们的另一队巡逻队还没来。"

"你们该跟我们一起走,孩子。"

"还不行,"萨姆回答,"我们还有个朋友在外头,我们得先找到他。"

九号——他就是我们要找的人。我们最后见到他时,他正在联合国总部大楼前跟五号交手,确切地说是看到他穿过那栋大楼。我们必须在离开纽约之前找到他。我们必须找到他,再尽可能多地救人。我开始恢复意识,但还是疲惫得无法动弹,想张口说话,却只发出了几声呻吟。

"他已经不行了,"警察说,我知道他是在说我,"你们俩已经尽力了。趁着你们现在还行,跟我们一起走吧。"

"他会没事的。"萨姆说。他声音里的疑虑让我咬紧牙集中起注意力。我需要振作起来,专心致志继续战斗。

"他刚刚晕过去了。"

"他只需休息一会儿就好了。"

"我没事。"我喃喃地说，但我想他们应该听不到我说话。

"留下的话，你们会送命的，孩子，"警察坚决地摇摇头对萨姆说，"你们撑不住的，要对付的敌人实在是太多了，留给军队去做吧，或者……"

他的话音渐渐弱了下去。我们都知道军队已经努力过了，而曼哈顿也已经失守。

"我们会尽快逃出去的。"萨姆答道。

"你听到我说话了吗？"警察对我说道，语气就像亨利以前教训我时那样。不知道他是不是也有孩子。"你们在这里已经无能为力了。你帮了我们这么多，余下的事情就交给我们来做。必要的话，我们会将你抬到桥上去的。"

围在警察身边的幸存者们点了点头，纷纷嘟哝着附和他。萨姆看着我，扬起眉毛征求我的意见。他的脸灰扑扑的，满是尘土，整个人看上去虚弱无力，像是站都站不稳。他的腰间垂着一把莫加多尔人的激光枪，一头连着一截电线，萨姆的整个身体就像是被枪往下拉扯着，这额外的重量似乎要将他拽倒。

虽然全身软绵绵的，肌肉似乎都要废了，我还是逼着自己站起身来。我努力让那警察和其他人看到我还有战斗力，但从他们同情的目光来看，我知道我的情况不容乐观。我的膝盖忍不住颤抖，有那么一会儿，我感觉就要瘫倒在地了。但接着发生了一件事——我觉得有一股力量将我提了起来，拉着我，支撑我，让我直起背、挺起肩。我不知自己是如何做到的，也不知这力气从哪里来，这简直就是一股超自然之力。

不，其实那根本不是超自然力。是萨姆，有心灵传动力的萨姆，他将意念集中在我身上,让我显得还有余力的样子。

"我们要留下,"我坚决地说,声音沙哑,"还有更多的人需要拯救。"

警察惊愕地摇了摇头。站在他身后的一个女孩双眼盈满泪水,我依稀记得她是我们从一架坍塌的消防梯上救下来的。我不知道她是深受鼓舞呢,还是因为我样子看上去很糟。萨姆依旧将全部意念专注在我身上,神色凝重,太阳穴上渗出了一滴汗珠。

"去安全的地方,"我对幸存者们说,"然后以自己的方式伸出援手。这是你们的星球。我们要一起来拯救它。"

警察大步走上前来,紧紧握住了我的手。他这一握非常有力。"我们不会忘记你的,约翰·史密斯,"他说,"我们所有的人,我们的命都是你给的。"

"狠狠教训他们。"另一个人说。

接着余下的人开始纷纷向我们道别,表达谢意。我咬紧牙,努力挤出一个微笑。希望是个微笑吧,其实我已经累得笑不动了。现在他们的领头人是那个警察,他会保证大家的安全。他催促人们悄然又迅速地离开了公寓楼的大堂,前往布鲁克林桥。

他们一走,萨姆就放开了之前将我撑起来的心灵传动力,我往后一倒,靠到了墙上,努力稳住自己的双脚。运力帮我站住脚让他大汗淋漓、气喘吁吁。萨姆不是洛林人,也没有受过适当的训练,然而他却发展出一种超能力,而且开始尽力运用它。考虑到我们目前的状况,他别无选择,只能匆忙地学习。有超能力的萨姆——如果情况不是这么混乱而绝望,我会更加激动的。我不知道他是怎样又是为什么具备了超能力,但萨姆的这些新能力是我们来到纽约之后唯一的收获了。

.011

"谢谢。"我说道，现在说话没那么费劲了。

"不客气，"萨姆喘着粗气回答道，"你是地球抵抗力量的象征，我们不能让你被击倒。"

我努力想摆脱墙体站起来，但双腿依然发软。如果我靠着墙，慢慢地挪到公寓最近的一扇门，会更轻松些。

"看看我，什么象征都算不上。"我嘟囔着说。

"得了吧，"他说，"你那是累的。"

萨姆伸出一只手臂揽住我，支撑住我。不过他自己也已经很吃力了，所以我努力不倚靠着他。过去几个小时我们经历了许多恶战。因为过多地使用掌中流明燃起火球去对抗一队队的莫加多尔兵，我手上的皮肤到现在还火辣辣的痛。希望神经末梢没有被永久性地烧焦吧。一想起现在就要燃起掌中流明，我的膝盖差点就软了下去。

"抵抗力量，"我尖刻地说，"抵抗力量是战争失利之后才有的事，萨姆。"

"你知道我的意思。"他回答。我从他颤抖的声音中听得出，对于萨姆而言，目睹过今天这一切，要保持乐观其实并不容易。不过他正在努力。"许多人都知道你是谁。他们说新闻里播出过你的视频。而且在联合国总部发生的一切——你其实就是当着全球观众的面揭下了希特雷库斯·雷的假面。每个人都知道你一直在对抗莫加多尔人，知道你努力要阻止这一切。"

"那他们也知道我失败了。"

一楼公寓的门虚掩着，我推开它，进门之后萨姆将它关上并锁住了。我试了试手边的电灯开关，意外地发现这里的电力供应没有停。全市的电力供应似乎并不均匀。我想这个街区应该还没有遭到重创。我又很快地关掉了电灯——以我们目前的状况，最好还是不要引起这区域任何莫加多尔巡逻小队的注意。我跌跌撞撞地走向附近的一张榻榻米,萨姆则在房间里四处走动,将窗帘拉上。

这间公寓是个单间。一个花岗岩的料理台、一个柜子和一间小小的盥洗室将主要的起居空间和促狭的厨房隔离开来。这里的住户一定离开得很匆忙:地板上散落着些衣服,一看就是匆匆收拾的,料理台上打翻了一碗麦片,门边还有一个打烂了的镜框,似乎是被踩碎的。照片上是一对二十几岁的男女,在一个热带沙滩上摆拍,小伙子的肩上还栖着一只小猴子。

这些人曾有正常的生活。即使他们逃出莫加多尔人之手,逃到安全的地方,那种生活也回不去了。地球永远不会是原来的样子。我过去常想象着一旦莫加多尔人被打败,我和萨拉就可以过上像这样的安宁生活。不是住在纽约市的一间小公寓里,而是简单平静的生活。远处传来一声爆炸声,莫加多尔人正在摧毁城外的某处地方。我现在意识到那些战后生活的梦想有多么天真。发生了这一切之后,没有什么会恢复正常的。

萨拉——我希望她没事。我们挨街挨巷从莫加多尔人中杀出血路的时候,我脑子里想到的就是她的脸庞。继续战斗,你就会再见到她,这是我一直对自己说的话。我真希望可以跟她说上话。我需要跟她说说话。不只是萨拉,还有六号——我需要联系上其他人,需要弄清萨拉从马克·詹姆斯和他的神秘线人那儿了解到的情况,看看六号、玛丽娜和亚当在墨西哥都做了什么。萨姆突然具备超能力的事情一定与那有关。如果并非只有他一个呢?我需要知道纽约城外所发生的事情,但我的卫星电话在我跌入东河时就弄坏了,普通的手机网络也不行了。目前只有萨姆和我还活着。

萨姆打开了厨房里的冰箱,又停下来看了看我。

"我们吃这个人的食物是不是不大好?"他问我。

"他们肯定不会介意的。"我回答。

我眯上眼,感觉时间只过去了一会儿,但我知道肯定要更长些,睁开眼就发现一块面包撞上了我的鼻子。萨姆夸张地伸着一只手,像是漫画书上的角色,他用心灵传动将一块花生酱三明治、一个盛着苹果酱的塑料盘和一把小勺子飞到我面前。虽然感觉快崩溃了,但这一幕还是让我忍不住露出了微笑。

"抱歉,我不是故意要用三明治撞你的,"我凌空抓住食物时萨姆说道,"显然我还在适应中。"

"别担心,用心灵传动做出推拉的动作是很容易的,最难学的是精确。"

"开玩笑吧。"他说道。

"对于一个掌握心灵传动力只有四小时的人来说,你已经做得非常好了,兄弟。"

萨姆拿着自己的三明治坐到了我身旁的榻榻米上:"如果想象自己有着一双鬼手,感觉会轻松些。你明白吧?"

我回想起当时跟着亨利训练自己的心灵传动力的情形。那好像是很久很久以前的事了。

"我过去想象自己所专注的东西移动着的样子,接着就用意念使其发生,"我对萨姆说,"我们从细小的东西练起。亨利常在后院里朝我扔棒球,我则练习用意念将它接住。"

"对,不过我觉得现在练接球对我来说并不合适,"萨姆说道,"我要找到其他的练习方式。"

萨姆让他的三明治从他腿上飘浮起来。一开始它飞得太高,他无法咬到,但他集中了一会儿意念就让它飘到了自己嘴边。

"真不错。"我说道。

"不假思索反而更容易些。"

"就像我们殊死搏斗时那样吗?"

"是的,"萨姆寻思着摇了摇头说,"我们是不是得谈谈这事是如何发生在我身上的呢,约翰?或者说为什么会发生在我身上?或是……我不知道……这意味着什么?"

"加尔德十几岁时就会拥有超能力,"我耸耸肩说,"也许你是发育迟缓吧。"

"伙计,你忘了我不是洛林人了吗?"

"亚当也不是啊,但他也有了超能力。"我回答。

"是的,他那恶心的老爹将他与一个死去的加尔德连接在一起,然后就……"

我举起一只手打住了萨姆的话头。"我只是说那也不是必然的情况。我觉得超能力的运作方式不一定就是我们洛林人认定的那样。"我沉默了一会儿,接着说,"你身上所发生的事情一定与六号和其他人在圣殿里所做的事情有关。"

"这是六号干的……"萨姆说。

"他们去那里寻找地球上的洛林星脉,我想他们找到了。之后也许就是洛林星选择了你。"

我自己都没有觉察到我已经把三明治和苹果酱吃了个精光。我一阵胃鸣,感觉好了一点,力气渐渐开始恢复。

"好吧,那是我的荣幸,"萨姆低头看着自己的双手说道,认真思索着,也许更可能是想着六号,"极大的荣幸。"

"你刚刚做得非常棒。若是没有你,我也救不了那些人,"我拍着萨姆的背说道,"其实,我也不知道到底发生了什么事。我不知道你为什么又是如何拥有了超能力的。我就是很高兴你拥有了它。我很高兴在死亡和毁灭之中还夹杂着一丝希望。"

萨姆站起身来,毫无意义地将一些面包屑从他那灰尘凝结的牛仔裤上扫下来:"是的,那就是我,人类的希望所在,现在一心想再吃一个三明治。你要来一个吗?"

"我自己可以拿。"我对萨姆说,但当我倾身向前想从榻榻米上站起来时,立刻觉得一阵眩晕,不得不又坐了下来。

"慢慢来,"萨姆说道,装作没看到我糟糕的状况,"三明治我来做。"

"我们还得在这儿多逗留一会儿,"我有气无力地说,"然后我们就出发去找九号。"

我闭上双眼,听着萨姆在厨房里用心灵传动窸窸窣窣地控制着一把小刀,给三明治涂上花生酱。在远处——现在的声音都是从远处传来的,我听到曼哈顿其他地方不断传来的战斗之声。萨姆说得对,我们就是抵抗力量。我们应该到外头去进行抵抗。如果我能再多休息一阵……

等到萨姆摇晃着我的肩膀,我才醒过来,立刻意识到自己打瞌睡了。房间里的光线有了变化,街灯的光从外面透进来,窗帘下方有一缕温暖的黄色光。一个放着三明治的盘子就在我身边的沙发上,我忍不住埋头吃了起来。我现在似乎只剩下了动物的欲望——睡觉、吃饭、搏斗。

"我睡了多久?"我坐起身来问萨姆,感觉体力恢复了些,但又心生内疚——纽约到处都有人在丧命,我却在这里呼呼大睡。

"大概一小时,"萨姆回答道,"我是想让你休息来着,可是……"

萨姆一边解释,一边指了指他身后远端墙上的小型平板电视,电视里正在播放本地新闻。萨姆将电视调成了静音，画面也时不时变成雪花点，但可以看到纽约市正在燃烧。屏幕上，粗糙的画面显示庞然大物"阿努比斯"号正慢慢驶过天际，舰身两侧的大炮轰炸着一座摩天大厦的最高几层，直到楼房都化为尘灰。

"几分钟前我才想起可以看看电视是否还能用，"萨姆说，"我原本以为莫加多尔人会出于战争的缘故而将电视台炸毁。"

我没有忘记我在他悬在东河上方战舰上时，希特雷库斯·雷对我说过的话。他要我看着地球沦陷。我回想起更久以前，我在梦境中所看到的华盛顿特区的景象，那景象我曾告诉过埃拉。我记得那座城市遭到严重轰炸，但还没有被夷为平地，也有些人幸存下来，成了希特雷库斯·雷的仆役。我想我开始明白了。

"这不是意外，"我对萨姆说出了我的想法，"他一定是希望人类能够看到他所造成的破坏。这里不像洛林星，他的舰队在那里把一切都消灭了。他之所以要在联合国总部费劲上演那么一出大戏码，之所以努力要弄个亲莫加多尔傀儡政权来和平控制地球，都是因为他以后想住在这里。如果地球人不能像莫加多尔人那样崇拜他，他希望他们至少也能畏惧他。"

"畏惧是肯定奏效了。"萨姆回答道。

屏幕上的新闻切换到了演播室，一个女主播正在直播。演播大楼也许在战斗中遭到了一些破坏，因为里头的东西看起来全都摇摇欲坠。演播室里只有一半电灯亮着，摄像机歪歪斜斜的，画面也失去了原有的清晰度。主播努力摆出一副职业的脸孔，但她的头发灰蓬蓬的，因为哭泣过，眼圈都红了。她对着摄影机讲了一会儿，介绍着下一个录像视频。

接着主播不见了，取而代之的是手机拍摄的不停晃动的画面。在一个大型十字路口的中央，一个模糊的身影不停旋转着，就像一个奥运铁饼选手在热身，只是这人手里并没有拿着一块铁饼。他以非人的力气握住另一个人的脚踝挥舞起来。转了十几圈之后，他将那个蜷缩在一起的人掷了出去，抛入附近一家电影院的前窗中。视频的画面对准了这个抛掷者，他耸动着双肩，可能是咒骂了一声。

是九号。

"萨姆！开大声一点！"

萨姆摸索着拿到了遥控器，拍摄九号的人躲在一辆汽车的后面。画面模糊极了，但拍摄者从车后厢伸出一只手继续拍摄。一伙莫加多尔兵出现在十字路口，朝九号开着枪。我看着他敏捷地跳到了一边，接着用心灵传动举起一辆车朝他们抛了过去。

"……再说一次，这段视频是不久之前在联合广场拍摄到的，"主播颤抖着声音播报着，萨姆将电视的音量又调大了些，"我们知道这个显然具有超能力的人可能是个外星少年，他之前与另一个确定为是约翰·史密斯的年轻人一起出现在联合国总部。我们在这里看到他与莫加多尔人搏斗，做着很多人力所不能及的事情……"

"他们知道了我的名字。"我静静地说道。

"看啊。"萨姆摇着我的胳膊说。

镜头转回到了电影院，一个模糊的身影从被砸烂的窗户后面慢慢站起身来。我无法看清他，但还是立刻知道了九号掷出去的人是谁。他从电影院的窗户里飞了起来，冲过十字路口的几个莫加多尔兵，朝九号猛扑了过去。

"五号。"萨姆说道。

五号和九号厮打着穿过附近一座小公园的草地，掀起了一块块泥土，摄影机也拍不到他们了。

.018

"他们是在以命相搏,"我说,"我们得到那里去。"

"另一个外星少年正与第一个搏斗着,现在他们并不是在打击入侵者,"主播说道,她的语气听起来有些疑惑,"我们……不知道为什么。此刻我们恐怕也毫无头绪。要……保重,纽约。如果你可以安全地到达布鲁克林桥,人员疏散正在进行中。如果你在战斗现场附近,请待在室内……"

我从萨姆手里拿过遥控器,关了电视机。他看着我站起身来,想确定我没事。我的肌肉大声抗议着,有一阵子我觉得头晕目眩,但我可以做到。我必须做到。我从来不曾像今天这样明白"就像再也见不到明天那样去战斗"这句话的意义。如果我要纠正这一切——如果我们要从希特雷库斯·雷和莫加多尔人手上拯救地球,那第一步就应该是找到九号,然后在纽约活下来。

"她说了联合广场,"我说,"我们就上那儿去!"

第二章

世界没有任何变化,至少我看不出来。

丛林的空气湿润又黏糊,从地底深处阴冷潮湿的圣殿里出来,这个变化倒是让我喜欢。我们一个个穿过这座玛雅神殿地下室狭窄的石头通道,走入傍晚的阳光中,此时我不得不遮住了眼睛。

"他们就不能让我们走这条道进去吗?"我嘟哝着抱怨道,一边拍着自己的背回望先前爬过的那些开裂的石灰岩台阶。我们一到达卡拉克穆尔的山顶,带去的吊饰就激活了某一条洛林通路,将我们瞬间转移到那座几个世纪前人工建造的庙宇地下隐藏着的圣殿之中。我们发现自己身处一个超凡的异度房间里,那房间显然是我们的长老们某次到访地球时所建。我想,在他们的考虑中,隐秘性更为重要,所以容易通行倒是其次了。不管怎么说,出来的通道倒是不难走,也没有出现让人晕头转向的瞬间移动——只有一段长得让人犯晕的灰尘满布的螺旋阶梯,还有一扇普普通通的门,当然,我们开始进入圣殿时,门并不在那儿。

亚当跟在我身后走出了圣殿,双眼眯成一条缝。

"现在做什么？"他问道。

"我不知道，"我仰头看着渐渐昏暗的天空回答，"我本来还多少指望着圣殿能回答这个问题。"

"我……我还是不太肯定我们在那里头看到了什么，或是我们完成了什么。"亚当迟疑地说。他看着我，一边将披散在脸上的几缕黑发拨开。

"我也是。"我对他说。

说实话，我甚至连我们在地底下待了多长时间都吃不准。当你跟一个由纯粹的洛林能量构成的异度生命体深入交谈时，你很容易就会忘了时间的存在。我们也一起献出了加尔德们交出来的所有传世宝物——只要不是能当做武器的，全都拿出来了。一进入圣殿，我们就把那些用途不详的宝石和小玩意儿都扔进了一个隐秘的井里，那口井连接着一股休眠的洛林星能量源。我想那足以唤醒尊神——洛林星的活化身。之后我们还进行了交谈。

是的，那确实发生了。

但尊神说的话都像在打哑谜，而且在谈话结束时，他消散了，他的能量涌出了圣殿，来到世间。我和亚当一样，不知道这意味着什么。

我本来盼着从圣殿里出来时能发现某种景象。也许是洛林能量闪电般划过天际，要将附近的那些不叫亚当的莫加多尔人烧个干净？也许是我的超能力又增进了，上了新的台阶，使我得以召唤足够大的风暴将我们所有的敌人彻底消灭？结果根本就没有这样的好运。据我所知，莫加多尔人的飞船舰队正在靠近地球。约翰、萨姆、九号和其他人现在应该正赶往前线，我不知道我们是否对他们施以了援手。

玛丽娜是最后一个走出寺庙大门的。她环抱双臂，杏眼圆睁，眼泪汪汪，在阳光中眨着眼睛。

我知道她在想着八号。

在那股能量源喷薄而出之前，它不知怎的将八号复活了，只有短短的几分钟时间，不过也足够玛丽娜与他道别了。此刻的丛林酷热难耐，我都快冒汗了，但一想起八号回到我们身边，飘浮在洛林星光之中，再次微笑，这样的景象还是会让我的心里泛起阵阵寒意。这些年来，我让自己硬起心肠不为所动的，正是这样美妙无比的时刻——这是战争，很多人会死去；朋友们也会死去。我学会了接受这种痛苦，把险恶丑陋视为当然。所以当某件美妙的事情真正发生时，确实会让人有些不知所措。

虽然见到八号让人颇觉安慰，但这仍然是永别。我无法想象玛丽娜的感受。她爱他，现在他却离开了这个世界，而且是再一次离开。

玛丽娜驻足回望那座寺庙，似乎想回到里面去。站在我身边的亚当清了清嗓子。

"她会没事吗？"他低声问我。

在佛罗里达，五号背叛我们、杀死八号之后，玛丽娜曾疏远了我。不过这次不一样——她并没有发力冻结土地，看上去也不像是谁靠近她就要把谁掐死的样子。她转过身来对着我们时，表情几乎可以说是平静而安详的。她是在缅怀，要将与八号共处的那一刻铭记在心，让自己坚强面对即将发生的一切。我并不担心她。

玛丽娜眨眨眼睛，伸手抹了一把脸，我给了她一个微笑。

"我听得见你的声音，"她对亚当说，"我没事。"

"很好，"亚当说道，笨拙地将目光移开，"我只是想说，对于里头发生的事情，我……"

亚当打住了话头，我和玛丽娜都一脸期待地看着他。作为一个莫加多尔人，我想他依然觉得跟我们太过亲密会有些不自在吧。我知道在圣殿里，洛林星的光影秀让他也深为赞叹，但我也看得出，他觉得自己并不属于那里，他似乎觉得自己不配出现在尊神面前。

亚当继续沉默，我拍了拍他的背，说："我们回去的路上再谈心，好吗？"

我们朝我们的"掠行者"走去，亚当似乎松了一口气。飞船跟十几架其他的莫加多尔飞机一起停在附近的停机跑道上。寺庙面前莫加多尔人的扎营地跟我们离开时一模一样——凌乱不堪。那些企图进入圣殿的莫加多尔人焚烧树丛，在寺庙周围清理出了一个环形地带，就在圣殿强大的力场的外围。

直到我们走过寺庙面前藤蔓横生的区域，进入土地被烧得焦褐的莫加多尔人营地时，我才意识到力场已经不见了。这些年来保护圣殿的死亡屏障消失了。

"力场一定是我们在里头的时候关闭了。"我说道。

"也许它不再需要保护了。"亚当说。

"也可能是尊神将力场的能量转到别的地方去了。"玛丽娜回答说。她安静了片刻，思索着。"我亲吻八号的时候……我感觉到了。有一瞬间，我就是尊神能量波的一部分。能量波往四面八方流淌，遍及整个地球。不管洛林能量去了哪里，它现在肯定稀疏地分布于各处。也许它无法再为此处的防御提供能量了。"

亚当看了我一眼，好像觉得我可以解释玛丽娜刚才的那番话。

"你说它遍及地球各处是什么意思？"我问道。

"我不知道如何给出更好的解释，"玛丽娜看着半掩在落日余晖中的寺庙说，"就好像我是拥有洛林星脉的人之一，这样的人现在分布于各个地方。"

"有意思。"亚当看了看寺庙，又看了看他脚下的土地，敬畏而又谨慎地说。

"我倒是没觉得有什么不同。"我对他说。

"我也是，"玛丽娜说，"但有些事情已经改变了。洛林星脉现在就在外头。在地球上。"

这绝对不是我盼望的切实可见的结果，但玛丽娜似乎对此十分乐观。我不想给她泼冷水："我想等我们回到文明世界，我们会看到一切是否有所变化的。也许尊神已经在那儿打击敌人了。"

玛丽娜又回头看了一眼寺庙："我们就由得它这个样子吗？毫无防御？"

"那里还剩下什么可保护的东西吗？"亚当问道。

"那里至少还剩下尊神的一部分吧，"玛丽娜回答道，"即使是现在，我觉得圣殿依然是一种……其实我也说不好，可以联系到洛林星的途径？"

"我们别无选择，"我回答道，"其他人需要我们。"

我想联系约翰，看看这座墨西哥丛林之外的情况如何。我们继续朝"掠行者"走回去，我从背包里掏出卫星电话，然后坐进了驾驶舱——亚当坐在驾驶座上，我坐在他隔壁，玛丽娜在我们后面。亚当启动飞船时，我拨通了约翰的号码。

电话一直响着，过了大概有一分钟，玛丽娜靠上前来看着我。

"他不接电话，我们该担心吗？"她问道。

"不用特别担心，"我回答，忍不住看了一眼自己的脚踝，没有新的伤疤——我又不是感受不到那种灼痛，"至少我们知道他们还活着。"

"情况有些不妙。"亚当说。

"这还说不好,"我迅速回答道,"他们此刻没有接电话并不意味着……"

"不,我说的是这飞船。"

我刚将电话从耳边拿下,就听到了"掠行者"的引擎发出断断续续的噪音。我面前仪表板上的灯闪烁不定。

"我还以为你懂得如何操作这玩意儿呢。"我说道。

亚当沉下脸,生气地将仪表板上的按键往下拨,将飞船熄火。我们身下的引擎咔嚓作响,好像发动不起来。

"我确实知道如何操作,六号,"他说,"不是我的问题。"

"抱歉。"我回答道,一边看着他,他在等引擎消停了再次发动飞船。这个引擎——以莫加多尔人的技术来说,应该是非常安静的——又开始不停嘎吱作响。"也许我们该试试别的法子,而不只是熄火重启。"

"真是毫无道理,"亚当嘟囔着说,"电子设备还在运作,一切都好好的,除了故障自动排查系统。这个系统本来可以告诉我们引擎出了什么问题。"

我伸过手去,按下了驾驶舱的开启键。我们头顶的玻璃罩打开了。

"我们去看看。"我从座位上站起来说。

我们三个爬出了"掠行者"。亚当跳下去查看飞船的底部,但我站在驾驶舱旁边的机顶上一动不动。我盯着圣殿看,落日在这座古老的石灰岩建筑上投下了长长的影子。玛丽娜站在我身旁,静静地看着这幅画面。

"你觉得我们会赢吗?"我问她。这个问题脱口而出,我也不敢肯定自己想要听到答案。

玛丽娜一开始什么也没有说。过了一会儿，她将头靠在我的肩上。"我想我们今天比昨天离胜利更近了一步。"她说道。

"真希望我们能确定到这儿来是值得的。"我紧握着卫星电话说，心里盼着它能响起来。

"你必须要有信心，"玛丽娜回答，"我对你说，六号，尊神做了某件……"

我努力要相信玛丽娜的话，但我能想到的只是现实的情景：不知道我们的飞行器出现故障是不是与圣殿涌出洛林星能量有关。或者也可能有更简单的解释。

"嗨，两位？"亚当的声音从飞船底下传来，"你们最好下来看看这个。"

我从"掠行者"上跳下去，玛丽娜紧跟着我。我们发现亚当挤在起落架的金属支杆之间，他脚边的地上放着一块来自飞船钢板船腹的弯形面板。

"这就是我们的问题所在吗？"我问他。

"那个已经松了，"亚当踢着这块卸下来的部件解释道，"来看看这个……"

亚当示意我靠近些，所以我走到他身边，凑近看飞船的内部机件。"掠行者"的引擎也许可以安装到一辆皮卡的引擎盖下方，但比地球上生产出来的任何东西都要复杂得多。没有活塞和齿轮，引擎是由许多相互堆叠的球体组成的。亚当一拨弄，它们就断断续续地转起来，徒劳地拍打着连接到飞船深处的粗电缆裸露的末端。

"看看，电子系统还是完好的，"亚当轻弹着那些电缆说道，"所以我们还有电力。但那不足以让反重力推进器运作起来。看到这里的这些离心旋翼了吗?"他用手摸着那些圆球,"就是它们帮我们离地升天的。问题是,它们也没有故障。"

"你是说'掠行者'应该能飞?"我看着引擎,愣愣地问道。

"是的,"亚当说,但接着他朝旋翼和电线之间的空当挥了挥手,"可是你看到这个了吗?"

"我根本就不知道我看见的是啥,兄弟,"我对他说,"那个坏了吗?"

"有一个导管不见了,"他解释说,"就是这个东西将引擎产生的能量传送到飞船的其他部位的。"

"你是说这个东西不是掉了那么简单。"

"显然不是。"

我走了几步,从"掠行者"底下钻出来,扫视附近的树林侦察着动静。我们已经把每一个企图闯入圣殿的莫加多尔人都干掉了,除了一个。

"菲丽·邓拉。"我说道,心知那个莫加多尔原生人还在外头逍遥着。之前我们一心想要进入圣殿,所以都没费劲去追她,而现在……

"是她在搞破坏。"亚当得出了跟我一样的结论。在我们刚到的时候,菲丽·邓拉对着亚当下了一回手,把他揍得够呛,就在她要将亚当推向力场、把他的脸烧焦时,我们朝她开了一炮。听亚当的语气,他现在对那件事还耿耿于怀。"我们本该杀了她。"

"现在也不迟啊。"我皱着眉头回答道。我没有看到树林里有什么动静,但这并不意味着菲丽·邓拉没在那里观察着我们。

"我们不能在另一艘飞船上找个相同的零件替代吗?"玛丽娜指着停机坪里停泊着的那十几架莫加多尔的侦察飞船问道。

亚当咕哝着从"掠行者"底部钻出来,朝最近的那架飞船走去,左手还握着一个激光枪的枪柄,那是他从我们杀死的一个莫加多尔兵身上夺下来的。

"这些飞船一定有跟我们的飞船很相似的引擎翼板,"亚当嘟哝着说,"希望她这么做至少也把自己的那双烂手伤了。"

我记得菲丽·邓拉绑着绷带的双手,她因为要强行闯过圣殿的力场而烧伤了手。我们本来就不该傻得留下一个活口。亚当还没走到最近的飞船跟前,我就有了不好的预感。

亚当猫着腰钻到另一架飞船的船底查看着,然后叹着气看了我一眼,用手轻轻推开了头顶的钢板机壳。引擎的翼板掉了下来,就像没东西固定住它似的。

"她这是在耍我们呢,"他说道,声音低沉沙哑,"我们离开圣殿的时候,她本来可以给我们一枪的。但她没有,而是想把我们困在这里。"

"她知道凭她自己没法干掉我们。"我提高了一点嗓门说,心想也许可以引诱菲丽·邓拉走出她的藏身之处。

"是她把零件拆走了,对吧?"玛丽娜问道,"她没有将它们一毁了事?"

"不,看起来似乎没有,"亚当回答说,"也许是不想在葬送了自己的小分队之后,又担上毁坏一些飞船的罪责吧。不过把我们长时间困在这里,让援军可以赶来捉住或杀了我们,也许能让她敬爱的领袖放她一马。"

"没人会被捉或被杀,"我说道,"除了菲丽·邓拉。"

"还有其他办法能让我们的飞船飞起来吗?"玛丽娜问亚当,"你可以……我不知道,你可以重新装配吗?"

亚当挠了挠颈后,环视着其他飞船。"我想这是可行的,"他说,"要看我们可以搜集到什么零件了。我可以试试,不过我不是个机师。"

"这是个办法。"我说着,抬头看了看还有多久天会黑。时间不多了。"或者,我们可以到那丛林里去,找到菲丽·邓拉,将我们的零件找回来。"

亚当点点头:"我更喜欢这个计划。"

我看向玛丽娜问道:"你呢?"

我连问都不用问。我手臂上的汗珠让我一阵刺痛——她散发着一阵寒气。

"我们狩猎去。"玛丽娜说。

第三章

在理想的状况下，步行去联合广场应该需要四十分钟左右，路程大概是一英里半。但现在的状况非常不理想。我和萨姆沿着今天下午厮杀搏斗的街道原路返回，回到莫加多尔人的兵力更强的地方。

希望在我们到达之前，九号和五号不会同归于尽。如果我们想打赢这场战争，我们就需要他们俩。

两个都需要。

我和萨姆一直在暗处行走。有些街区还有电力供应，所以街灯都还亮着，与这座大城市平常的夜晚一样，好像道路上没有堆满翻倒的汽车和人行道破碎的混凝土块似的。我们避开这些街区，不然，莫加多尔人很容易就会发现我们。

我们经过原先的唐人街。那里就像是被飓风横扫过，一侧的人行道已经无法通过，整个街区的大楼都塌成了瓦砾。大街的中央有几百条死鱼。我们必须小心绕过这些障碍物。

之前在离开联合国总部的路上，几乎每个街区都还有人活着。纽约警署努力想要帮群众有序撤离，但多数人只是慌忙逃窜，想赶在莫加多尔小分队来临之前逃走，那些兵很可能会杀死平民或俘虏他们。每个人都很慌乱，被骇人的现实吓得茫然失措。我和萨姆捎上了掉队的人——那些没能够迅速离开的人，或是遭到莫加多尔的巡逻小队袭击与同伴失散的人。这样的人有很多。现在，走过了十个街区，我们一个活人也没看到。也许曼哈顿下城的多数群众都去布鲁克林桥的疏散点了——如果莫加多尔人还没对那里发动进攻的话。无论如何，我想能够活过这个白天的人一定也有足够的智慧能在黑夜里找地方躲起来。

我们偷偷穿过下一个荒无一人的街区，小心避开了一辆废弃的救护车，此时我听到附近小巷里传来低语声。我搭住了萨姆的胳膊，我们一停下脚步，声音也停了。我知道，我们被监视了。

"怎么回事？"萨姆压低声音问。

"那里有人。"

萨姆斜着眼睛看了看那暗处。"我们继续走吧，"过了一会儿他说，"他们不想要我们的帮助。"

对我来说，要撇下别人是很难的。但萨姆说得对——那里的人在藏身处躲得好好的，我们要是带上他们，将会置他们于更大的危险之中。

五分钟后，我们转过街角，看到当晚所遇到的第一支莫加多尔巡逻小队。

那些莫加多尔兵就在街区的另一端，所以我们还能在远处安全地观察他们。总共有十二个士兵，全都拿着激光枪。在他们头上，一架"掠行者"呼啸跟进，飞船底部的探照灯掠过街面。那支小队有条不紊地走过这个街区，不时有一个四人小组离开其他人进入黑漆漆的公寓楼。我看着他们重复了两遍这样的流程，那些士兵两次都空手而出，没有抓到任何地球人，这让我松了一口气。

如果这些莫加多尔兵在其中一幢大楼中发现一个地球人，并吆喝着将他们拉到街道上来，那会怎么样呢？我一定不会袖手旁观的，对吧？我必须跟他们拼了。

如果我和萨姆离开之后呢？他们是猎食者，如果我们留下他们的狗命，他们最终会找到猎物的。

我正在思索着，萨姆用手肘捅了我一下，指了指附近的一条小巷，我们可以进去躲开这些莫加多尔兵。"快点，"他悄声说道，"趁他们还没来到跟前。"

我站在原地，一动不动，盘点着我们的胜算。他们只有十二个人，外加那艘飞船。我以前与更多的士兵交过手，也都获胜了。我毫不停歇地打了一个下午，现在的确疲惫不堪，不过我们这边拥有一个奇招。我可以在他们都没意识到受袭之前就把"掠行者"打下来，其他的就好办了。

"我们可以干掉他们。"我作出了结论。

"约翰，你疯了吗？"萨姆抓住我的肩膀问道，"我们不能在纽约城里每见到一个莫加多尔兵就与他干仗的。"

"但打这几个可以，"我回答道，"我现在感觉更有劲儿了，而且如果发生什么意外，我也可以帮我们俩疗伤。"

"前提是，我们的脸上不会挨上一枪，直接毙命。一仗又一仗地打，之后再给自己疗伤——你能承受得了多少？"

"我不知道。"

"对方的人数太多了。我们得挑着打。"

"你说得对。"我不情不愿地承认道。

我们冲进小巷，跃过一道链环篱笆，走过下一个街区，任由那支莫加多尔巡逻小队进行它的搜捕。从情理上讲，我知道萨姆说得对。还有更大的战争等着我们去打，我是不该将时间浪费在十几个莫加多尔兵身上。在疲惫不堪的一天之后，我应该保持体力。我知道这些都是对的。即使如此，我还是觉得自己像一个逃避战斗的懦夫。

萨姆指着一个标注着第一街和第二大道的路牌说："编了号的街道。我们正在接近目的地。"

"他们在第十四街附近打斗，但那是至少一小时之前的事了。照他们那样厮打，他们有可能从那里往任何方向去了。"

"所以我们要留意倾听爆炸声和闻所未闻的咒骂。"萨姆提议说。

我们只走过了几个街区，就遇上了另一支莫加多尔巡逻队。我和萨姆缩在一辆运货卡车后头，车后的卸货斜坡上还停着几辆运送新鲜出炉的面包的手推车，看样子是被匆匆扔下的。我从卡车前部探出头去，点着人数。又是十二个士兵，还有一架"掠行者"作为后援。这伙人跟上一队的做法并不相同。飞船在原地盘旋，探照灯对着一家银行破烂的前窗直照。外头的莫加多尔兵齐刷刷地将激光枪对准了这座大楼的内部。有东西让他们受惊了。

我又数了一遍在探照灯下闪闪发光的那些苍白的脑袋。之前绝对是十二个人，现在只剩十一个了。难道在我不注意的时候，其中一个化为灰烬了？

"走吧，"萨姆小心翼翼地说，也许是以为我又想着要打一架了，"趁着他们无暇他顾，我们该赶紧走。"

"等等，"我回答，"这里有事要发生。"

在其他人的掩护下，两个莫加多尔兵偷偷接近银行的前门。他们压低身子，武器准备就绪，寻找着"掠行者"的探照灯照不到的某个东西。

当那两个莫加多尔兵到达银行门口时，他们将自己的枪扔到了空中。整支小队都停下了脚步，一动不动，被事态的进展惊呆了。

这是心灵传动。有人刚刚用超能力卸下了那两个莫加多尔兵的枪。

我瞪大眼睛看着萨姆。"九号或是五号，"我说道，"他们被困住了。"

余下的莫加多尔兵见状也行动起来，纷纷朝银行的暗处开火。那两个被卸了枪的士兵再次被心灵传动隔空举离了地面，成为两面抵挡枪火的盾牌。他们在队友密集的枪火中化为了灰烬。紧接着，一张桌子从银行里飞了出来，两个莫加多尔兵被这从天而降的家具直接压垮，其余的则后撤寻找更好的掩体。此时"掠行者"盘旋着接近街面，两侧的枪炮转了过来，准备朝银行里头开火。

"我来拿下飞船，你把那些兵干掉。"我说道。

"动手吧，"萨姆立刻点头回答道，"我只希望被困在那里的不是五号。"

我从卡车后面跳了出来，朝冲突地点跑去，一边亮起了掌中流明。我双手的神经末梢感觉很疲惫，明显是因为今天过度使用掌中流明了。我可以确切地感受到流明的炙热，那感觉就像将手掌放在烛焰的上方晃动，这种疼痛还是可以忍受的。我冲过去，猛地向"掠行者"掷出一个火球。这第一击打中了飞船的探照灯，街面陷入了黑暗。飞船被冲击得偏离了航道，它本来正对着银行开火，这一来将大楼侧面的砖块打落了不少。引开了主要火力，我盼着能见到九号从银行里冲出来，加入战斗。

可是没人出来。也许里头的那个加尔德受伤了。经过这么漫长的一天与自己人和莫加多尔兵交战，他们也许比我还要精疲力竭。

我听到身后传来一阵电流的嗞嗞声——萨姆的激光枪开了火——我看到最近的两个莫加多尔兵化成了几团烟尘。看到我们从背后冒出来，另一个莫加多尔兵企图龟缩到一辆泊着的车后面。萨姆用他新获得的心灵传动术将他从藏身处拽了出来，又一枪点燃了他。

一个莫加多尔兵用刺耳的莫加多尔语对着一个对讲机尖叫了一通，也许是在求助。

将我们的位置报告出去——那可不妙。

我纵身一跃，跳上了正好停在那艘"掠行者"下方的一辆SUV的车顶，一边将一个火球投向那个对着对讲机说话的莫加多尔兵。他被火焰吞噬，瞬间在熔化了的机器旁边化为一团灰烬。即便如此，大祸也已酿成。他们知道我们在这儿，我们得尽快离开这里。

我从SUV车顶跳了起来，反作用力使车顶凹进去一大块。与此同时，我用心灵传动给了"掠行者"隔空一击。我无力将整艘飞船击落，但这一击依然足够猛烈，使得这艘碟状飞船往我这一侧倾斜了过来，让我正好跃上飞船顶部。两个莫加多尔飞行员看着我，目瞪口呆。

几周前要是看到莫加多尔兵这样畏畏缩缩，我的感觉一定很好。在干掉他们之前，我甚至还会跟九号学学，说上几句挖苦的俏皮话。但现在——在他们对纽约城发动了这么一场恐怖袭击之后——我不想再浪费口舌了。

我一把将驾驶舱的舱门扯脱，甩手把它扔进夜色之中。那两个莫加多尔兵企图解开安全带，从座位上起身，一边还摸索着自己的激光枪。趁他们还没来得及出手，我迅速射出一道炽热的锥形光束，"掠行者"立刻失控开始倾斜。我从飞船上跳开，重重落在下方的人行道上，疲惫的双腿几乎支撑不住。"掠行者"坠落到街对面的一家商店里，爆炸了，黑烟从商店炸烂的窗户里升腾出来。

萨姆跑到我身边，手里的枪指向地面。目前来说，这片区域的莫加多尔兵都死光了。

"死了十二个，大概还剩下十万个。"萨姆干巴巴地说。

"其中有一个去通风报信了。我们得马上走。"我对萨姆说，但就在我说话之时，我感到之前的那种头晕目眩又向我袭来。激烈的战斗一结束，我倦意重生，不得不倚在萨姆的肩上歇了一会儿，直到力气恢复。

"没人从银行里出来，"萨姆说，"我觉得应该不是九号。除非他受伤了，否则那里也太安静了吧。"

"五号。"我嘟哝道，一边谨慎地朝被毁坏的银行大门走去。此刻若是跟他打一架，我并没有获胜的把握。我唯一的希望是九号已经设法让他老实了。

"瞧。"萨姆指着黑漆漆的大堂说。里头有人在动。不管是谁，战斗进行时，他们看来一直是躲在一张沙发后的。

"嗨，已经安全了，"我冲着银行里喊，一边咬着牙将掌中流明对着里面照，"是九号吗？还是五号？"

小心翼翼地走入我发出的亮光之中的，并非是个加尔德，而是个姑娘。她也许跟我们差不多年纪，个头只比我矮两英寸左右，有着短跑运动员般瘦削的身材。她的头发紧紧地挽在脑后，扎成一根根辫子，衣服破破烂烂的，要么是因为战斗，要么是因为之前的那些混乱，不过她看上去倒是毫发未损。这姑娘左边的肩膀上搭着一个看起来挺沉的帆布包。她瞪大褐色的眼睛，来回打量着我和萨姆，最终将目光落在我掌心的亮光上。

"你就是他,"姑娘缓缓走上前来说道,"你就是电视上那家伙。"

姑娘已经走到跟前,能看得清了,于是我熄灭了掌中流明,不希望将我们的位置暴露给正在赶来的莫加多尔援军。

"我叫约翰。"我对她说。

"约翰·史密斯。是的,我知道,"姑娘急切地点着头说,"我叫丹妮拉。你把那些外星人杀了个屁滚尿流啊。"

"呃,谢谢。"

"还有别人跟你在一起吗?"萨姆伸长了脖子看着她身后插话道,"有个暴躁的小伙子,还老爱脱衬衣的?还有一个戴着眼罩的独眼家伙?"

丹妮拉仰头看着萨姆,挑起了眉毛:"没有啊。怎么了?为什么这么问?"

"我们还以为有人用心灵传动袭击那些莫加多尔兵呢,"我一边说道,一边往丹妮拉身后望去,又好奇又谨慎。我们可是曾被本应是盟友的人摆过一道的。

"你是说这样吗?"丹妮拉伸出一只手,一个死去的莫加多尔兵的激光枪就朝她飘了过来。她凌空一把将它握住,搭在没有背着帆布包的那侧肩膀上。"嗯。那对我来说确实是一种新开发的技能。"

"不是只有我一个啊。"萨姆睁大眼睛看着我低声说道。

各种可能性在我脑子里不停出现,以至于我都说不出话来。也许我还不明白为什么会发生这种事情,但我本能地觉得萨姆获得超能力是说得通的。他跟我们加尔德相处了那么久,还帮了我们那么多忙——如果说有哪个地球人会突然拥有超能力,那就应该是他。

入侵爆发后的这段时间,一切都非常混乱,我也没有时间去思考这件事。其实也不必思考,萨姆拥有超能力似乎是天经地义的。当我想象萨姆以外的地球人拥有超能力时,我想到的都是我们认识的、帮助过我们的人。我主要想到的是萨拉,而绝非是随便哪个姑娘。但是,这个丹妮拉拥有了超能力,这说明所发生的事情比我想象中更复杂。

她是谁呢?她为何拥有这些能力?还有多少像她这样的人?

丹妮拉此刻又用那种超级粉丝的目光看着我:"这个,呃,我可以问问你为何选择了我吗?"

"选择你?"

"是啊,把我变成这种异形,"丹妮拉解释说,"我是今天才拥有了这种能力的,就是你跟那些脸色发白的家伙……"

"莫加多尔人。"萨姆说明道。

"我之前是不能用意念移物的,直到你和那些莫加多克尔人①出现,"丹妮拉说,"究竟是怎么回事啊,兄弟?我见过的其他人都没有这些能力。"

萨姆清了清嗓子,举起一只手,但丹妮拉毫不理会,她现在已经是连珠炮似的了。

"我有辐射吗?我还能做些什么?你有那一双闪光灯似的手。我以后是不是也能这样?为什么会是我呢?先回答这最后一个问题吧。"

"我……"我摩挲着颈后,一脸窘样,"我也不知道为什么会是你。"

"哦。"丹妮拉皱了皱眉头,盯着地面。

"约翰,我们是不是该走了?"

---

① 丹妮拉无法正确复述"莫加多尔"这几个字。

萨姆提醒我莫加多尔的援军很快就要到了，我点了点头。我们站在这儿聊得太久了。站在我面前的——还有我旁边的——是……什么来着？加尔德的新成员吗？地球人。这些都是我始料未及的。我得迅速思考一下目前的状况，因为如果还有更多地球人加尔德，他们就需要些指导，而所有的赛邦都去世了……

那样就只剩下我们洛林人了。

要紧的事情先办吧，我得确保丹妮拉跟我们在一起。我需要找时间跟她谈谈，弄清是什么激发出了她的超能力。

"这里不安全，你得跟我们一起走。"我对她说。

丹妮拉环顾了一下我们周围的这一片狼藉："你们所到之处就会安全吗？"

"不。显然不是。"

"约翰的意思是，莫加多尔兵随时都会布满这个街区。"萨姆解释道。他开始大步流星地走出银行，想给她做个榜样。丹妮拉并没有跟上，于是我也没动。

"你的伙伴很紧张啊。"丹妮拉评论道。

"我叫萨姆。"

"你是个紧张兮兮的家伙，萨姆。"丹妮拉回答道，一只手搭在她的翘臀上。她又盯住了我，打量着。"如果有更多那样的外星人来的话，你们干吗不直接把他们打个屁滚尿流呢？"

"我……"我发现自己不得不重复那套"仗要挑着打"的说辞，之前萨姆跟我说这个的时候，我可是气得够呛。"敌人太多了，不好一直这么打。现在你也许不觉得，因为你刚开始使用超能力，但我们的超能力并非用之不竭。我们厮杀得太厉害也会觉得疲惫，到那时我们可就派不上什么用场了。"

"好建议,"丹妮拉说道,她还是原地不动,"可惜你无法回答我其他的所有问题。"

"听着,我不知道为什么你会有超能力,但这是件奇妙的事情,是好事。也许这是命中注定。你可以帮我们赢下这场战争。"

丹妮拉哼了一声:"不是吧?我可不要参加什么战争,火星来的约翰·史密斯。我只是努力要在这儿活下来。这里可是美国。军队会制服这些弱不禁风、会化为尘土的外星人。只是他们先发制人罢了。"

我难以置信地摇了摇头。真的没时间再跟丹妮拉解释她所需要知道的有关莫加多尔人的一切了——他们的先进技术、他们对地球上各国政府的渗透活动、他们源源不竭的用完即弃的生化兵和怪物。我之前从来不用向其他加尔德解释这些事情。我们一直知道危险何在,打小就知道我们在地球上的使命。但丹妮拉和其他新出现的、可能正到处游荡的"加尔德"……如果他们没有做好战斗的准备,又或者他们根本就不想打,那该怎么办?

一声爆炸震得我们脚下的地面晃了起来。这爆炸发生在几个街区外,但威力大得将汽车的报警器都震响了,也让我的牙齿嘎嘎作响。比夜色还阴沉的浓烟从北面涌了过来。听起来像是有一幢大楼刚刚倒塌。

"真的,"萨姆说,"有东西朝我们这儿来了。"

又一声爆炸声,这次更近了,也证实了萨姆的怀疑。我猛地转身看着丹妮拉。

"我们可以互相帮助。必须如此,不然都得送命,"我说道,心里想的其实不只是我们三个,而是地球人与洛林人,"我们要去寻找朋友。一旦找到他,我们就会离开曼哈顿。我们听说政府已经在布鲁克林桥附近设置了一个安全区。我们会到那儿去,而且……"

丹妮拉挥挥手走到我面前来，把我的一肚子计划打断了。她提高了嗓门，我感觉到她的心灵传动力点击着我的胸口，就像在用食指戳着我。

"我的继父被那些脸色惨白的混蛋烤焦了，现在我要去寻找我妈妈，外星小子。她之前就在这一带上班。你是说我得撇下这事，加入你们这支两个人的战队在我的城市里转悠，而且它的爆炸还跟你们有关？你是说你们要找的朋友比我妈还重要？"

又一声爆炸声，这次越发近了。我不知道该对丹妮拉怎么说。说"是的，拯救地球比救她妈妈更重要"吗？我招募人手的演说该是这样的吗？要是有人谈起亨利或萨拉时也是这么说的，我会听吗？

"天哪，"萨姆非常不耐烦地说，"我们能否至少先同意都往一个方向逃呢？"

就在此时，敌人的援军出现了。前来索命的，不是一支"掠行者"中队或是一些士兵。

来的是"阿努比斯"号。

第四章

这艘巨型飞船比一艘航空母舰还要庞大,在大约五个街区外的夜空中就已经清晰可见了。它在之前投弹所激起的刺鼻的浓烟中慢慢飞过。我和萨姆当天下午的早些时候一直走在"阿努比斯"号的前头,一路搏杀向南,而飞船则沿着天际缓缓东去。但此刻,它就在面前,接近这条街道,而且正是从联合广场的方向驶来的。

我双拳紧握。希特雷库斯·雷和埃拉就在"阿努比斯"号上。如果我可以登上船去,也许可以打到那位莫加多尔领袖面前,也许这次还能杀了他。

萨姆站在我身旁:"不管你有什么打算,都不是好主意。我们得赶紧逃,约翰。"

仿佛要跟萨姆的话相呼应,"阿努比斯"号船体外壳上那门巨炮的炮筒里出现了一个嗞嗞作响的电能光球,就像是有个小型的太阳在炮筒内形成,它的光焰将周围的街区笼罩在一片可怕的蓝色之中。接着,伴随着一声宛如千百支莫加多尔激光枪齐发的巨响,这股能量从大炮中喷薄而出,掠过附近一座办公大楼的墙面,这座二十层楼高的建筑几乎立刻就向里塌陷了。

一阵尘土涌过街面向我们扑来。我们三个一边咳嗽,一边不得不用手挡住了眼睛。这阵烟尘也许可以掩护我们,但当这艘战舰装备了能将一座大楼彻底摧毁的大炮,这烟尘也就没有什么作用了。"阿努比斯"号渐渐逼近,随时准备再次开炮。我不知道希特雷库斯·雷是瞄准了各栋大楼里的热感应点,还是随意地摧毁各种建筑,一心盼着能打中我们。怎样都不要紧了。"阿努比斯"号就像一股自然之力,正奔我们而来。

"见鬼去吧。"我听见丹妮拉说道,接着她拔腿就逃。

萨姆跟上了她,我也照做了,我们三个往我和萨姆的来路撤退。我们必须另想办法找到九号。如果他还在这一带,我希望他能设法在这次轰炸中活下来。

"你知道要往哪儿走吗?"萨姆冲着丹妮拉喊道。

"什么?你们俩现在要跟着我走了吗?"

"你了解这座城市,对吧?"

在我们身后,又有一座大楼被炸毁了。这次的烟尘更加浓密,简直让人窒息,我的后背还被小块的石灰和水泥击中。爆炸源离我们太近了,下一次爆炸我们也许就逃不过了。

"我们得离开这条街!"我喊道。

"这边走!"丹妮拉大吼一声,突然左转,马上带我们离开了堆积在街面上的大楼废墟。

丹妮拉转身时,有东西从她的帆布包坏掉的拉链口滑了出来。那么短暂的一瞬,我看到了一张一百元的纸币飘在空中,很快被汹涌而来的废墟尘土吞噬了。忙着逃命的时候,我还能注意到这个,也是够不可思议的。

等等，莫加多尔兵把她围困住的时候，她究竟在那银行里干什么呢？

没时间问这个问题了，另一波爆炸让这一片区域晃动起来，这一次近得震耳欲聋。强烈的震感把萨姆都震倒了，我把他拖起来，我们夺路狂奔，两个人都被倒塌的大楼震起的呛人烟尘紧紧笼罩着。尽管丹妮拉只在我们前方几码开外的地方，我们也只能隐约看见她的轮廓。

"到这里面来！"她回头冲我们喊道。

我用掌中流明照着前路，但在大楼碎块不断坠落的纷乱中，这基本上无济于事。我不知道丹妮拉要将我们带往何方，此时脚下的地面突然消失，我头朝下跌入一个坑里。

"哇！"萨姆跌落在我身旁的水泥地上，发出一声惊叫。丹妮拉站在几码外的地方。我的双手和双膝在坠落时都擦破了皮，不过除此之外我并没有受伤。我扭头一看，看到一段黑漆漆的楼道被上面掉落的土块迅速填满了。

我们是在一座地铁站里。

"提前警告一声不行吗？"我冲丹妮拉吼了一声。

"你说要离开街面，"她回答道，"这不就是离开街面吗。"

"你还好吧？"我扶起萨姆问道。他点点头，喘着气。

地铁站开始晃动起来。旋转金属栅门嘎嘎作响，更多的粉尘从天花板上掉落。就算隔着一层混凝土，我都能听到那艘飞船引擎的轰鸣声。"阿努比斯"号一定就在我们正上方。这时，蓝色的电光从外面射入车站。

"快跑！"我推着萨姆喊道。丹妮拉已经跳过一个旋转栅门了。"进入隧道！"

大炮发射的声音非常刺耳。即使被几层混凝土挡着，我的整个身子都能感受到电流的刺痛，连骨头都在嘎吱作响。地铁站颤动起来，我们可以听到顶上有一座大楼钢筋扭曲随即轰然崩塌的声音。我转身狂奔，跟着萨姆和丹妮拉越过铁轨，扭头看见天花板开始塌陷，先是堵住了我们刚刚掉进来的那段楼梯，接着掉到了地铁站里。看样子是撑不住了。

"跑啊！"我又大喊一声，声嘶力竭地想盖过建筑物倒塌的声音。

我们飞速往黑暗的地铁隧道深处跑去。我点亮了掌中流明来照明，亮光在我们两侧的钢铁轨道来回晃动着。我感觉到身边有动静，过了一会儿才意识到是一群老鼠在跟着我们一起跑，它们也想逃过塌陷。这下面一定有一条水管爆裂了，因为我现在是在齐踝深的水里跑着。

以我过人的听力，我听到我们身边的石头建筑碎裂的声音。"阿努比斯"号在地表上进行的毁灭行为，已经对这座城市的地基造成了破坏。我瞥了一眼天花板，正好看到水泥裂开了一道参差不齐的口子，这道裂缝又在覆着青苔的墙上分散成一些小裂缝。看来我们是在跟建筑物的损坏比速度了。

这场赛跑我们赢不了，隧道就要坍塌了。

我正要大声警告他们，丹妮拉头顶的隧道突然垮塌。她刚来得及抬头尖叫，一块坠落的水泥预制板就劈头盖脸地掉了下来。

我竭尽全身力气施展心灵传动，用手往上一推。

水泥板撑住了。我设法让陷落的天花板停在了距离丹妮拉头顶几厘米的地方，不过为了撑住头顶上这么重的水泥板，我用尽了全身力气，整个人跪倒了下来。我感觉到脖子上青筋暴起，后背也都被汗水打湿了。在筋疲力尽之时还要顶住千钧之重，而此时新的裂缝正像蛛网似的出现在这块陷落的天花板上。这是简单的物理现象——它所受的力必须得倾泻到别处去，而这个别处恰好就在我们头顶。

我肯定撑不住的，撑不了多久。

我发现嘴里有一股血腥味，这才意识到自己把嘴唇都咬破了。此时的我连喊他们俩来帮忙都做不到，如果我分散了哪怕一丁点注意力，这重量肯定会将我压垮的。

幸运的是，萨姆明白了我目前的处境。

"我们得把天花板撑住！"他冲着丹妮拉喊道，"我们得帮帮他！"

萨姆站到了我身旁，也将双手举了起来。我感到他的意念力与我的汇合，减轻了我的压力，使我得以站起身来。

我用眼角余光瞥了丹妮拉一眼，她在犹豫。事实上，如果她现在逃走，有我和萨姆撑住这隧道，她也许能跑到安全的地方去。我们会完蛋，而她可以活命。

丹妮拉没有逃走，她站到了我的另一侧，也举起手向上推。天花板的水泥板嘎嘎作响，更多的裂缝出现在隧道墙上。这是很脆弱的平衡——我们的意念力刚好将裂开的石头建筑的重量转移到别处去了。不管我们怎么做，这隧道迟早都会坍塌。

一部分重量被分散了，我也可以再开口说话，不去理会全身肌肉那种火烧火燎的剧痛，还有肩膀上越来越沉的重量。萨姆和丹妮拉正顶着水泥板，等着我的指令。

"走……向后退，"我勉强嘟哝了一句，"放开它……慢慢地。"

我们三个肩并着肩，慢慢地往隧道深处后退，将心灵传动力汇集在我们的正上方，慢慢地放开我们头顶已经安全通过的区域的天花板。天花板随着我们的后退依次轰然塌下。有一会儿，我看到两辆车掉进了隧道里，旋即被更多的土块碎片吞噬了。我们头顶的街道也在垮塌，但我们三个在尽力阻止它下陷。

"还要多久？"萨姆咬着牙问我。

"不知道，"我答道，"继续走吧。"

"该死的。"丹妮拉不停地念叨着，声音低沉而沙哑，我看到她胳膊发抖。她和萨姆都是新手，还不习惯用心灵传动；我则是从未托举过这么重的东西，就算在刚拥有超能力时也没试过。我现在能感觉到他们渐渐力不从心，就快要倒下了。

他们得再多撑一会儿，不然，我们就都死定了。

"我们会成功的，"我吼道，"继续走啊！"

我可以感到脚下的隧道渐渐往下倾斜。我们越往里走，头上的天花板就越坚固。渐渐地，我们的压力减轻了，最后终于来到一处天花板稳固的地方。

"松手，"我喊道，"没事了，松开吧。"

我们动作齐整地松开了对天花板的支撑力。十码开外，我们之前撑住的最后一块天花板坠落在隧道里，切断了我们的来路。我们头顶的隧道嘎吱作响，又稳住了。我们三个一下子瘫倒在隧道底部的脏水之中。我的感觉就像肩膀上真正卸下了千斤之力。这时身边传来一阵作呕之声，我才意识到丹妮拉都吐了。我努力想站起来帮帮她，但身体完全不听使唤，我一下又跌进水里，摔了个嘴啃泥。

过了一会儿，萨姆的双手托住了我的胳膊，将我扶了起来。他的脸苍白而僵硬，力气像是几乎耗尽了。

"天哪，他这是要死了吗？"丹妮拉问萨姆。

"他所承受的天花板重量也许是我们的四倍之多，"萨姆回答道，"帮我扶起他。"

丹妮拉钻到我的另一只胳膊底下，和萨姆一起将我扶了起来，把我往隧道深处拖。

"他刚刚救了我的命。"丹妮拉说道,还是一副上气不接下气的样子。

"是的,这种事他常干,"萨姆转过头,凑在我耳边说,"约翰?你听到我说话了吗?你可以熄灭手心的亮光了。我们在黑暗里也能走上一阵。"

这时我才意识到我还用掌中流明照着这条隧道。虽然筋疲力尽,我还是本能地亮着这两束光。熄灭掌中流明,不要强打精神,任由自己被搀扶着,要做到这些我还是得保持意识清醒的。

由他去了,我信任萨姆。

接着我就再也感受不到萨姆和丹妮拉的搀扶了,我感觉不到我的双脚在地铁隧道浓稠的脏水中行进。我浑身的酸痛都消失了,整个人安安静静地飘浮在黑暗之中。

一个女孩的声音打破了我的安眠。

"约翰……"

一只冰凉的手滑进了我的手心。是一只纤细的女孩的手,小巧柔弱,但它捏住我的手劲足以让我恢复意识。

"睁开眼睛,约翰。"

我照她说的做了,接着发现自己躺在一个简朴的房间中的一张手术台上,一排吓人的外科手术器械散布在我周围。我的头颅旁边是一台看着像真空吸尘器的机器——一条末端安装着手术刀般锋利锯齿的导管连接着一个桶形容器,容器里是沸腾着的黑色黏稠物质。这台机器里漂浮着的黏稠液体让我想起了我帮国防部长清通血管的情形。光是看着这些东西就让我毛骨悚然,它一看就是莫加多尔人弄出来的非天然的东西。

情况不对啊！我这是在哪儿呢？难道在我失去知觉的时候，我们被俘虏了？

我感觉不到自己的胳膊和腿，但奇怪的是，我压根不慌张。出于某种原因，我觉得自己不像是身陷某种真正的危险之中。我以前也有过这种灵魂出窍的经历。

我这是在梦里，我意识到了。但不是在我自己的梦里。控制这一切的，另有其人。

我费了些力气，设法将头扭到左边。这一边没有什么东西，除了更多形状奇特的设备——很多不锈钢医疗器械，还有我们在艾什伍德庄园里看到的那种结构复杂的机器。不过远端的墙上倒是有一扇窗户——其实是一扇舷窗。我们在空中，外面的天幕黑森森的，却被底下城市的火光映红了。

我在"阿努比斯"号上，悬浮在纽约城的上空。

为了将每个细节都记住，我将头转到了右侧。一队身穿实验服、手戴消毒手套的莫加多尔人围在跟我身下这张一模一样的金属台边，台上是一副小巧的身躯。一个莫加多尔人握着一条导管，导管连接着另一台液体泵出机，正将液体输送到手术台上那个小姑娘的胸口。

埃拉。

导管的刀刃穿过她的胸膛，而她并没有哭。我全身无力，什么也做不了，眼睁睁地看着那些莫加多尔人的黑色黏液慢慢地泵入她的体内。

我想尖叫，但我还没叫出声来，埃拉就扭过头来盯住了我。

"约翰，"她说道，虽然正经历一台可怕又恶心的手术，她的声音却出奇的平静，"起来，我们的时间不多了。"

第五章

"我们可以做到的，但首先你得明白菲丽·邓拉的思维方式。"亚当悄声说。

"你是了解莫加多尔人心理的专家，"我回答道，一边看着亚当用一截折断了的树枝在地上画了一个正方形，"说来给我们听听。"

我们三个蹲在那架无法启动的"掠行者"旁边，这架飞船就停在莫加多尔兵之前用作飞机跑道的那条泥土小道上。现在天都黑了，但莫加多尔兵有很多手提电灯，可以为他们对圣殿的全天候进攻照明。我想菲丽并没有足够的先见之明，知道要事先将电池偷走，所以至少我们现在还有照明。这座寺庙的四周还安装了大型的泛光灯，但我们将那些都关了。没必要让她更方便地监视我们。

太阳下山后，我们周围的丛林似乎有了更大的响动，热带飞禽的啁啾被不计其数的蚊子可怕的嘤嗡声取代。我"啪"地一掌往颈后打去，有一只蚊子正企图叮我。

"我毫不怀疑她现在就在那边盯着我们，"亚当说，"她手下的每一个莫加多尔兵都受过侦察监视的训练。"

"是，我们知道，"我看着暗处回答道，"我们这一辈子一直被你们的人盯梢，还记得吗？"

亚当没有理睬我，自顾自地说下去："她也许可以三天三夜不睡觉。而且她不会只待在一个地方，她会不停地移动。我们不会发现有个营地什么的。如果我们到里头去追踪她，她就会挪地方，先我们一步。尽管有这么大的丛林给她藏身，她还是会本能地待在我们附近。她想留意我们的动静。"

看见亚当在他所画的正方形四周又画了些弯弯曲曲的线条，玛丽娜冲他皱了皱眉头。我意识到他是在画圣殿和周围的丛林。

"这样的话，我们得把她引出来。"玛丽娜说。

"你知道有什么好办法吗？"我问亚当。

"我们给她一样莫加多尔人无法抗拒的东西。"亚当回答道，接着在丛林的西部画了一个 M[①] 字。他敏锐地看了玛丽娜一眼。"一个柔弱的加尔德。"

顷刻间，我感到周围的空气一下子冷了一点。玛丽娜倾身向前，靠近了亚当，她眯了眯眼睛，目光中满是威胁。

"你看我这样子很柔弱吗，亚当？"

"当然不。我们只是要你做做样子。"

"陷阱，"我说道，努力做个和事佬，"玛丽娜，冷静点。"

玛丽娜看了我一眼，但我感觉到她的寒意消散了些。

"这么说吧，"亚当继续说道，"我们先要分头行事。"

"分开？"玛丽娜重复了一声，"你开什么玩笑。"

"这主意再糟糕不过了。"我说道。

---

① 指玛丽娜。

"我们只是要进去追捕她，"玛丽娜说，"六号可以让我们隐身。她绝对逃不了。"

"那可能就要花上一整晚的时间了，"亚当说，"也许还要更长。"

"而且在伸手不见五指的丛林里行动绝非易事。"我提醒玛丽娜，想起了我们之前的大沼泽之行。

"我们分头走，就是因为这是个笨办法，"亚当解释说，"我们要装作努力想找到她的样子，装作是想搜索更多的区域。菲丽·邓拉就会以为这是个机会……"

亚当画了三条从寺庙延伸出来的线条，散开进入丛林中。

"六号，你往东走，我往南。玛丽娜你就向西。"亚当看着我说。"当你走入丛林两百步远之后，六号，你就隐身。那时她不会盯着你的。"

"你怎么就觉得她不会袭击我呢？"我问道，"我可能会受到攻击。"

玛丽娜哼了一声。

亚当摇了摇头："她会先盯上我们的疗伤者。这一点我很有把握。"

"因为换做是你，你也会这样做？"玛丽娜问道。

亚当迎上了她的目光："是的。"

我和玛丽娜交换了一个眼色。至少亚当很坦白地让我们知道他是如何追踪我们的。我很高兴他是我们的战友。

"我想这倒是行得通的。"玛丽娜看着地上的草图说。接着她突然抬头看了看亚当："等等，你是说莫加多尔人知道我是个疗伤者？"

"当然，"他回答道，"在战场上，他们每发现你们的一项超能力，就会将其记录在你们的档案中。所有莫加多尔人都要学习这些档案。

这就像是他们第二喜爱的娱乐活动,仅次于学习圣典。"

"有意思。"我说道。

玛丽娜仔细地考虑着:"他们不会知道我有夜视力。这种能力不是他们能观察到的。"

亚当从他的作战计划中抬起头来:"你还有夜视力?"

玛丽娜点点头:"如果你说对了,如果菲丽真的会袭击我,我也许能先发现她的攻击。"

"哈,"亚当回答道,"那真是个意外收获。"

"我隐身之后要怎么做?"我问道。

"你来找我,我们一起隐身,然后我们折回去跟上玛丽娜。这样菲丽·邓拉袭击她时,我们可以给她增援。"

"如果你们还没到达,她就袭击我了呢?"玛丽娜问道。

亚当得意地笑了:"我想你先不要杀她,拿到导管再说。"

"你以为她会乖乖地交出来吗?"玛丽娜仰头看着亚当问道。

"希望她把它们带在身上吧。"他回答。

"如果没有呢?"

"我……"亚当看看玛丽娜又看看我,想知道我们会有何反应,"有不少能让人开口的方法。就算是莫加多尔人也会开口的。"

"我们不会用刑。"玛丽娜斩钉截铁地说。即使她经历了这么多事,即使失去了八号——她还是我们的道德标杆。她的目光落在我身上,向我求援:"对吧,六号?"

"到时候再说吧,"我回答道,暂时不想下定论,"凡事都讲个轻重缓急,我们抓住那婊子再说。"

我们三个装模作样、大张旗鼓地分头行事了,每个人都带着一盏电灯,进入了那可怕的丛林。我猫着腰钻过密林里厚厚的藤蔓和纵横交错的树枝，一边尽可能全神贯注地倾听着。我希望自己能撞上菲丽，尽快实现亚当的计划，可惜我并没有这么走运。我只是给没完没了的丛林之声增添了一些响动。在我左侧，一只黑乎乎、毛茸茸的东西尖叫着警告了我一声，因为我穿过了它的地盘。丛林里的动静和声响太多了，亚当说得对，在这里追捕菲丽·邓拉简直就是不可能的事。

我浪费了点力气推开了一根树枝，它弹了回来，打在我肩上。我咬咬牙，心里盘算着是不是要召唤一个飓风，扫荡这片愚蠢的丛林，然后把菲丽·邓拉给逮住。

一个莫加多尔人——我们就在这里追踪一个笨蛋莫加多尔人。这应该正中了菲丽·邓拉的下怀，将我们引出来，鬼知道纽约城里正在发生什么事呢。全面入侵就要爆发了。我想象着约翰和九号正与一群群莫加多尔兵厮杀，萨姆则急忙逃命，整个世界都被烈焰笼罩。

是的，我们得赶紧把这事解决了。

在分头进入丛林之前，我们开启了圣殿四周的巨型卤素灯，这样我们回头才能找到来路。等我走得足够远，在树木间隙中几乎看不到灯光了，我就把自己隐身起来。因为担心菲丽·邓拉一直在盯着我而不是玛丽娜，我还施展心灵传动，让手中的灯飘浮在我的前方。我稍等片刻，看周围的丛林里是否有黑影窜出来，追踪我那盏鬼魅似的灯。发现没有人跟过来之后，我将灯挂在低垂的一根枝条上，就不再理它了。

我现在隐身起来很是自在，经过几年的练习，我已经有了很好的空间意识。不过手里没有灯，要认路还是不太容易的。好在我在佛罗里达多少也积累了些经验。我慢慢地走着，经常看看面前泥泞的土地，弯下腰钻过前边的枝条。有一会儿，我还要小心不踩上一条蜕皮的响尾蛇，我走过的时候，那家伙动都没有动一下。

不久之后，我就发现了亚当的灯在丛林中晃动。他故意慢吞吞地走着，等我追上他。他没有听到我的脚步声，当我把手伸进他的手心将他隐身时，我听到他倒吸了一口凉气，双肩也僵硬起来。

"吓到你了？"我悄声问他。我用心灵传动从他的另一只手上接过了那盏灯，依样画葫芦地将之前那一套又做了一遍。

"没有料到罢了，"他轻声说，"咱们走吧。"

我们开始一路穿过丛林，往玛丽娜应该在的方向走去。一开始我小心翼翼地避免走得太快，但亚当的平衡能力很好，而且看样子跟进得很顺利。让人意外的是，他的手冰凉冰凉的，而且尽管丛林潮湿，这双手还很干爽。他很淡定，整个情况对他来说丝毫没有怪异之感。我忍不住轻笑了一声。

"怎么了？"他问我，在黑暗中，他的声音轻如耳语。

"没想到这辈子还会跟一个莫加多尔人牵手。"我回答说。

"我们可是战友，"亚当答道，"这是为了任务。"

"好吧，谢谢你说明了这一点。不过，难道你不觉得怪吗？"

亚当顿了一下："没有。"

他没再出声，我记起了在飞往圣殿的途中他所说过的话。

"我让你想起谁了？"我们小心地翻过一段木桩时我问道。

"什么？"

"之前在'掠行者'上，你说我让你想起了一个人。"

"你非得挑这个时候谈不可吗？"他悄悄地回答道。

"我好奇嘛。"我回答，一边留意玛丽娜的灯发出来的光。我们还没有发现它。

亚当静默了好长一会儿，我开始以为他不想再说话了，以为他的沉默是在斥责我不专心执行任务。我正想对他说我可以一边追踪一个莫加多尔人一边闲聊两句，这时，他开口了。

"一号，"他说道，"你让我想起了一号。"

"一号？被你夺走了超能力的那个加尔德？"

他的手在我手里一阵发紧，像是克制自己不要甩手而去。

"是她把超能力给了我，"亚当厉声说，"我没有夺走任何东西。"

"好吧，"我回答，"对不起，我措辞不当了。之前没有意识到你是真的认识她。"

"我们的关系……一言难尽。"

"就比如，你是追踪她的莫加多尔人头目什么的？"

亚当叹了一口气："不。在她被害之后，一号的意识被植入我的大脑，我还保留自己的意识。有那么一段时间，确切地说，我们就是共用一副躯体。我想就是因为如此，对刚刚这五分钟时间里握着你的手，还有其他什么让你不舒服的幼稚举动，我才会觉得挺自在的吧。我以前真的跟加尔德有过非常亲密的关系。"

现在轮到我沉默了。我从未真正与一号见过面，她对我来说完全就是一个谜，更像是一个概念；一个不幸的人，第一个出击，又第一个被害。可是亚当对她有着那么细致的了解。一个莫加多尔人竟然比我更想念她，这让我觉得好奇怪。还不只是这样，从他的语气听起来，他真的是很关心她的。我们的世界真是越来越奇怪了。

"她在那儿。"我轻声说。看见了玛丽娜的灯，我们也就不用再进行这么尴尬的谈话了。

"好极了，"亚当以一种如释重负的语气说道，"现在我们跟上她，等着菲丽·邓拉上钩——"

亚当话音未落，一道深蓝色的激光就划破了夜幕，朝玛丽娜的灯射过去。就算丛林里各种声响不断，我还是能听到玛丽娜尖叫了一声。

"糟了！快走！"

我松开亚当的手，急速穿过丛林，一边用心灵传动推开纠缠交错的树枝和挡道的浓密树叶。我很肯定自己一路上被枝叶刮伤了几处，但这一点也不要紧。野兽们因为我磕磕碰碰地穿越它们的领地而叫得更响了。我隐约注意到亚当在我身后跑着，跟随着我之前清理出来的小道。

玛丽娜的灯在我前方，透过杂乱的枝条缝隙发出斜斜的光束，由此可见她的灯已经掉在地上了。

我全速前进，不到一分钟就穿过了这片林子。我冲到了一片小空地上，那里倒着玛丽娜的灯，正好让我看到玛丽娜把一只手搭在上臂一处激光枪造成的伤口上。她抬头瞥了我一眼，一边为灼伤的肌肉疗伤。

"计划奏效了。"玛丽娜漫不经心地说。

"你受伤了。"我答道。

"这个啊？还好啦。"

我松了一口气，接着将目光投向玛丽娜的左侧，菲丽·邓拉跪在地上瞪着我们。她头上那块莫加多尔人的文身和紧紧向后挽的辫子间，有一道鲜血正往下淌，也许那就是玛丽娜击中的地方。菲丽的激光枪就在她身旁她够不着的地方，而且已经被用心灵传动扭成了废铁，她的双手和足踝都被铐住了。我很快发现那些是用坚冰做成的手铐和足镣，看来玛丽娜已经能自如地运用她的这项新的超能力了。

亚当比我慢了几秒到达空地。看到他出现，菲丽·邓拉眼中的恨意更深了。

"你抓到她了啊。"亚当说。玛丽娜点了点头,微微笑了一下。"你还好吧?"

"我没事,"玛丽娜回答,"现在我们该拿她怎么办?"

"你应该杀了我,"菲丽·邓拉咆哮道,一口唾沫吐在她面前的地上,"看到一个原生莫加多尔人跟你们这些洛林人勾勾搭搭,真是脏了我的眼,我都不想活了。"

"你好啊,菲丽。"亚当说道,翻了个白眼。

"我们不打算杀了你——"我正要开口,菲丽在地上扭来扭去地打断了我。

"因为你们都是胆小鬼,"她咬牙切齿地说,"你们想把我改造成像他一样吗?把我变成你们的另一只莫加多尔走狗?那是绝对不可能的。"

"你都不让我把话说完,"我走近她说道,"我们还不打算杀了你,暂时不想。"

"你搜了她的身吗?"亚当问玛丽娜。

"她只带了这把激光枪。"玛丽娜回答说。菲丽的其他行头就是莫加多尔兵标配的一身光滑的防弹衣了。没地方给她藏飞船零件。

"你把导管怎么了?"我问她,"把它们交出来,我至少能让你死个痛快。"

玛丽娜匆匆看了我一眼,有些诧异。之前的问题我等到现在才回答——我们会怎么对待一个莫加多尔战俘,为了获取情报,我们又会下多狠的手?动刑。这个想法让我深恶痛绝,尤其是回想起自己被他们关押的日子。这感觉就像跨越了某种界限,像是他们会对我们下的手。这跟在战斗中杀死他们不同,那时的他们会反击,会同样想要我们的命。菲丽·邓拉现在是我们的囚徒，她是无助的。但一个莫加多尔战俘是没有用的，我们必须走出这座丛林。我知道我们不该堕落到他们的地步，但我们现在处于绝望的境地。光是威胁能有多大作用呢？我怀疑没有。

"慢慢等死吧，洛林废物。"菲丽唾了我一口。

这样看来，她是不打算痛快说出来了。

我还没决定要怎么做，亚当一个箭步从我身边跨过，用手背狠狠地刮了菲丽的脸。她大喊一声，往侧面倒下了。我发现菲丽是受惊了，她没有预料到这么一巴掌。也许她笃信我和玛丽娜都不爱动刑，可是亚当……

"你忘了是在跟谁打交道，菲丽·邓拉。"亚当咬紧牙根说道。他双膝跪倒在她身边，一把揪住她的衣领，把她扯了起来。"你以为因为我跟加尔德在一块儿行动，就把咱们那一套给忘了吗？你知道我爸爸是谁。让他失望的是，我的非作战科目分数总是最高的。不过……将军设法调整了我的训练——审讯、解剖。想想将军对自家儿子的训练是多么严格。我记得很清楚。"

亚当用一只手捏住菲丽的后脑勺，大拇指抠住她的耳后。她尖叫起来，两条腿不住抽搐。玛丽娜向这两个莫加多尔人迈出了一步，又看了我一眼。我克制住自己，摇了摇头，拦住了她。

我要放手让这出戏演下去，不管后果是什么。

"你的思想我也许不敢苟同，菲丽·邓拉，"亚当提高了嗓门说，以盖过她的尖叫声，"但我跟你的生理结构是一样的。我知道你的神经分布在哪儿，往哪里下手才能狠狠地教训你。我会利用今晚余下的时间慢慢折磨你，直到你主动求死。"

亚当放开了菲丽，让她跌坐在地上。她大口大口地喘着气，挣扎着想深吸一口气。

"或者你可以告诉我们那些导管被你藏在哪儿了,"亚当平静地说,"现在就说。"

"我永远不会——"亚当站起身来,菲丽畏缩地打住了话头。他突然对她没有了兴致。

他跟我都发现了同样的东西:菲丽·邓拉目光闪烁地望着空地边上一段长满青苔的木头。亚当朝木头走过去时,她在地上不停地扭动着,一直盯着他看。凑近去看,木头已经腐朽,被白蚁蛀空了。亚当伸手在里头掏着,然后拉出一个小小的帆布包,一定是菲丽在袭击玛丽娜之前塞进去的。

"哈,"他使劲地晃晃布包,里头的金属零件哐当作响,"谢谢你帮了忙。"

我和玛丽娜交换了一个眼色,松了一口气,虽然菲丽还在尖声说些难听的话。

"这都不要紧了,你这叛徒,"她说,"你现在做什么都无济于事!"

这话引起了我的主意。我稍微用劲踢了一下菲丽的后背,让她翻过来对着我。

"你这话什么意思?"我问她,"你在说什么?"

"战争爆发了,又结束了,"菲丽冲我哈哈大笑道,"地球已经是我们的了。"

听了这话,我心里不由得一沉,但我还是不动声色。我们必须离开墨西哥,自己亲眼看一看。

"零件还完好吗?"我问亚当。

"她是骗你的,六号。这是她惯用的伎俩。"他安慰我说。也许他是发现我声音里的一丝紧张了吧。他将帆布包倒了过来，弯腰察看起来。

"我们该把她怎么办？"玛丽娜问我。她盯着菲丽·邓拉看了一会儿，加固开始融化的冰手铐。

我正考虑该怎么回答，亚当嘟哝了一声，猛拽了一下似乎被什么东西卡住的拉链。拉链松开之后，帆布包里有件东西咔哒一响，像是启动了一个计时器。

"小心！"亚当尖叫着将帆布包抛开。一切都发生得太快了。我看到帆布包前面的地面升了起来，才意识到亚当在施展他的地震波超能力来保护我们。随着一道橙色光芒和一声巨响，包里的炸弹在他面前爆炸了。一块块土疙瘩和致命的弹片飞过空地。我被爆炸的冲击波震倒在地，感觉到自己的腿上有了新伤——一块参差不齐的金属块，也许是飞船的零件，插进了我的大腿。

耳朵里虽然嗡嗡作响，但我还是能听到菲丽歇斯底里的大笑。

第六章

　　一个重重的身体跌倒在我腿上,使我腿上的弹片插得更深了。是菲丽·邓拉。她的脸上和胳膊上都有新的伤口,都是被她自己的简易炸弹炸出来的。她的手腕和足踝还被冰铐铐着,但那也阻止不了她扑到我身上来。我还没从爆炸的震击中缓过神来,菲丽就在我身上爬过,一头撞在我的胸口上。

　　"现在去死吧,洛林废物。"她恶狠狠地说,还在为她那愚蠢的圈套洋洋得意。

　　我不敢肯定她的计划是什么——也许是把我咬死,或是用身体将我闷死,但我还没迷糊到任由那样的事发生。我迅速施展出心灵传动,一把将菲丽·邓拉掀翻。她在地上打了几个滚,滚过被炸毁的帆布包碎片余烬。她努力想站起来,结果手铐脚镣碍手碍脚的,她气得尖叫起来。

　　我用尽力气往她脸上踢了一脚,菲丽瞬间安静下来,倒在地上不省人事。

　　"醒醒啊!"

玛丽娜的声音让我从愤怒中清醒过来，要不然我可能会当场把菲丽杀了。我转过身，看见她正俯身看着亚当。

"他……"

我一瘸一拐地走过空地，忘记了还有一根六英寸长的锯齿状钢条刺穿了我的大腿。我顾不得这痛楚，亚当现在的情形比我还糟。

我跟跄着绕过亚当在爆炸几秒钟前堆积起来的小土丘——它挡住了许多弹片，但还不够，炸弹还是在他跟前爆炸了，所以亚当承受了爆炸的冲击波。他现在仰面躺着，玛丽娜俯身看着他，他受伤的程度让我不由得大吃一惊。他的整个上腹都被炸开了，就像是被扒开了似的。他本该鱼跃躲开的，而不是站在那儿当人肉盾牌。这笨蛋莫加多尔人，还逞英雄。

让人惊讶的是，亚当还是清醒的，就是说不出话来，他好不容易积聚的力气似乎都用在呼吸上了。他瞪大了惊恐的双眼，一边大口大口地喘着粗气，浸满了鲜血的双手紧握成拳。

"我可以的，我可以的……"玛丽娜不断地对自己说，毫不犹豫地将双手放在亚当情状可怖的伤口上。我从她身后茫然无助地望着，意识到这个情景对玛丽娜而言是多么令人心碎而熟悉，就像是八号临终的一幕重现了。

亚当的呼吸越来越急促，我看着他的内脏在玛丽娜的抚摸之下慢慢自行愈合。接着一件让人苦恼的事情发生了——一阵噼里啪啦的声音传来，就像刚生起一堆火那样，亚当上腹有一块冒出了火花，随即化为我们都很熟悉的莫加多尔人的死亡灰烬。

玛丽娜吃惊地喊出声来，将双手移开。

"到底怎么回事？"我睁大眼睛问。

"我不知道！"玛丽娜喊道，"有某种东西在抗拒我，六号。恐怕我是在伤害他。"

玛丽娜一停止疗伤,亚当依旧敞开的伤口又开始流血。他脸色发白,甚至比往常更苍白。他的双手在土里抓挠着,颤颤巍巍地伸向玛丽娜。

"别……别停下。"亚当喃喃地说。他一开口,我就看到他嘴里黑色的血。"不管发生什么……都别停手。"

玛丽娜努力振作起来,又将手放在了亚当的伤口上。她紧闭双眼,全神贯注,汗水从她满是尘土的脸庞往下淌。我以前也多次看见过玛丽娜疗伤,但这次绝对是我看到她最费力的一次。亚当的身体慢慢重生,可接着他的某处内脏又开始溅出火星,化为灰烬,就像是一颗炸弹的引信在他体内燃尽。当这情景结束时,他身体的其他部分正常地合拢了。

整个过程花费了两分钟,但玛丽娜最终还是让亚当的上腹愈合了。她一屁股跌坐在地上,就像刚刚极速奔跑过那样喘着粗气,双手颤抖。亚当依旧躺在地上,手指摩挲着腹部的皮肤,几分钟前,这里的皮肤完全不存在。最终他用一只手肘支撑着坐了起来,看着玛丽娜。

"谢谢。"他凝视着她说,脸上交织着惊讶与感激。

"不客气。"玛丽娜歇了一口气说。

"呃,玛丽娜?你可否……"我指着插在我腿上的金属片问道。

玛丽娜精疲力竭地哼了一声,不过还是点了点头,挪到我身边来跪在我面前:"你要我将它拔出来还是……"

她话音未落,我已经把弹片拔了出来。一股鲜血喷出来,沿着我的腿往下流。伤口痛得要命,但玛丽娜很快用一股寒气将它麻痹了,然后用她的疗伤超能力把我的伤口愈合起来。比起为亚当疗伤,这点活儿根本就没费多少时间。

刚帮我疗完伤，玛丽娜马上回头看了看亚当："我刚刚帮你疗伤的时候是怎么回事？为什么那么难呢？"

"我其实……也不知道。"亚当凝视着远处回答道。

"你刚才开始分解了一点点，"我说，"就像是要死了似的。"

"我当时是要死了，"亚当说，"但那种事情不该发生在我身上。跟你们交过手的生化战士化为灰烬是因为他们是希特雷库斯·雷通过基因实验制造出来的。可是，我从来都没有接受过实验。至少……"

"据你所知没有。"我把他的想法说了出来。

"是的，"亚当低头看着自己说道，似乎突然不再信任自己的身体了，"我曾经昏迷了好几年，也许我爸爸对我做了什么。不过我不知道具体是什么。"

"不管是什么，我想我的治疗将它全部排了出来。"玛丽娜说。

"希望如此。"亚当回答。

我们三个都陷入了沉默。现在抢救的问题是解决了，摆在眼前的是我们糟糕的处境。我走到菲丽·邓拉制造爆炸后焦黑的现场，踢开帆布包烧黑的碎片和变形的金属片。那个包之前也许是装满了导管，但现在已经没有任何可以用的东西了。

我们现在完全是束手无策。

我转身发现亚当已经站起身来，站到了不省人事的菲丽身边。

"应该把她杀了，"他冷酷地说，"我们没理由还留着她的小命。"

"我们不该这么做，"玛丽娜回答，她的声音温和又充满理性，"她被绑起来，也就不能伤害我们了。"

亚当正要开口回应，但似乎改变了心意。玛丽娜刚刚救了他的命，所以我想他觉得自己得听她的。其实双方的意见我都同意——菲丽·邓拉现在就是个祸害，留着她等于邀请她再害我们一次。但在她昏迷不醒时杀了她，似乎是不对的。

"至少我们得等她醒过来，"我婉转地说，"到时候再看看拿她怎么办。"

他们俩闷闷不乐地默默点了点头。我们朝圣殿走回去。我用心灵传动让昏迷的菲丽飘浮起来，跟我们一块儿走。我们一到那里，玛丽娜就将冰镣铐加固了，之后我们用一根电线将这个莫加多尔原生人绑在其中一艘故障飞船的方向盘上。这会儿我非常肯定她是在装死。由她去吧。玛丽娜说得对，她都被绑起来了，伤害不了我们。如果她挣脱出来，我一定让亚当心愿成真。

不知道还有什么事可以做，我只好又拿起卫星电话试了试。约翰还是没有接电话。这让我想起菲丽·邓拉之前对我们说起的闪电战。我身上没有出现新的疤痕，这说明约翰和九号还是好好地活着，但并不说明纽约的情况一切顺利。

"亚当，我们能否进入某一艘飞船上的莫加多尔通讯系统？"我问道，"我想知道现在的情况到底如何。"

"当然。"他回答道，很高兴终于有机会做一件有意义的事。

我们仨爬上了原先的那架"掠行者"，亚当坐上了飞行员的位置。他成功启动了飞船上的电力系统，虽然这么一来那些灯开始不停乱闪，"掠行者"的内部也嗡嗡作响。亚当开始转动仪表板上的一个调谐钮，但除了断断续续的电波噪音，什么也没接收到。

"我得先找到正确的频率。"他说道。

我叹了一口气："没事的，我们又不是要去哪儿。"

站在我旁边的玛丽娜看着"掠行者"窗外的圣殿。我们把卤素灯都开着，所以整座寺庙都被照亮了，这古老的石灰岩建筑简直是熠熠生辉。

"别灰心，六号，"玛丽娜平静地说，"我们会想出办法的。"

亚当再次转动调谐钮，噪音不见了，取而代之的是一副低沉的莫加多尔人的嗓音。这个莫加多尔人话音清晰，简明扼要，像是在宣读一张清单上的项目。而我，自然是一个字也听不明白。

我用手肘捅了捅亚当："你不打算翻译一下？"

"我……"亚当一直盯着无线电看，好像它着了魔似的，不知道该说些什么好。我马上意识到，他是不想告诉我无线电里传来的消息。

"情况有多糟？"我问道，尽量稳住自己的声音，"告诉我有多糟就行了。"

亚当清了清嗓子，颤抖着声音开始翻译起来："莫斯科，中等抵抗。开罗，无抵抗。东京，无抵抗。伦敦，中等抵抗。新德里，中等抵抗。华盛顿特区，无抵抗。北京，激烈抵抗，保全计划取消……"

"这是在说什么啊？"我打断了他，对这些嘤嘤嗡嗡的话语失去了耐心，"他们的攻击计划吗？"

"他们的战况报告，六号，"亚当沉重地说，"各艘飞船在汇报各自的入侵进展。上述的每一座城市都有一艘飞船在配合他们的入侵作战，而且它们不是仅有的……"

"已经发生了吗？"玛丽娜凑上前来，"我还以为我们有不少时间呢。"

"舰队已经来到地球上了。"亚当一脸茫然地回答。

"保全计划是什么意思？"我问他，"你说北京的保全计划取消了。"

"保全计划是希特雷库斯·雷为了长期占领地球而做出的保护地

球完整的计划。如果北京那边的计划取消了，那就意味着他们要毁掉那座城市了，"亚当说，"这是一个信号，警告其他有可能不老实的城市。"

"天哪……"玛丽娜喃喃地说。

"单独一艘飞船就可以在几小时内毁灭一座城市，"亚当接着说，"如果他们……"

他声音渐弱，无线电里有些新情况引起了他的主意。他克制住自己的情绪，用力转动调谐钮，调低了莫加多尔军打胜仗报道的声音。

我一把抓住他的肩膀："什么情况？你听到什么了？"

"纽约……"他捏着自己的鼻梁阴沉着脸说，"纽约，有加尔德协助的抵抗……"

"那就是我们啊！是约翰！"

亚当摇了摇头，把句子翻译完："有加尔德协助的抵抗被瓦解。入侵成功。"

"这是什么意思？"玛丽娜问道。

"这说明他们赢了，"亚当阴郁地说，"他们占领了纽约市。"

他们赢了。这句话不断地在我脑海里回响。

他们占领了城市，而我们被困在这里，束手无策。

找不到更好的东西来出气，我一拳砸在控制台上，无线电里莫加多尔进步的冗长播报还在絮絮叨叨地进行着。仪表板冒出了火花，亚当吓了一跳，从驾驶座上跳了起来。玛丽娜站起身，想搂着我，但我一把将她甩开了。

"六号！"我跳下驾驶舱时，她在我身后喊道，"战斗还没有结束！"

我站在"掠行者"的机顶，怒火中烧，但又无处发泄。我看着沐浴在灯光中的圣殿，这个地方应该是我们获救的希望。但我们这一次行程却什么都没改变，还差点送了我们的命，现在我们连仗都打不上。我们没能帮助约翰拯救纽约，会有多少人因此而丧命啊？

我觉得颈后一阵发麻，有人在看着我。我转身扫视着跑道和其他飞船。菲丽·邓拉醒过来了，还绑在之前的地方。

她正冲着我狞笑。

第七章

埃拉说话的时候,我的体内一阵震动。突然我又可以动了。我从手术台上跳起来,想推开围在埃拉身边的莫加多尔医生。

我的双手穿过了他们的身体,好像他们是鬼魂似的。他们现在凝固在太空里,一动不动的,这一刻成了我眼前的一幅快照。我需要提醒自己,这是我或者埃拉脑海里发生的事情,或是发生在我们脑海之间的某个地方——在我们的梦里。

"别在意他们。"埃拉说道。她坐起身来,穿过那台连接到她胸口的泵机,接着跳下手术台,穿过了那些莫加多尔人。"我连他们对我所做的事情都感觉不到。"

"埃拉……"我都不知道从何说起。抱歉在芝加哥的时候任由你被绑架了,抱歉在纽约的时候没能救下你……

她抱住我,小小的脸庞靠在我胸口。至少,这种感觉是真实的。

"没事的,约翰。"她说道。她的声音几乎可以称得上是平静的,就像某个已经接受了自己命运的人。"不是你的错。"

我拥抱着这个埃拉,而那个被凝固于时空之中的埃拉,还被固定在手术台上,在那些莫加多尔器械之下,被敌人团团围住。我忍不住细细地打量怀里的埃拉,看着成为莫加多尔囚徒的日子给她造成的可怕后果。她看起来苍白枯槁,金棕色的头发里已经出现了几缕白发。可以看到她皮肤底下的黑色血管。我心里一阵发冷,强迫自己将视线移开,更用力地抱紧了埃拉。

拥抱过后,埃拉抬头凝视着我。她现在的样子还是我记忆中那样——大大的眼睛,天真清纯——但是她的眼圈有掩不住的疲乏,疲乏又充满智慧,这是上次我见到她时还不曾呈现的状态。我无法想象她都经历了些什么。

"他们把你怎么了?"我语气平静地悄声问道。

"希特雷库斯·雷称之为他的'馈赠'。"埃拉抿着嘴唇厌恶地说。她回头望着自己被施以手术的景象,双手抱住了自己。"他注入我体内的东西,我不知道是哪里来的。他就是用这些怪异的垃圾基因培养液制造出那些生化战士。这东西还被他用来强化一些地球人——你知道这事吧?"

我点点头,想起了国防部长桑德森,还有我为他疗伤时感受到的他体内那种癌细胞似的抵抗力。

"他也这么对你?你可是他的——"要大声说出这个词我还是有些犹豫,"他的亲骨肉啊。"

埃拉黯然地点点头:"第二次了。"

我记得联合国总部门前的战斗发生时,埃拉那副昏昏沉沉的样子。"他在公开露面之前就那么对你了,"我说道,拼凑出了事情的经过,"他给你下药,这样你才不会破坏他的重要时刻。"

"那是他对我的惩罚,就因为我试图跟五号一起逃走。这份'馈赠'……让我无法集中精神,至少清醒的时候做不到。我不知道他是怎么做到的，但他利用这个来控制我。这可能跟他的一种超能力有关。我想弄清他的所有能力，约翰，我努力去阻止他，可是……"

埃拉的肩膀耷拉了下来。我用一只手轻轻地揽住了她的颈后。

"你已经尽力了。"我对她说。

她哼了一声。

我良久地盯着连接埃拉的机器，想记住每一个细节。也许等我们联系上亚当，他就可以告诉我们这机器是如何运转的。

"他现在没有控制住你，"我指着我们所处的在时空中凝固住的这个莫加多尔手术室说，"你还能这样做。你还在与他对抗。"

"我隐瞒了我的传心术超能力，"埃拉挺直了一些回答道，"每次他伤害我，我就躲在自己的意念里。我练习着。我的超能力越来越强。我从'阿努比斯'号上就可以感觉到你来了。我可以将你拉进我的……这是我的梦境吧？不管是什么了。"

"就像在芝加哥时那样，"我灵光一闪，努力想弄清当前的情况，"只是那时你得触碰我才能做到。"

"现在不需要了。我想我能力更强了。"

我用力握了握埃拉的肩膀。这一刻本来是值得骄傲的，她变得独立了，年纪这么小就能学着驾驭如此强大的超能力。但我们的情况太紧迫了，我没法给予她真正的祝贺。

我看了看医务室另一头的门，又看了看埃拉。

"你能带我到处去看看吗？"我问道，"能不能做到？"

埃拉挤出一个不安的微笑："你想转转？"

"知道飞船的内部构造也许对以后我上船来救你会有好处。"

埃拉闷闷不乐地笑了一下，移开了视线。希望她没有放弃希望。现在看来救她的可能性是很小，但我不会由着她永远留在这里当希特雷库斯·雷的乖孙女。我会想出办法的。我还没把所有的想法告诉埃拉,她就点了点头。

"我可以带你到处转转。这飞船上的地方我都去过了。如果我见过飞船的全貌,那信息应该已经储存在这里。"埃拉轻拍着太阳穴说道。

我们走出医务室,来到了走廊上。两边都是不锈钢金属墙,闪烁着昏暗的红光,一个冷冰冰、干巴巴的地方。埃拉领着我穿过"阿努比斯"号,带我看了瞭望甲板、控制室和兵营,这些地方都是空荡荡的,一个人也没有。我努力记下每一个细节,等我醒过来就可以画出地图了。

"那些莫加多尔人全都上哪儿去了?"我问她。

"多数都在底下的城市里。'阿努比斯'号现在只有基本的几个船员在。"

"知道了。"

我们走到飞船深处,停在另一个实验室的一扇玻璃窗前。实验室里的地板上放着一大桶黏稠的黑色液体,占据了整个房间。大桶上交叉着两条狭窄天桥,每一条上面都安装了不同的控制面板、监控设备和排列在架子上的重型激光枪。一个椭圆形的东西从液体中冒出来,它的形状像颗蛋,不过上面覆盖着深紫色的菌斑和搏动着的黑色血管。

我用手按着实验室的玻璃窗,扭头看着埃拉:"这究竟是个什么鬼地方?"

"我不知道,"她回答道,"他没有让我进过这里。不过……"

埃拉用指节扣着额头,有一阵看起来疑虑重重。实验室里突然出现了好多身影。六个戴着防毒面罩的莫加多尔人站在天桥上,默默地操控着那些奇怪的机器。希特雷库斯·雷就站在他们中间。看到他在那里，我差点就想往窗玻璃上靠。我不得不忍住想对他出手的冲动，提醒自己那并非真人。

"这是……是一幕回忆吗？"我问埃拉。

"是我看到过的景象，是的，"她回答道，"我想——我也说不好。这也许很重要吧。"

我们就这么看着希特雷库斯·雷将盗来的洛林吊饰举过头顶。他将吊饰在他厚实的掌心捧了一会儿，细细察看着那些蓝色的洛林宝石。他手上已经有了好几个吊饰——三个是从被他杀害的加尔德身上弄到的，其他的也许是从被他俘虏过的加尔德那里抢来的。他凝视着这些战利品，似乎缅怀了片刻。

接着，他将吊饰扔进了大桶里。那颗蛋上张开了四个小小的嘴巴，将吊饰吸了进去，吞噬了它们的光芒。

"那是怎么回事？"我问埃拉，就算是在梦境里，我也感觉要吐了，"这是什么时候的事？他在做什么？"

希特雷库斯·雷的目光突然落在我们身上，接着他喊了几声。不一会儿，他和其他莫加多尔人消失得无影无踪。

"就是在那个时候，他发现我在偷窥他，"埃拉咬着嘴唇解释说，"我不知道他当时在做什么，约翰。我很抱歉。这些记忆都有些……模糊了。"

我们继续走着，最终，埃拉将我带到了飞船停泊区。这地方非常大，有着高高的天花板，里面是一排排的"掠行者"。对纽约实施恐怖袭击的莫加多尔飞行战队就是从这里出发的。

"这是他们起飞降落的地方，"埃拉冲停泊区另一头的巨大金属门挥挥手说道，"如果门开着的话，你也许可以从那里进来。我和五号之前就是试图从那里逃跑的。"

我记下了停泊区的门。我们只需要想个办法让莫加多尔人把门打开就好。如果能找人开飞船送我们到这里来,要登上"阿努比斯"号就是小事一桩了。

"说到五号……"我犹豫了一会儿说道,不知道埃拉听说了多少,"你知道他都做过些什么吗?"

埃拉紧咬嘴唇,低头看着地板说:"他杀害了八号。"

"但他也努力帮助你逃跑了,"我试探着说,"他是不是……?"

"你是想弄明白他有多坏吗?"

"我现在在找他。我想弄清楚,等我找到他时是否该杀了他。"

埃拉皱着眉从我身边走开,盯着地板上的一个凹痕看了看。我想这凹痕肯定是她和五号试图逃跑时留下的。

"他很迷茫,"过了一会儿,她说,"我不知道……不知道他会怎么做。别信任他,约翰。但也别杀了他。"

我记得上次埃拉将我带入这样一个梦境时,她刚获得超能力,还无法控制它。那时是在芝加哥,她没有带我去她当时所在的地方。相反地,我们被困在一个未来的场景中,看着希特雷库斯·雷肆意奴役华盛顿人民,莫加多尔人已经赢下了这场战争。

"可我们不是已经知道了他的所作所为吗?"我一想到那个情景就忍不住握紧双拳问道,"是你展现给我看的场景。五号回到了希特雷库斯·雷身边。他投靠了敌人,还抓了六号和萨姆……"

我打住话头,不想重现目睹自己朋友被处决的情景。我不想记起那昭示我们会失败的命定预兆。埃拉摇了摇头。她双唇轻启,我突然意识到,还有一件大事她一直没对我说。

"那个未来不再存在了,约翰,"她停顿了好长一会儿说道,"我的梦境……它们和希特雷库斯·雷曾经施予你们的噩梦不同。它们并非某种预兆。我们不像八号想的那样是被困在里头。那些都是警告，是可能性。"

"你怎么知道？"

埃拉思索了片刻："我也不太肯定。你是怎么知道如何制造火球的？你自然就做到了。那是本能。"

我朝着她踏出了一步："这么说，在华盛顿特区的那个景象，每个人都死了，而你……"

"我没有再看到那个景象了。现实中发生的某件事改变了未来的进程。"

"如果那是跟我的掌中流明相似的超能力……"我一想到这些可能性，就睁大了眼睛说，"你现在能控制这些景象吗？你能随意地窥视未来吗？"

埃拉挑起了眉毛，不知道该怎么描述自己见到的情景："其实我无法控制这超能力。那些景象……它们都是靠不住的。我不知道是因为我是新手，还是因为未来本身就有很多变数。不管怎么说，我还是花了很多时间去一探究竟……"

现在我知道为何即便是在梦境里埃拉看起来也如此疲惫，为何她的心智突然成熟了许多。她以前也提到过，她花很长时间躲在自己的意识里避难。我不知道她在探究未来的景象上花了多少时间。要对所有的可能性进行筛选，一定是非常让人痛苦的。

"你一直在寻找什么呢？"我问她。

埃拉犹豫着，躲开了我的目光："我想要……我想要看看我未来会不会死。"

"埃拉，不。"我惊叫了一声。五号跟我说过希特雷库斯·雷在他自己和埃拉身上所下的变态魔咒,那个魔咒将他和埃拉捆绑在一起,这样我们若是要杀他,就必须先杀了埃拉。"我们会找到办法破除魔咒的。这个魔咒一定有弱点。"

埃拉摇摇头,丝毫不相信我说的话。或者她已经知道我说的话是错的。

"我不会将自己置身于这个世界之上的,约翰。我想看到希特雷库斯·雷被杀死的未来景象,不管后果是什么,"她直视着我,怒火在她眼中燃烧,"我想看到的未来景象是:某个人有胆量去做该做之事。"

我拼命地克制住自己,不知道自己是否真的想知道埃拉梦境的细节,但我还是忍不住问了。

"你……看见什么了?"

"许多事情。"埃拉平静下来说道。她试图解释窥见未来的感觉,眼里一片茫然。"那些景象一开始是很不清晰的各种可能性。好几百万个景象吧,我想。有些比另一些更清晰——我能看到的就是那些清晰的。那些似乎……我也说不好,可能性更大?不过也不是确定的。你还记得我们在芝加哥看到的景象。那感觉很真实,无法挣脱,清清楚楚,现在却完全消失了。未来变化太大了,而且一直在变化。"

我听得头都疼了。光听埃拉说我就感觉快要疯了。我们需要一个赛邦,一个可以帮她控制这些潜意识超能力的人,免得她走火入魔。至少我们避免了我之前目睹的那凄冷的未来,但现在换来的又是什么景象呢?

"埃拉,你看到自己死了吗?"

她犹豫了一下,我的胃里一阵发紧。

"是的。"她说道。她的身子晃了起来,我意识到她在忍住不让自己哭出来。我在她面前蹲了下来,将双手放在她肩上。

"这景象不会发生的,"我坚定地说,努力让声音更加斩钉截铁,"我们可以改变未来。"

"但我们赢了,约翰。"

埃拉握住我的双手,泪水从她的双颊淌落。我明白了。从她的目光里,从她紧握我双手的样子,我知道,埃拉并没有自艾自怜。

她是在为我难过。

"未来会让你非常痛苦的,约翰,"她颤抖着声音说道,"你一定要坚强。"

"是我吗?"我简直难以置信,"我就是那个……"

我都无法将问题问完,猛然将手从埃拉的手中抽开。我永远都不会伤害她的,就算了为了结束战争,我也不会!

"会有别的办法的,"我说,"施展你的超能力,为我们找到更好的未来。"

埃拉摇了摇头:"你不明白……"

一眨眼,埃拉变了。她看起来就像那个平躺在手术台上的女孩,黑色的黏液在她的皮肤底下流动。她挣扎着专心看着我。我们身边的停泊区变得越来越模糊,并且开始消失。

"埃拉?发生什么事了?"

"'阿努比斯'号要离开这片区域了,"她眯着眼睛说道,努力增强我们的心灵感应,"我就要和你失去联系了。快点!还有一个情况你必须看一看!"

埃拉握着我的手,我们朝停泊区的入口跑去。我们穿过了入口,接着……

尘土在我脚下嘎吱作响。艳阳直射着我的后颈,空气闷热黏糊。

突然从"阿努比斯"号阴郁冰冷的船内被转移到炎热的丛林中,四面八方都是鲜亮的绿色和热带飞禽响亮的鸣叫,这让人突然间有些眩晕。我站在延伸到丛林中、像是飞机跑道的一条道上。几艘莫加多尔的"掠行者"黑色的装甲船体在午后的太阳下闪着光。

我的视线被跑道几码外的一座石灰岩金字塔形建筑吸引了,停泊着的所有莫加多尔飞船似乎都与那古老的建筑保持着一种安全的距离。即使从未真正见过它,我还是本能地认出了这座寺庙。也许这只是我的想象,但我感觉掩埋在这座拥有几百年历史的玛雅建筑底下的某种东西正在呼唤着我。在这里,我感到非常安全。

"这就是圣殿。"我说道,声音平静而虔诚。

"是的。"埃拉说,我注意到她也在欣赏着这座庙宇。

"六号、玛丽娜和亚当……"我停了一下,想起埃拉从未见过我们这位莫加多尔朋友,"亚当是一个……"

"我知道他是谁,"埃拉说,声音里没有流露出任何感情,"我们很快就会见面的。"

"好吧,这么说,他们之前就在这里,"我朝四周看去,探寻着我们的朋友的踪影,"现在他们也许已经在回去的路上了。你是不是要让我看看他们都做了哪些事情,让人类也拥有了超能力?"

"这不是过去,也不是现在,约翰。我们是在未来。我可以看到非常清晰的未来。"

我本来应该知道的,因为太阳都出来了。我转身看着埃拉,感觉到她带我来不是要告诉我好消息的。

"你为什么带我来看这个?"

"就因为那个。"

埃拉指着圣殿北边的天际。在那里,像一朵乌云涌过本来湛蓝无云的天空的正是"阿努比斯"号,它慢慢地朝圣殿飞了过来。我的双腿几乎站不住了,条件反射般地想找地方躲起来,因为我刚刚从纽约的空袭中死里逃生。我强迫自己站住,看着战舰慢慢接近。

"是什么时候?"我问埃拉,"这是什么时候发生的?"

埃拉还没来得及回答,她的身影就扭曲了,再次变得苍白且青筋暴突。圣殿闪烁起来,丛林也突然与"阿努比斯"号的手术室和似乎是一节地铁车厢的影像交叠了起来——所有的这三个地方同时存在,就像三幅透明的图片交织堆叠。有一阵我根本无法专注于任何一个具体的细节,一切混杂在一起,使我辨不清现实与虚幻。但接着埃拉喊出声来,要么是出于绝望,要么是因为疼痛,或是两者兼而有之,丛林和圣殿的影像再次清晰起来。

"你这是在消耗自己的元气,"我看见她眼眶周围黑了一圈,"我们走得太远了。"

"别担心我,"她急切地回答道,"不要紧的。这就是我们现在要去的地方,约翰。'阿努比斯'号此刻正启程前往圣殿。"

"那希特雷库斯·雷将会到达那里……"

"日落时分他就会到达那里,"埃拉说,"他将许多士兵留在了纽约,所以会在西弗吉尼亚州逗留片刻补充兵力,接着就会……"

埃拉朝"阿努比斯"号挥了挥手。它现在更近了,飞船长长的影子落在了圣殿的石头上。

"他想干什么?"

"他想要里头的东西!"埃拉喊道,但是,即使她提高了嗓门,她的声音也开始变得缥缈,"我想那就是他一直想要的东西!他们开启了圣殿之门!圣殿现在没有任何防护了!"

"你是……"

她攫住我的胳膊打断了我:"约翰,听着!六号,还有其他人,你必须警告他们!告诉他们……"

埃拉的手穿过了我的身体。我又看到了那一切——圣殿、"阿努比斯"号、在手术台上扭动的埃拉,还有黑暗的地铁车厢——接着所有的颜色混杂在一起,再没有清晰可见的影像了。埃拉尖声冲我喊着什么话,但她太遥远了,我听不到她在说什么。

接着,是一片黑暗。

第八章

　　我猛然醒过来，发现自己躺在一张硬塑料凳上，两条腿垂在凳子末端。我知道我已经回来了，不再陷在埃拉的梦境里，因为我的每一块肌肉都立即剧痛起来。我侧躺着，眼前是地铁长凳橙黄相间的椅背。我从来没登上过这样的车厢，但我看了不少电影和电视，立刻就能认出它们来。我头顶的墙上贴着一幅海报，上面写着"见到可疑物品就报警"①。

　　我呻吟了一声，用一只手肘支撑着坐了起来。萨姆瘫坐在我的长凳旁边的双人座椅上，头靠着窗户，轻轻地打着鼾。窗外，我能看到的只有黑暗。这列地铁就停在地下隧道的某个地方。乘客一定是在早些时候的袭击发生时就逃散了。这节车厢一动不动的，也没有电力供应，头顶上的灯也全都灭了。

　　但是，依旧有光从某个地方渗了进来。

　　我坐起身来，往四周望了望，立刻发现列车的主通道里散落着一

---

① 纽约"9·11"事件后城市里常见的警示标语。

排手机。这些手机的闪光灯都开着,就像电蜡烛。我对面的长凳上坐着丹妮拉,她清醒地看着我,脚下垫着她从银行里拿出来的帆布包,那玩意儿里头应该装满了偷来的钱。

"你还活着。"她压低了嗓门说,不想吵醒萨姆。我也学着她小声说话,虽然从萨姆的鼾声判断,"阿努比斯"号再进行一次轰炸也吵不醒他。

"我晕过去多久了?"我问她。

"手机显示现在是上午了,"丹妮拉回答道。"我想大概有六个小时吧。"

已经是早上了。我摇了摇头。整个晚上就这么浪费了。我们找不到九号和五号,天知道他们现在一路打到纽约的什么地方去了。更糟的是,我知道希特雷库斯·雷和"阿努比斯"号现在要往哪里去——正是已知加尔德们最后出现的地点。我在最后一刻跟埃拉失去了联系,即使我现在能与六号还有其他人联系上,我也不能确定要如何应对这个消息。他们应该做好调转方向、回到圣殿的准备吗?还是埃拉想要我让他们尽可能远离那里呢?

我需要行动起来,做些有建设性的事情。但我感觉元气还没完全恢复,萨姆则像油尽灯枯似的精疲力竭。

"我们还在地铁里吗?"我问丹妮拉。我心里是知道答案的,但还是想在做出决定之前对目前的处境有更好的了解。

"是的。这不是明摆着嘛。在你晕过去之后,我们把你拖到了这里。"

"晕过去,"我做了个鬼脸重复了一句,"我是累得不省人事了。"

"差不多就那意思。不过,经历那场陷落之后,我们几乎都精疲力竭了,"丹妮拉继续说着,也许是感觉到我的不耐烦了,"我们一进到这里，我就睡着了。"丹妮拉瞥了萨姆一眼，脸上浮现出一丝淡淡的笑意："你的兄弟萨姆本来打算站岗的，但我想他也没能坚持多久。没什么啦。反正到了这底下，也不像会有人来搜寻我们的样子。"

"至少暂时没有吧。"我想起了地面上的莫加多尔兵，不知道他们对纽约市的占领进展如何了。

有一个电话闪了起来。丹妮拉蹲在它旁边，摁了几个按键，但电池已经没电了。

"人们为了这些玩意儿在商店门口通宵排队，"她说道，一边举起那个没电的手机给我看，"但灾难一发生……许多人就抛下一切急着逃命。从这一点来看，你觉得人类如何呢，外星小子？"

"这说明他们分得清轻重缓急。"我说着，又瞥了一眼装满钞票的帆布包。

"是吧。我想是的。"丹妮拉说罢，将手机往车厢的另一头随手一丢，它掉在那头的地板上，裂开了。手机碎裂的声音也没把萨姆惊醒。"感觉竟然好得不得了，"丹妮拉冲我得意地笑着说，"你应该试一试。"

"这些手机你都是从哪里弄来的？"丹妮拉又坐下来的时候，我盯着她问道。

我还是不知道该怎么看这个人。她是个具有超能力的地球人，我们对此无从评论，但她似乎把这整个情况都看成是一个大玩笑。我说不清她是像五号那样疯疯癫癫呢，还是在用强大的自我防御机制掩饰自己。她之前说过莫加多尔兵杀了她的继父，还说到她妈妈失踪了。我知道那种感觉——失去亲友，不知道所爱的人的下落。我可以跟她说说我的感受，只是我不觉得丹妮拉是那种容易敞开心扉的人。我希望六号在这里，她们会相处得很好的。

"我先醒过来,"她做手势指了指整部列车说,"走遍了所有车厢。乘客留下了好多东西。"

"之前在银行,是不是也有人留下了所有的现金?"我对着她的帆布包扬了扬下巴说。

"哦,那个啊,"丹妮拉假装愧疚地侧脸看了一下说,可是无法掩饰住笑意,"我还在想你有没有注意到呢。"

"我注意到了。"

"这东西比你想的还要重。"她用脏兮兮的球鞋鞋尖推了一下帆布包说。

我用手掌摩挲着脸庞,想着该怎么开口。倒不是说我以前没偷过东西,但我总是在迫不得已的情况下才那么做,而从来不会在爆发全面侵略的时候进行。

"你一边找你妈妈,居然还有时间抢银行,也真是怪了。"

"首先,我并没有偷钱。确切地说不是我偷的。之前在那银行里有几个小子在躲避莫加多尔兵,钱就是他们抢的,我只是碰巧进去避难。他们遭枪击死了,接着你就出现了。我心想,干吗要白白浪费那么好的一个帆布袋呢?"

我皱着眉摇了摇头。我不知道丹妮拉说的是不是实话,也不知道她怎么拿到这些钱是否真的要紧。我更迫切地想弄明白这个新来的加尔德是否值得我们信任,我们是否可以依靠她。

"其次,"她倾身向着我继续说道,"若是我妈妈发现我错过了这样一个机会,她一定会气死的。"

她努力让自己保持轻快的语调,但一提到妈妈,她的声音还是忍不住有一丝颤抖。也许这种态度全都是一种表象,她用这种方式来应对过去二十四小时自己世界的天翻地覆。这我能理解。不过我的同情一定是溢于言表了，或者她也许注意到我发现她的声音颤抖了，因为丹妮拉又提高了嗓门，继续说着，语气比之前更热切。我突然发现，她跟我一样，也在努力地想要弄清我是什么样的人。

"第三，获得这些你都不知道从哪儿来的莫名其妙的超能力，我并没有承诺你们什么。我也根本没有答应要去参与你们的外星人战争。我的家人也没有。"

"你觉得我们还有一份《外星入侵协约》到处拿给人签吗？"我措辞激烈地问道，努力想遏制怒火，但失败了，"谁也不想这样。洛林人，我的同胞们，我们并没有请莫加多尔人来破坏我们的家园啊。但结果还是发生了。"

丹妮拉防备地举起了双手："好了，那你知道这种感受了吧。我想说的只是你不该对我在外星人入侵时的所作所为妄下定论。这件事简直是疯了。"

"他们攻打洛林星的时候，我还太小了，无法还击，"我对她说，"但你……"

"该死的，那种征兵演说又来了。"丹妮拉开始模仿起来，她突然把嗓门提得更高，言辞也像说台词那样抑扬顿挫。"看看你的窗外，"她背诵道，"莫加多尔人来了。加尔德将会抗击他们。你会为了地球挺身而出吗？"

我茫然地摇了摇头："这是在说什么？"

"就是你那段视频上的话啊，小子。那段'支持加尔德'的视频。他们在新闻里播放过。"

我摇着头："我压根不知道你在说什么。"

丹妮拉仔细看了我一会儿，最终对我的疑惑不解似乎挺满意的："你还真不知道。我想你一直没怎么看电视吧。我可是从那些飞船第一次出现就黏上电视了。那感觉就像我们突然间生活在一出外星人入侵的电影中了。之前感觉还挺酷,直到……"

丹妮拉挥着一只手,她所指的不只是我们躲在地铁上的这种状况,还有我们都经历过的他们对这座城市的全面破坏。我注意到她的手在微微颤抖。她迅速地掩饰住了,将双臂紧紧交叉在胸前。

"我和萨姆昨天帮助一群人逃离了曼哈顿,"我告诉她,"我当时就想他们中怎么会有些人知道我的名字呢,但那会儿局面太混乱了,没来得及问。那是在新闻里播出的吗?他们是不是播出了我在联合国总部厮杀的视频?"

丹妮拉点点头:"他们也播了一些。只是当那个原本长得很像克鲁尼①的变态突然变成一个真实的外星怪物,人们真的开始惊慌失措,镜头也全都晃动起来了。不过在那之前的新闻,你可是中心人物。"

我歪着头,一脸懵懂:"你这话是什么意思?"

"有一段像YouTube那样的视频。一开始是在某个愚蠢的阴谋论网站上播出的……"

"等等,那网站是不是叫'他们走在我们中间'?"

丹妮拉耸耸肩:"'呆子走在我们中间',我不知道,是的。一开始就是一幅地球的图片,肯定是他们从谷歌图片搜索上下载的,那个女孩的旁白是这样的——'这是我们的星球,但我们在银河系中并不孤单'云云,她努力显示出一种职业范儿,试图解说得像自然纪录片,但听得出她的年纪跟我们差不多。你干吗摆出这么傻的表情?"

---

① 详见《七号的复仇》。希特雷库斯·雷降临地球时将自己易容为像好莱坞明星乔治·克鲁尼那样的帅气男士。

丹妮拉侃侃而谈，我却忍不住一脸傻笑。

我倾身向前，努力保持一副不动声色的表情："还有呢？"

"然后他们就播放了一些莫加多尔人的图片，说他们是来奴役人类的。这些脸色惨白的外星人就像化着过时的怪物妆的家伙。没人会把这些无聊话当真的，除非有许多城市处在不明飞行物的威胁之下。接着，她就开始谈起你。画面是你从一幢熊熊燃烧的大楼里跳出来的镜头，看起来根本不可能做到，然后是你为联邦调查局的探员治疗被烧伤的脸庞的视频，还有……画面是蛮粗糙的，但如果是特效，那也太逼真了。"

"她……说我什么了？"

丹妮拉吃吃地笑着打量我："她说你名叫约翰·史密斯，是个加尔德。还说你是被派到我们的星球来抗击这些外星人的。而现在，你需要我们的帮助。"

丹妮拉之前也复述过这些话。她印象不佳的解说员应该就是萨拉。我往后一靠，想起了萨拉和马克制作的那段视频，那是他们另类的协助。虽然丹妮拉带嘲弄，但这段视频看来还是给她留下了深刻的印象，她都背出来了。我们在街上遇到的那些幸存者肯定也看过这段视频了。他们信任我，做好了挺身抵抗的准备。但这一切是不是太少又太迟了呢？

我不自觉地做了个苦脸，自言自语道："我长这么大一直都在躲避到地球上来追杀我的莫加多尔人。然后是受训，让自己更强大。战争其实早已在悄然进行中。不过我们将伙伴们团结了起来，开始弄清局势。我想如果我们更早些公开，纽约也许就会对这样的袭击有所准备，也许我们就能挽救更多人的生命吧？"

"不，"丹妮拉一挥手否定了我的想法，"就算是一周前，也不会有人相信那个视频的内容。若非有线电视新闻网的人在电视上嚷嚷飞船出现在纽约上空，没人会相信的。我是说，你需要联合国总部那一战才会让人相信你的话。在那之前，那些媒体人还在争论这是不是一个骗局，或是电影特技场面什么的。我看到电视里有位女士说你是个天使。真好笑。"

我干笑了几声，没觉得有啥好笑的："是啊，太胡闹了。"

我明白丹妮拉是在以她那种尖锐的方式安慰我。我永远也不会知道，如果过去这几个月我们将与莫加多尔人的战争公诸于世的话，又会是什么情形。莫进派①中也有地球人高官，那使得曝光莫加多尔人变得虽非不可能但也非常困难。这些情况我自然是非常清楚的。但我还是忍不住觉得昨天许多人丧生都是我的错，我本应该采取更多的措施。

"话说回来，你多大啊？"丹妮拉问道。

"十六。"我对她说。

"是啊，"丹妮拉点点头，好像已经知道了似的，"你就像录像里负责解说的那个姑娘。你就是一副少年老成的样子，没错。你看着像是经历过不少痛苦。但是仔细一看嘛……"她打住话头，咂咂舌头想了想，"你应该去上高中，兄弟。而不是拯救世界。"

我不能因为纽约发生的这一切而让自己陷在愧疚中。我要确保再也不会有这样的事情发生。我得找到朋友，想办法杀死希特雷库斯·雷，一劳永逸。

我挺起胸，冲丹妮拉微笑着，看似漫不经心地一耸肩说："这事总得有人去做吧。"

---

① 详见《七号的复仇》，指支持希特雷库斯·雷"莫加多尔进步"理念的地球人。

丹妮拉报以微笑，沉默着移开了视线。我差点以为她也许会自告奋勇加入战斗呢。一旦我们离开地铁，我就不能把她留在身边了。我必须相信，她和外头的其他地球人能拥有超能力，总是事出有因的。

"我们得走了。"我说道。

我晃了晃萨姆的肩膀，他哼了一声醒了过来。他睡眼惺忪了一会儿，慢慢适应了地铁车厢里液晶显示器的微蓝光线。

"这么说那不是噩梦。"他叹了一口气，慢慢站起来，舒展了一下腰背。他的视线转向丹妮拉。"你决定要跟我们一起了吗？"

丹妮拉耸耸肩，好像对这个问题感到挺尴尬的。"你之前说帮一些人撤离纽约……"她对我说。

"是的。军队和警察已经守住了布鲁克林桥。他们从那儿往外疏散市民。至少昨晚是那样。"

"我想到那里去。"丹妮拉站起身说。她抚平身上满是尘土、血迹斑斑的T恤。"也许可以去看看我妈妈是否活了下来。"

"好的。"我说道。我不想逼她跟我们联手。如果非要这样不可，也要让她自己做决定。不过这不等于我们不能暂时一起行动。"我们也要往那里去。"

萨姆揉了揉眼睛，咂巴着干巴巴的嘴："你觉得九号和五号一路厮杀到疏散点了吗？"

"不一定，"我回答，"但九号是个大小伙子了，他能继续照顾好自己。当务之急已经不同了。我需要联系上六号。如果还有什么地方有能用的电话，那就应该是疏散点了。"我转身对丹妮拉说："你能带我们走出这里吗？"

丹妮拉点点头："到上城的铁轨都塌陷了，这样就只剩一条路可以走。我们沿着铁轨再走几站路，应该就可以到达大桥那里。"

"等等。我们在这里才睡了一觉,当务之急怎么就不同了呢?"

我把埃拉在"阿努比斯"号上的囚牢里是如何用意念跟我联系的事告诉了萨姆,向他解释说希特雷库斯·雷正往圣殿赶去。丹妮拉仔细听着,睁大了眼睛看着我,嘴巴微微张开。当我描述完我的梦境、预兆和陷入危险的洛林圣地,她难以置信地摇了摇头。

"我的生活真是太离奇了。"她说着,走向了车厢出口。

"喂,"萨姆在她身后喊道,"你的包忘拿了!"

丹妮拉回头瞥了一眼,接着看我。我不知道她是想得到我的许可呢,还是想挑衅我去阻止她。看到我一声没吭,她大步走了回来,嘟哝着拎起了那个重重的帆布包。

"用你的心灵传动力啊,"我漫不经心地说,"这是很好的练习。"

丹妮拉打量了我一会儿,点点头咧嘴笑了。她集中精神,让包飘浮在她面前。

"这里头是什么啊?"萨姆问道。

"我的大学学费。"她回答道。

萨姆看了我一眼,我只是耸了耸肩。

丹妮拉走到车厢尾部,将帆布包飘到一边,一把推开了金属门,车门发出了刺耳的咔嗒声。她踏上了连接下一节车厢的通道。我和萨姆在她身后几英尺远的地方跟着她。

"哇,哇。"丹妮拉发出了几声惊叹,但不是冲着我们说的。她的帆布包猛地冲回我们的车厢,我和萨姆都不得不跳着躲开它。丹妮拉用心灵传动将包塞进了一张长凳底下,像是要把它藏起来似的。不一会儿,她穿过那扇门退回到车厢里,双手举起做投降状。我的肌肉立刻紧张起来。我以为在隧道里我们是安全的。

但这里还有其他人。

一支带手电筒的机枪枪管离丹妮拉的脸仅有几英寸。一个身负笨重枪械、身着防弹衣的黑影慢慢地走进我们的车厢，逼着丹妮拉往后退。太迟了，我注意到下一节车厢有手电筒光闪动——他们至少有十二个人，也许更多。另一道卤素灯的光射进我的眼睛，又一个持枪者进入了我们的车厢。我不假思索地点亮了掌中流明，双拳之中燃起了火焰。

"等等，"萨姆警告我，"他们不是莫加多尔人。"

我听到子弹上膛的声音，也许是对我燃起火球的回应。地铁车厢的通道很狭窄，丹妮拉挡着道，灯光照着我的脸，让我看不清前方。这种情况真是很不妙。我也许可以用心灵传动卸下他们的武器，但他们可以在这么近的距离猛烈开火，我不想冒这个险。最好还是等等，看看这出戏要怎么唱吧。

我熄灭了掌中流明，我面前的士兵立刻就把照着我的脸的手电筒放低了，枪口也对着地板。他戴着头盔和夜视镜，还穿着军装，但我看得出他只比我大几岁。

"你就是那个人啊，"士兵说道，声音里有一丝敬畏，"约翰·史密斯。"

我还是不习惯这种突然被人认出的感觉，所以隔了一会儿我才回答："是的。"

士兵从他的皮带上解下一个对讲机讲了起来。"我们找到他了。"他目不转睛地看着我说道。

丹妮拉朝着我和萨姆慢慢挪过来，来回打量我们和这些士兵，现在有更多士兵拥入我们的车厢并散开来，使得整节车厢更拥挤了。"是你们的朋友吗？"丹妮拉说。

"说不好。"我悄声说。

"有时政府喜欢我们,有时又不怎么喜欢。"萨姆解释道。

"很好,"丹妮拉回答道,"我刚刚差点以为他们是来抓我的。"

士兵的对讲机一阵噼啪作响,接着车厢里响起了一个女人熟悉的声音。"好好向他们请求,不过要把他们带过来。"这女人下令道。

士兵很不自在地清了清嗓子,盯着我们。

"请跟我们走吧,"他说,"沃克探员想跟你们谈谈。"

第九章

　　这些士兵带着我们匆匆穿过地铁隧道，从最近的一座地铁站出来，终于来到了光天化日之下。他们一直在我们身边紧紧地围成一团，像一个人肉盾牌，就像特勤局对总统的贴身护卫那样。我任由他们拥着我，因为我知道一有情况我可以轻易推开他们。回到他们的军用悍马的这一路上，我们没有遭遇莫加多尔的巡逻兵。很快我们就驱车驶过堆满大楼碎片的街道，这些断墙颓垣都是昨晚"阿努比斯"号轰炸的结果。

　　我们很快有惊无险地来到了布鲁克林桥。在曼哈顿这一侧，军队已经设好了重兵把守的检查站——荷枪实弹的士兵站在沙包垒成的篱障后观察着街道。在他们身后，三列坦克在桥上纵向排开，他们的炮塔都装备了地对空导弹，炮口指向天空。装备更多导弹的直升机在天空巡逻，河面上还停泊着几艘大船。如果莫加多尔兵要入侵布鲁克林，他们一定会遭遇抵抗的。

　　"你们一路过来是不是得跟许多莫加多尔兵交火啊？"我们穿过安检站，开始在桥上的障碍中绕行时，我问开车的士兵。

"一个也没有,长官,"他回答道,"敌人目前一直在曼哈顿活动。那艘大飞船今天上午飞过我们正上方,但没有开火。要我说啊,他们是不想要我们这些军队小伙子的命。"

"长官。"丹妮拉重复了一句,扬起一边眉毛吃吃地笑了。

"他们占领了曼哈顿。"我向后靠去,皱起眉头说,不知道莫加多尔人为什么不加强进攻。

"看来希特雷库斯·雷是在发出一种信号,"萨姆悄声说,"耀武扬威。"

"如果他们进攻我们,我们也准备好了。"士兵听到我们的对话后说。我往窗外看去,发现大桥高高的立柱上躲着几个狙击手,用望远镜看着大桥通往曼哈顿的那一侧。

我和萨姆交换了一个疑虑的眼色。我想相信军队的这些武力展示,附和士兵充满信心的话语,但我看过莫加多尔人的破坏手段。这座布鲁克林军营还没被摧毁的唯一原因就是,希特雷库斯·雷允许它存在。

士兵将我们的悍马停在了一个街区的中央,这个街区已经被改造为军队的集结区域。附近有一些帐篷、更多的军用悍马和许多持枪的神色焦虑的士兵。还有长长的一队平民,许多人都是脏兮兮的,还受了表皮伤,他们形容憔悴地排着队,手里紧紧攥着自己仅有的财物。在队伍的最前头,一些手拿写字板的红十字会志愿者登记着这些精疲力竭的市民的信息,然后招呼他们上了军队征用来的城巴。

我们的贴身护卫注意到我在看着这慢慢行进的难民队伍。"红十字会在设法对难民进行登记,"士兵解释道,"然后我们会将他们疏散到长岛、新泽西等地方,让他们远离战场,直到我们夺回纽约。"

士兵看了看萨姆和丹妮拉,又看了看我。我突然明白这家伙是在等着我下命令。

"你希望这两位被疏散吗?"士兵指着我的同伴问道。

"他们是跟我一起的。"我对他说。他点了点头,接受了我的说法,没有再提问题。

丹妮拉看着救援队员给一对老夫妇进行登记并扶他们上了汽车:"他们是不是有一张类似名单的东西可以供我核对?我……想找人。"

士兵耸了耸肩,像是说这不归他管:"有的。你可以问问。"

丹妮拉转身看着我:"我想……"

"去吧,"我点了点头,"希望你能找到她。"

丹妮拉冲萨姆笑了一下,又冲我笑笑,然后垂下了眼帘。"嗯,之前说的拯救世界的事。"她迟迟疑疑地说。

"等你准备好了,就来找我。"我对她说。

"你是觉得我会有准备好的时候啊。"丹妮拉答道。她把那个装满偷来的钞票的帆布包留在地铁上之后,就一直没提起过它。

"是的。"

丹妮拉又踌躇了一会儿,两眼直视着我的双眼。接着,她冲自己点点头,转身跑开,找那些红十字会的人说话去了。萨姆看着我,好像我疯了似的。

"你就这么让她走了?她可是一个……"萨姆瞥了一眼那个还耐心地站在旁边的士兵,不知道哪些话是可以说的。

"我可以强迫她加入我们,萨姆,"我回答道,"但她身上所发生的事情,还有你身上所发生的……肯定都是事出有因的。我相信这些都不是随便发生的。"

"沃克探员在这边,长官。"士兵说道,示意我和萨姆跟上他。

"手机现在都能用了吗?"我们走过热闹的营地时我问道,"我得打个电话，事情紧急。"

"传统的方法还是用不上，长官。都是敌人搞的鬼。不过，在我们的通讯中心也许有你能用的东西，"士兵指着附近一个人头攒动的帐篷说道，"不过我应该直接把你们带去找沃克探员，如果你不反对的话。"

"如果我不反对？"

"我们都看过你……与政府部门的交锋。"士兵说着，局促地检查着他的步枪枪把，"我们接到的命令是不要跟你交手，或是强迫你做任何事。任务指令只局限在，呃，温和地催促。"

我难以置信地摇了摇头。不久之前，我还被视为国家公敌，现在我却被军队当成外国政要来对待。

"好吧，"我决心不要再为难我们的护卫兵了，"指给我看看沃克探员在哪个方向，然后帮我朋友萨姆找到一个卫星电话就行。"

没多久，我就走上了俯瞰东河和曼哈顿的混凝土码头。虽然空气里还混杂着曼哈顿那边飘来的呛人焦味，但这里还是清爽凉快的。我可以清晰地看到莫加多尔人对这座城市造成的破坏。黑色的烟柱直冲蓝天，火还在燃烧。城市的轮廓线上出现了一些空白，那些空白本来该是一些大楼，结果被"阿努比斯"号上威力强大的武器就这么摧毁了。偶尔我可以看到一架"掠行者"在大楼之间穿梭，还有在街上巡逻的莫加多尔兵。

沃克探员独自站在栏杆边上，凝视着这座城市。

"你是怎么找到我的？"我走近的时候问了一句，当是打招呼。

这个曾经想俘虏我的联邦调查局探员冲我笑了一下。

"陆续到来的一些幸存者说见到过你，"沃克回答，"我们派出小队进行全面搜索。我想我们应该先搜索那艘母舰重火力轰炸的区域。"

"厉害。"我回答道。

"很高兴你还活着。"她很唐突地说。

沃克那头灰白的红发在脑后紧紧地扎成一根马尾辫。她看上去非常疲惫,双眼底下出现了厚厚的眼袋。她把自己标配的联调局风衣和西裤套装换成了防弹背心和军服,也许是从驻扎在这一带的军方防卫大队借来的吧。她的左胳膊吊着绷带,前额还有一个匆匆包扎过的伤口。

"要我帮你疗伤吗?"我问道。

听到这话,沃克环视了一圈。此刻只有我们俩单独站在布鲁克林桥下的小公园里。确切地说,相对是单独的,可以想见一个一夜之间变成难民营的地方会是什么样子。我们身后起伏的草坪散落着凑合搭起来的帐篷,受伤的惊恐的纽约市民紧紧挨在一起。我想那些就是拒绝让红十字会疏散的群众吧,要么就是伤得太重无法撤离的人。那些帐篷一直延伸到附近的街区,肯定还有很多人窝在附近临河的那些高级公寓楼里。在幸存者人群中维持秩序、照顾伤员的是士兵、警察和一些医务工作者,对于我所见到的集结在大桥附近的几千兵力来说,这些人只占了一小部分。这里基本上是有组织的混乱。

"你的能力是用之不尽的吗?"沃克问道,一边看着公园草地上一个瘫坐着的女人,她的胳膊严重受伤,一个忙得团团转的医生正为她治疗。

"是啊。我昨天有点施展过度了,"我揉着自己的颈后回答说,"干吗这么问?"

"因为虽然我很感激你的提议,但这里还有好几千伤员呢,约翰,而且随时随地会有更多伤员拥过来。你想把整天时间都花在替人疗伤上面吗?"

我看着远处公园里一排排的人,许多人就只是躺在草地上。很多人都在看着我。对于成为加尔德的代表人物,我还是很不自在。我转身看着沃克。

"我可以的,"我说,"可以挽救一些人的性命。"

沃克摇了摇头,冷静地看着我:"重伤员都在优先治疗帐篷里。如果你想学着特蕾莎修女救死扶伤,我们回头可以再过去。但你我都知道,要打发时间,我们还有更好的事可以做。"

我没有回答,但不再坚持了。沃克嘟哝了一声,沿着码头朝搭建在附近一个广场上的一些军事帐篷走去。我又匆匆看了公园一眼。在大桥那边,一切看起来非常安全。不过在这里是一团混乱。受伤的市民、士兵、军官——我都不知道该从何下手。我要是给他们疗伤,也许还真会疲于应付呢。

"这么说,这里是你负责了?"我问沃克,想弄清自己的处境。

她哼了一声:"开什么玩笑?现场有几位五星上将在策划联合行动。中央情报局和国家安全局的人也都来了,配合华盛顿的人,想弄清来自世界各地的情报。他们今天下午早些时候还跟总统进行了视频会议,总统被特勤局带去了某个秘密的藏身处。我只是一个联邦调查局的探员,根本负责不了的。"

"好吧,如果是这样的话,他们为什么带我来见你呢,沃克?我们为什么要进行这场谈话?"

沃克停下脚步,冲我转过身来,双手叉腰:"因为我们的过往,我们的交情……"

"你觉得那是交情啊?"

"他们委任我作为你的联络员,约翰。负责与你联络。你可以跟我们透露的莫加多尔人的情况、他们的战略，还有这次入侵的情报——都通过我去汇报。你对美国军队及武装部门的要求也通过我去提。"

我笑了一下，笑声刺耳，毫无笑意。不知道那些将军们现在在哪里。我扫视了附近的帐篷，寻找看起来更重要的一位。

"我不是想得罪你，沃克，但我不需要你来牵线搭桥。"

"这个由不得你，"她回答道，重新沿着码头走了起来，"你必须明白那些管事的人，总统和他的将军们、他剩下的那些幕僚——他们不是莫进派。莫加多尔人跟我们联系的时候，那些莫进派的渣滓一直鼓吹要投降，我们差点就面临政变了。幸好桑德森没法再兴风作浪了⋯⋯"

"等等。他怎么样了？"我问道。自从跟希特雷库斯·雷搏斗之后，我就再也没有国防部长的消息了。

"他没能挺过去，"沃克闷闷地说，"我在华盛顿安插了足够的人手，可以把大多数的烂苹果除掉。至少是我们已知的那些人。"

"你是说莫进派基本都铲除了，我们只剩下⋯⋯"

"一个还被蒙在鼓里的支离破碎的政府。这次入侵，外星人攻打我们的想法，对他们来说都是闻所未闻的。他们认同你是与我们并肩作战的。但你依然是一个外星人。"

"他们不信任我。"我说道，掩藏不住话里的苦涩。

"他们中大多数连彼此间的信任也不再有了。不过，你也不该信任他们，"沃克强调说，"已知的莫进派分子全都被抓起来、被杀或是躲起来了。但那不等于他们全都被我们铲除了。"

我看了沃克一眼，翻了个白眼："那我最好还是跟我认识的魔鬼打交道，对吧？"

她张开双臂，显然也没有指望我去拥抱她："没错。"

"好吧，我说说我的第一个要求，联络员，"我说，"'阿努比斯'号——就是今天早上飞离纽约的那艘战舰——它正载着希特雷库斯·雷前往墨西哥……"

"哦，很好，"沃克打断了我，"他们听到这个消息会很高兴的。美国领空少了一个威胁。"

"他们得赶紧出动喷气机、歼击机、无人机，任何可以弄到的飞机，"我继续说道，"那艘飞船正飞往一个威力巨大的地方，一个洛林圣地。我不知道希特雷库斯·雷想要在那里找什么，但我知道如果被他得到的话，情况会很糟糕。我们需要主动出击。"

我越往下说，沃克的表情就越阴沉。看得出，她要跟我说的话，我一定不乐意听。她带着我离开了码头，穿过蓬乱的草地，停在了跟其他帐篷有点距离的一顶帆布帐篷前。

"不可以直接攻击他们的。"她说道。

"究竟为什么？"

"这是我的总部，"她推开帐篷入口的帘子说，"我们里面谈。"

沃克的帐篷里有一张没用过的帆布小床、一张凌乱的桌子和一台手提电脑。还有一张纽约地图，上面红线交错——要是让我猜的话，我敢肯定这红线显示的是昨天"阿努比斯"号发动袭击时的飞行轨道。沃克从纽约地图底下抽出另一张地图，这次是世界地图，好几个大城市上面都被打上了不吉利的黑叉——纽约、华盛顿、洛杉矶和遥远的像伦敦、莫斯科和北京那样的城市。被打叉的城市有二十多个。沃克用手指敲着这地图。

"现在的情况就是这样，约翰，"她说，"每一个都代表一艘他们的飞船。你知道怎么把那玩意儿打下来吗？"

我摇摇头:"还不知道。但我也没试过。"

"空军昨天试过了。很不顺利。"

我皱着眉头:"我看到它们降落了。我知道它们没有成功。"

"他们打下了一些小飞船,但'阿努比斯'号连接近它都做不到。空军正在考虑等中国军队加入后,再发动一次袭击。"

"什么意思?"

"纽约发生袭击的两小时后,北京方面主动应战,也许是担心他们是下一个受袭目标吧。他们对北京上空的飞船动用了除核弹以外的一切火力。"

"然后呢?"

"伤亡是数以万计的,"沃克回答,"那艘飞船还在空中,不知怎的,像是被防护罩保护了起来。中国科学家说这是某种电磁场。他们不想再派喷气机去撞击它了,所以他们尝试派一小股军队直接降落在飞船上。结果那些人一接触磁场就牺牲了。"

这让我想起了西弗吉尼亚州那个莫加多尔基地周围的力场。我触碰它时产生的电击非常厉害,让我昏厥过去又病了好些天。

"我以前进入过他们的力场,"我对沃克说,"算是进去了吧。"

"你是怎么将力场破坏的?"

"从没做到过。"

沃克毫无表情地看着我:"我刚刚还萌生希望了呢。"

我又看了看沃克的地图,摇了摇头。每一个黑叉对我来说就是一场我不知如何去打赢的战争。

"二十五个城市遭到了袭击。你就没有什么好消息吗,沃克探员?"

"就是这个啊,"她说,"这个就是好消息。"

我一脸疑惑地看着她。

"一些地方，比如伦敦和莫斯科，都派出军队去与莫加多尔人作战，但结果都跟这里和北京一样。没有炮击轰炸，没有横冲直撞的怪物。莫加多尔人对付他们不用吹灰之力。还有些地方，像巴黎和东京，根本就没有反抗。那些城市其实并没有遇袭。战船和侦察飞船控制了领空，但地面上并没有任何莫加多尔人。接着，今天早晨，那艘飞船直接从我们头顶飞过，对我们视若无物。这让有些人认为，他们也许不想打仗。也许我们对外星人的误解太大，我们不该先对他们发动袭击。"

"我们并没有误解。"我厉声说道。

"我知道。但放眼全世界，他们所看到的……"

"希特雷库斯·雷是在发送一个讯号，"我说，"即使他占了胜算，他也不想打持久战。他想要恐吓人类，让他们自己乖乖投降。他想要我们屈服。"

沃克点点头，走向了她的手提电脑。她输入了一串密码。这可不是一件简单的事情，因为她只有一只手能用。最终她提取了一段加密的视频。

"你可能都没想到你说的话有多正确，"沃克说，"不清楚他是如何进入的，但这段视频是通过安全渠道出现在总统的私人收件箱里的。我们联系到的其他国家领导人也声称收到了同样的视频。"

沃克点击了播放键，一段高分辨率的视频出现在屏幕上，上面是希特雷库斯·雷的脸。我一看到他苍白的皮肤、空洞的黑眼睛、脖子上的一圈深紫色疤痕，还有他冲着镜头那得意洋洋的样子，全身的血液都发冷了。他把我扔进东河之前脸上也浮现这样的笑容。希特雷库斯·雷坐在"阿努比斯"号浮华的指挥官座椅上——我记得埃拉带我在船上转悠的时候,我看到过这张座椅。透过他肩后的巨大落地玻璃窗,可以看到纽约市。太阳正在升起,城市硝烟未尽。我毫不怀疑他选择这个背景是有用意的。

"尊敬的地球领导人们,"希特雷库斯·雷开口了,他用沙哑刺耳的嗓音说出这些客套话,"我希望在纽约和北京发生的不幸事件之后,你们能放开心胸接受这个讯息。我是非常不情愿的,也是外星恐怖分子企图暗杀我未遂之后,我才动用了一小股莫加多尔军队来攻击地球人。"

"顺便说一句,你就是外星恐怖分子之一。"沃克说道。

"是的,我知道。"

希特雷库斯·雷继续说道:"尽管现在的局势令人遗憾,我亲近地球人并且向他们展示莫加多尔进步的提议还是算数的。我向来宽大为怀。我的军队会继续占领纽约和北京,提醒各位恩将仇报的下场,不过与此同时我的战舰飞临的其他城市则无需慌张,前提是,未来四十八小时内相关的政府向我的将军们无条件投降。"

我猛地转头看着沃克:"他们不会真听信这一派胡言的吧?"

她指着屏幕说:"还有呢。"

"另外,"希特雷库斯·雷拖着长腔说道,"我相信美国政府目前正收留着那些被称为加尔德的洛林恐怖分子。继续协助这些心智扭曲的人将会被视为公开向我宣战。在投降之时,就应该把他们交给我,这样可以省却费时费力去寻找他们的痛苦过程。我还了解到,有些地球人在加尔德手上发生了某些变异,其间他们也获得某些超自然的能力。这些地球人也应该一并交给我进行治疗。"

"他说的变异是什么意思?"沃克问我,"还是胡说八道呢?"

我没有回答,而是从播放着希特雷库斯·雷讲话的电脑边后退了下来,双眼盯着沃克探员。

"还有四十八小时的时间给你们投降,不然的话,我将别无选择,只好用武力将人民从你们愚蠢的统治下解救出来,同时解放你们的城市……"

视频到这里就停了,沃克转身看着我,这时我已经在手心里点燃了一个小火球,让它在我手心里盘旋。

"哦,老天哪,约翰。"她躲开这火焰嘟哝道。

"这就是你带我到这里来的原因吗?"我后退着厉声质问她。我多少觉得会有一群士兵冲进来要制服我,所以我一边朝着帐篷门口走,一边留意那里的动静。"我的朋友们还安全吗?"

"你觉得我给你看视频是为了伏击你吗?冷静些,你很安全。"

我瞪着沃克看了一会儿。此刻我没有太多的选择,只能相信她,特别是考虑到我的另一个选择是在一支军队里杀出一条血路。如果政府想把我献给希特雷库斯·雷去讨好他,那他们也许早就这么做了。我将火球熄灭,冲沃克皱起了眉头。

"说吧,那事是不是真的?"沃克继续揪住不放,"希特雷库斯·雷刚刚说的生成了超自然能力的地球人?他是不是说有地球人得到了你们的超能力?"

"我……"

我不确定该向沃克透露多少。她说我是安全的,但不久之前她还对我实施全国追缉。就算她说莫进派分子已经被追查得躲了起来,还是会有地球人跟我们对着干的。见鬼了,她刚刚跟我说不要信任政府。如果全世界范围内还有新的加尔德,如果像国防部长桑德森那样的卖国者在我们之前找到他们呢?我真的能把萨姆和丹妮拉的事告诉沃克吗?我不能和盘托出。我自己得先把情况弄清楚。

"我不知道他在说什么,沃克,"过了一会儿我说道,"他为了达到目的,什么话都说得出口。"

我想她看得出我对她有所隐瞒。"考虑到我们过往的冲突,我知道要你相信不容易,但我是站在你这边的,"沃克说,"目前美国政府也是支持你的。"

"目前?什么意思?"

"意思就是,没人真的愿意向空袭纽约的外星狂人投降。但如果他开始轰炸更多城市,我们又没能找到成功反击的办法呢?情况也许就会变化了。所以你的在墨西哥进行军事行动的请求是不可能被答应的。首先,对抗飞船的计划会失败;其次,现在主流的声音是我们不要公开协助你。"

"他们是在做骑墙派,"我说道,忍不住脸露嘲讽之色,"为自己有可能的投降留后路。"

"总统现在的命令是,各种选择都是有可能的,是的。"

"放弃并不是一种选择。我见过……"我忍住不将埃拉看到的未来景象说出来,我想通过超能力看到的预兆影响不了讲求实际的沃克,"那样地球人的下场可不太好。"

"是的,你我都知道,约翰。但当希特雷库斯·雷开始屠杀平民,他想要的又只是你和其他加尔德,总统就会被迫考虑这种做法了。"

我转过身去,打开了帐篷的门帘往外看,想知道萨姆和卫星电话在哪儿。我还不想让沃克看见我的表情,因为我突然感到一阵令人窒息的惊慌。我不知道该怎么做。如果希特雷库斯·雷的最后期限过了,然后他开始轰炸另一个城市,我是该听之任之,还是该挺身而出把自己交给他?现在他即将对圣殿发动的袭击,我又该如何应对?还有依然下落不明的九号和五号呢?要处理的事情太多了。

"约翰？"

我慢慢地转身看着沃克，努力做出一副不动声色的样子。即使如此，她应该也已看出端倪，因为她从帐篷那头走过来，站在了我面前。她用那只没受伤的胳膊握住我的肩膀，我很意外自己竟然也没有躲闪。沃克眼里有恐惧，还有一种慷慨赴死的决心。之前在我的朋友们投入一场几乎无望获胜的战争之前，我在他们脸上见过这种表情。

"你得跟我说说怎么做，"沃克对我说，她的声音低沉而颤抖，"告诉我如何在不到四十八小时内赢下这场战争。"

第十章

"进展如何?"

我把手搭在亚当的肩膀上,凑上前去看看他的进展,把亚当吓得跳了起来。他弯腰俯身察看着一张工作台,莫加多尔兵之前徒劳地想打破圣殿的力场,就是从这里拿到武器的。亚当已经将台上散落的所有莫加多尔人的东西都扫到了地上,然后将各种各样的机械零件放了上去。这些匹配不上的零件都是从那些在跑道上蒙着灰尘的没用了的"掠行者"上拿下来的,有些来自引擎内部,有些则是从触屏仪表板的后面拿到的。飞船零件中还混夹着其他杂七杂八的东西——一个卤素灯的电池、一把没用的莫加多尔激光枪和一副手提电脑的外壳。所有这些东西都被亚当弯折或捶打过,他想用多余的零件去代替我们的飞船那个被毁掉的导管。

"你看这样子进展如何呢?"他回答道,闷闷不乐地放下了本打算点着的喷火枪,"我不是工程师,六号。我在做的其实就是不断实验,从失败中排查结果。可到目前为止,全部都是失败。"

太阳刚刚爬上了丛林的树际线,照耀着跑道,这种黏糊糊的炎热一点也没有缓解。亚当的衬衫已经湿透了，他颈后苍白的皮肤已经泛起了绯红。我的手一直搭在他肩上，直到他叹息了一声，转身看着我。他黑色的眼睛一副疲态，目光也有点散乱，眼睛周围出现了黑眼圈。

"你没睡啊。"我说道，心知自己说对了。他忙活了一个通宵，我缩在"掠行者"驾驶舱里断断续续的睡眠被他的敲敲打打、骂骂咧咧不时打断。"也许我对莫加多尔人的生理构造不太清楚，但我很肯定，你们也需要睡眠。"

亚当将几根头发从他的眼前拨弄开，努力专注地看着我："是的，六号，我们也睡觉的。方便的时候就睡。"

"要是把自己累趴下了，你还能干什么啊？"我问道。

亚当冲我皱了皱眉头。"干我现在能干的事情，"他看着眼前这堆破烂对我说，"你的话我听见了，六号。我没事。让我继续干活吧。"

事实上，看到亚当这么投入工作，我是很高兴的。虽然我不希望他伤害到自己，但我们迫切需要离开墨西哥。约翰那边还是没有消息。我很担心我们会错过这场大战。

"至少吃点东西吧。"我对亚当说，一边从刚刚在附近树上摘到的一串香蕉上扯下一根浅绿色香蕉，塞到他手里。

亚当盯着香蕉看了一会儿。他开始剥皮的时候，我其实已经听到他的肚子咕咕叫了。我们之前没想到要带食物——我们不知道来到圣殿会有什么事在等着我们，但绝对没打算被困在这里。我们没有带上可以让我们多待些时间的装备。

"你知道的，九号的宝箱里有那种宝石，吮吸它们就可以提供一餐的营养，"我对亚当说道，一边剥着自己的香蕉，"感觉有点恶心，特别是当你想到它们是从哪儿拿出来的时，而且九号也许重复使用过许多遍了。不过现在我真心希望我们没把它们扔进圣殿里的那口井。"

亚当吃吃地笑了一声,瞥了一眼那座寺庙:"也许你该回到里头去,好好地请求一下。那个能量尊神肯定也不想要沾着九号口水的宝石。"

"如果我真进去了,也许就该向他要一个新引擎了。"

"那倒不必,"亚当回答道,匆匆咽下余下的香蕉,"我会让我们离开这里的,六号。别担心。"

我在台子上多放了一根香蕉,让亚当回去忙活。我横穿过跑道,朝面朝圣殿盘腿坐在草地上的玛丽娜走去。我不知道她在冥想还是在祈祷,但我今天早上醒来就看见她坐在那里了,而且在我去丛林里寻找食物时,她也没挪过地方。

我去找玛丽娜的路上会经过捆着菲丽·邓拉的"掠行者"起落架,我愿意把它当成是偶然,不过我知道不是。我们把她严严实实地捆在营地中央,而且一直留意着她。我希望这个莫加多尔人说点什么,给我一个揍她的借口。她确实也没有让我失望。

"他会失败的,你知道。"

"你在说话吗?"我停下脚步,慢慢转身望着她问道。菲丽·邓拉的话我其实听得很清楚。

我们的莫加多尔囚徒朝我狞笑着,她的牙齿周围都是血渍。她的右眼肿得都睁不开了,这是我昨晚对她下的手。知道了莫加多尔人的入侵行为之后,我对她喋喋不休的嘲讽实在是不耐烦了,于是就揍了她一顿。揍一个被捆起来的莫加多尔人不算光彩,但感觉好极了。说实话,如果玛丽娜没有把我拉开,我也许会继续揍她。现在看着菲丽·邓拉,她那只没伤的眼睛很开心地眯着,我不由得握紧了拳头。我就想找个东西揍一顿,只需要一个理由。

"我的话你都听到了,小丫头,"她冲亚当扬了扬下巴说道,故意很大声,亚当肯定也听到了,"亚达姆斯·萨特克会失败的,一如既往。你都看到了,我认识他的时间比你长多了。我知道他一直让他爸爸,也让我们的族人非常失望。难怪他会去当叛徒。"

我扭头看着亚当。他假装没听见菲丽·邓拉的话,但他的双手已经停止忙活,肩膀都耸起来了。

"你又想被我打晕吗?"我向前走了一步,质问菲丽·邓拉。

她若有所思地停了一会儿,继续说:"不过,嗯……我现在倒想起一件事来。我记得听说过亚达姆斯小时候对机械是很拿手的。作为一个年轻的原生人,他当年对机器有着一种天赋呢。这么说来倒是奇怪了,他竟然无法修好一艘这样的飞船,特别是在他手上还有这么多工具的时候。"

我瞥了亚当一眼。他被她说得很糊涂,一脸疑惑地瞪着菲丽·邓拉。

"我在想他是不是有意拖延,"菲丽·邓拉思忖道,"既然现在莫加多尔进步已经势不可挡,也许他觉得把你们留在这里会让他获得敬爱领袖的青睐,这样他也许可以爬回到他自己人的身边去……或者他也许就是个懦夫,无法面对即将输掉的战争。"

亚当突然从我身边走过。他蹲在菲丽·邓拉面前,一把将她的头往后扯。她企图咬他一口,但亚当的身手实在是太快了。

"死神就快来找你了,亚达姆斯·萨特克!你们全都得死!"她尖声说道,亚当将一块破布头塞到了她嘴里。接着他撕了一条管道胶带,抽打了菲丽·邓拉的脸。她的呼吸变成了愤怒而强烈的鼻息,这个莫加多尔人恶狠狠地瞪着亚当。圣殿面前的草地上,玛丽娜站起身来看着这一幕,微微蹙起了眉头。

亚当居高临下地看着菲丽·邓拉,龇着牙,脸上泛起阴沉的皱纹。这是一种要杀人的表情,我在许多莫加多尔人的脸上见到过,通常就在他们试图杀死我之前。

"亚当……"我警告他说。

亚当猛然转身对着我,努力控制着自己的情绪。他深深地吸了一口气。

"她说的话全是一派胡言,六号,"他说,"全都是。"

"我知道,"我回答,"我们应该早点堵住她的嘴。"

亚当嘟哝了一声,回到了工作台前,他低垂着眼帘从我身边走过。菲丽·邓拉绝对知道如何激怒他,应该说是激怒我们所有人。哦,除了玛丽娜。我知道菲丽·邓拉是想挑拨离间,不过那是不能成功的。她以为我很蠢吗?一个被允许穿过保护圣殿的力场,一个想用手榴弹炸死我们,这两个莫加多尔人的话,我当然只会相信前者。

小风波过去了,玛丽娜坐回到圣殿前的草地上。我跟着她一起,看着羽毛艳丽的鸟儿在那座古老的寺庙上空盘旋嬉戏。

"如果他真要杀了她,你会阻止他吗?"过了一会儿,玛丽娜问我。

我耸耸肩。"她是个莫加多尔人,"我回答道,"也是我见过的最卑鄙无耻的莫加多尔人之一,此话绝非虚言。"

"在激战中杀人是一回事,"玛丽娜说,"但在她被绑起来的情况下……她不像我们面对过许多次的那些兵。她就像亚当,是一个原生人。我施展超能力为他疗伤,阻止他化为灰烬时,我可以……可以感受到他的生机,跟我们没有多少不同。我很害怕随着战争的继续,我们不知道会变成什么样子。"

也许我是太累了，在目前的情况下，我绝对承受着巨大的压力，不过玛丽娜这些道德指南的说教现在听起来没那么有道理了。我回应她的时候，语气也就生硬了起来。

"那又如何？你现在倒成为和平主义者了？几天前，你还把冰锥插进五号的眼睛，"我提醒她，"他比菲丽·邓拉更像我们自己人，而且他们都是自找的。"

"是的，我是那么做了，"玛丽娜回答，一边用手掌摩挲着青草尖尖的末梢，"我很遗憾。或者确切地说，我很遗憾我心里没有多少悔意。你知道我的意思了吧，六号？我们得小心点，不要变成他们那种人。"

"五号那是活该。"我说道，语气缓和了些。

"也许吧，"玛丽娜承认道，终于转头看着我，"我不知道当这一切结束的时候我们还能剩下多少初心，六号，还有多少我们本来的面目。"

"如果我们还能活下来的话，"我回答，"从目前来看，这很悬。"

玛丽娜阴郁地笑了笑，将目光投到了圣殿上。"我今天清早进入了圣殿，那时太阳还没升起来，"她说，"我回到了井口，回到了洛林能量的来源。"

我仔细打量着玛丽娜。在我睡着的时候，她走下那些蜿蜒的石阶，回到圣殿的地下室去，去看尊神现身的那口石井，还有墙上闪闪发光的宇宙全息图。我真希望之前在那里能找到更多答案。

"有什么有用的发现吗？"

她耸耸肩："他还在那儿——尊神。我感觉得到，从圣殿里向外蔓延，虽然我不知道其目的何在。我可以看到深深井底的光芒。但是……"

"你希望得到某些指示吧？"

玛丽娜点点头，轻柔地一笑："我是希望他能引领我们。告诉我们下一步怎么做。"

住在圣殿里的显然是我们力量源泉的尊神没有伸出头来跟玛丽娜见面，我对此并不感到意外。我们首次遇到尊神时，他似乎对见到我们还觉得有趣——他很高兴被唤醒，那是肯定的，但并没有急着帮我们赢下对抗莫加多尔人的战争。我记得他在我们的谈话中所说的一些话，说他会将他的禀赋赠予某一物种，但他并不评判或是站队，就算为了保护自己都不会。我想我们已经得到了尊神足够的帮助。但这些想法我都放在自己心里，我不想打击玛丽娜或动摇她的信念，这种信念看来一直是她的支柱，就算这让她总是会问很多我想都没想过的可怕的道德问题。

"我一直坐在这里为我们现在的情况祈祷，"玛丽娜接着说，"我想盼望见到某种启示也是蛮傻的吧。不过我不知道我还能做些什么。"

我还没来得及回答，我们身后就传来了一阵刺耳的噼啪声。一开始我以为是亚当在试着制作一个新导管，但声音离我们太近了，几乎就是从我们头顶传来的。玛丽娜正冲着我咧嘴笑，她兴奋地睁大了双眼。在我意识到发生了什么事之后，我的心也开始跳得更厉害了。也许玛丽娜的祈祷真的起作用了。

"六号？你还不接吗？"

那东西让人烦心地沉默了太久，我都忘了卫星电话的铃声是什么样子了。我跳起来，从后裤兜里一把拿出电话。玛丽娜站在我身旁，把头凑近来听着，亚当也快步跑到我们身边。我可以感觉到菲丽·邓拉在看着我们，但我完全无视她。

"约翰?"

一阵电流声过后,卫星电话接通了,一个熟悉的声音从噪音的空隙间传了出来。

"六号?我是萨姆!"

我露出了一个大大的笑容,可以听出萨姆因为我接起电话而如释重负。

"萨姆!"我自己的声音也有点颤抖了。我希望在不稳定的信号中,他没有听出这一点,其实我也不在乎了。玛丽娜抓住我的胳膊,笑得更开心。"你没事吧?!"我问萨姆,半是疑问,半是感叹。

"我没事啊!"他大喊一声。

"约翰呢?"

"约翰也没事。我们现在在布鲁克林的一个军营里。他们给了我们两部卫星电话,约翰正在用另一部跟萨拉通话呢。"

我哼了一声,忍不住翻了个白眼:"那是自然啦。"

"你们在哪儿呢?大伙儿都还好吗?"萨姆问道,"情况挺不妙的。"

"大家都没事,不过……"

我还没来得及跟萨姆说说我们的困境,他就打断了我的话:"那里发生过什么事吗,六号?你们在圣殿里的时候,比如说,你是不是触动了一个超能力按键什么的?"

"那里没有什么按键,"我跟玛丽娜交换了一个眼色说道,"我们见了面,我不知道……"

"我们遇到了洛林星。"玛丽娜说。

"我们遇到了一位尊神,"我对萨姆说,"他说了些很神秘的话,感谢我们唤醒了他,然后……"

"他就延伸到地球各个角落去了。"玛丽娜替我把话说完。

"哦,嗨,玛丽娜,"萨姆心不在焉地说,"听着,我想你们的尊神也许附到我身上了。"

"你在说什么啊,萨姆?"

"我有了超能力。"萨姆回答道。他的声音既兴奋又自豪,我立刻就想象到萨姆挺起胸膛,就像我们第一次接吻之后他表现的那样。"只是心灵传动。不过那总是你们最先拥有的超能力,对吧?"

"你有了超能力?"我惊叹道,瞪大眼睛看着其他人。玛丽娜的手把我的胳膊抓得更紧了,她转过身去看着圣殿。亚当低头看着自己的双手,一副若有所思的表情,也许是在想事态这样发展对他自己的超能力会有什么影响吧。

"不仅是我,"萨姆接着说,"我们在纽约偶遇了另一个女孩子,她也有超能力。谁知道现在世上会有多少个加尔德啊。"

我摇摇头,努力要消化这些信息。我发现自己也凝视着圣殿,想起了藏在里头的尊神。

"起作用了,"我轻轻地说,"真的起作用了。"

玛丽娜转身看着我,泪水盈眶。"我们回家了,六号,"她说,"我们把洛林星带到了这里。我们已经改变了世界。"

听起来真让人振奋,但我还没准备庆祝,我们还被困在墨西哥,战争依旧没有结束。

"尊神给了你们新的加尔德的名单,对吧?"萨姆问道,"有什么办法可以让我们找到他们吗?"

"没有名单,"我回答,"我不能肯定,但从我与尊神的谈话来看,那似乎是随机的。你那边的情况怎么样了?"我问萨姆,将话题引到我们错过的那些战斗上去,"我们听说了纽约发生的袭击……"

"很糟糕，六号，"萨姆说道，声音开始阴郁起来，"曼哈顿简直陷入了一片火海。我们不知道九号在哪儿，他还流落在外头。你们现在哪儿？我们需要你们的帮助。"

我意识到我还没有跟萨姆说起我们目前的处境。"圣殿之前有莫加多尔人在把守，"我对他说，"我们干掉了所有人，但有一个逃走了。我们在圣殿里的时候，她破坏了所有的飞船。我们被困在了这里。你觉得可不可以让你们军方的朋友派一架飞机过来？我们需要接送。"

"等等，你们还在墨西哥吗？在圣殿那儿？"

我不喜欢萨姆话音里的这种恐惧。一定出事了。

"出什么事了，萨姆？"

"你们得马上离开那里，"萨姆说，"希特雷库斯·雷和他的巨型战舰正往你们那里飞去。"

第十一章

　　沃克探员告诉我还有四十八小时赢下战争的几分钟后,两个全副武装的士兵和一个中年的平民带着一台平板电脑到她的帐篷里来。他们想紧急汇报这个平民早上用他的平板电脑拍下的一段视频。我没怎么留意——我的耳朵嗡嗡作响,心跳得厉害。我可以感觉到新来的人在偷偷看着我,好像我是名人加独角兽的混合体。而我觉得帐篷的四面都在慢慢逼近,快让人透不过气了。

　　我想我也许是急性焦虑症发作了。

　　沃克探员看了一下我,举起一只手,不让那两个士兵再说下去。"我们去走一走吧,先生们,"她说,"我需要些新鲜空气。"

　　沃克催促那三个人离开她的帐篷,自己也跟着走了出去,又在门口停下了脚步。她回头看着我,好像很痛苦似的做了个苦相。我知道她也许是想说些宽慰或鼓励的话,我也知道沃克探员并不擅长这样做。

　　"休息一会儿。"她很和气地说道,那也许是我在她身上见到的最善解人意的一刻了。

"我没事。"我高声说道，虽然自己感觉并不好，一点也不好。我站在原地，努力平复自己的呼吸。

"当然了，我知道，"沃克说，"只是……我也说不好，过去这二十四小时你已经过得够惊心动魄了。好好歇口气。我过一会儿就回来。"

沃克一走开，我立刻就瘫坐在她的电脑面前的椅子上。我不该休息的，要做的事太多了。可是我的身体根本就不配合。这不像我昨天经历的那种疲惫——而是另外一种感觉。我的双手在颤抖，我可以听到剧烈的心跳在脑子里回响。这让我想起了昨天的爆炸——那些惊叫，还有死亡。我狂奔逃命，一路经过许多尸体，那些都是我无力拯救的人。而那样的情况还会不断发生。

除非我可以完成不可能的任务。

我觉得自己就快要吐出来了。

我现在需要专注于某样东西，某样让我摆脱这种恐惧的东西，于是我打开了沃克的电脑。我知道我希望看到什么，需要听到什么。除了给我看过的希特雷库斯·雷的威胁视频，沃克的电脑里还有其他打开的文件夹。我一点也不意外会在那里找到我想要的视频，而且它已经打开了。

为地球而战！支持洛林人！

我将音量调大，点击了播放。

"这是我们的星球，但地球上并不只有我们。"

丹妮拉说得对。萨拉听起来确实是在故作老成，故作职业，让自己显得像一个新闻播音员或是纪录片解说员。但这依然让我莞尔一笑。我闭上双眼，倾听着她的声音。我其实不是在听那些话——虽然听着自己的女朋友在人类面前把你描述成一个英雄的感觉很棒。听见萨拉的声音，我开始平静下来，但这也勾起了我的某种渴望，过去这两天情况太慌乱了，我都无暇顾及。我想起我们在天堂镇的情形，那时无忧无虑多了，亨利出门办事的时候，我们就在卧室里卿卿我我……

我不知道萨姆走进沃克的帐篷之前，我把这段视频重放了多少遍。他清了清嗓子引起我的注意，举起两只手里的两部卫星电话。

"任务完成。"萨姆说道。他伸长了脖子看着手提电脑的屏幕。"你在看什么？"

"呃，萨拉制作的那个视频。"我尴尬地说道。当然了，萨姆不知道我刚刚把这视频播放了十几遍，不知道我听着自己女朋友的声音达到入定状态。我直起身，努力做出一副视频里描述的坚强领导者的样子。

"很棒吧？"萨姆走过来问道。他把一部电话放到了我身边。

"是……"我打住了话头，不知道该怎么评价那段视频，"其实挺土的。不过目前来看，它也是最棒的了。"

萨姆点点头，拍了拍我的肩膀，明白了，说："干吗不给她打个电话呢？"

"萨拉？"

"是的，我来打给六号，看看圣殿小分队的情况，"他语气急切地说道，"看看他们现在哪里。也许他们已经回到艾什伍德庄园了呢。我会把我们的情况告诉她们，再约定一个会合地点。我也许还得打个电话给我爸爸。让他知道我还活着。"

我意识到萨姆对我的感觉跟沃克探员差不多，就像我突然变得很脆弱似的。我摇摇头，想站起身来，但萨姆将一只手搭在了我的肩膀上。

"说真的，兄弟，"他说，"打电话给你的女朋友。她肯定担心坏了。"

我任由萨姆把我推回到椅子上。"好吧，"我说，"但如果六号和其他人出了什么事，或者你不能联系到她们……"

"那我就马上来找你，"萨姆一边朝门口走去一边说，"在下一个危机爆发前，我会给你点私人时间。"

萨姆离开了，我双手捋捋头发，又挤挤脑袋，像是不让脑子散开似的。让自己的心情平复了一会儿之后，我拿起萨姆留给我的电话，按下了一直记在心里的号码。

电话响到第三声，萨拉就接了，气喘吁吁又满怀希望："约翰？"

"你简直想象不到我多么需要听到你的声音。"我回答道，斜着眼睛瞥了一眼沃克的电脑屏幕，然后把它关了。我将电话紧紧地压在耳朵上，闭上双眼，想象萨拉坐在我身旁的样子。

"我一直好担心啊，约翰。我看到……我们都看到纽约发生的事情了。"

我不得不咬一下自己的腮帮内侧。我脑海里跟我打着电话的萨拉的形象被"阿努比斯"号炮火之下倒塌的一幢大楼所取代。

"那……我不知道怎么说，"我对她说，"我觉得能活下来真是很幸运。"

我没有说起我心里的内疚，还有一直这么坚持有多难。我不想萨拉看到我的这一面。我想成为她那段视频里所说的英雄。

萨拉沉默了一会儿。我听得见她的呼吸声，缓慢又颤抖，她是在拼命克制自己的感情爆发。她再开口的时候，声音变成了平静而绝望的耳语，听起来很遥远。

"太可怕了，约翰。那些可怜的人。他们在死去，这就像到了世界末日，而我……我所能想到的就是你怎么样了，为什么你没有打电话。我的……我的脚踝没有被下咒，无法知道你们的踪迹。我不知道是否……"

我意识到萨拉听到我的声音之后的如释重负是愤怒的那一种，是因为担心一个人而度过了许多不眠之夜的感受。我记得莫加多尔人捉走她时的那种感觉，仿佛我缺失了一部分。我还记得那时的情况简单多了——避开莫加多尔人，救出萨拉，没有数百万人命悬一线。以前我们还觉得那就是危难时刻，真是疯了。

"我的电话被毁坏了，不然我早就打给你了。我们来到了军队驻扎的布鲁克林。我没事。"我向她保证，心里知道其实我多少也是在说服自己。

"过去两天我觉得自己就像是个鬼魅，"萨拉悄声说，"我和马克，我们一直拼命上网，做些能帮上忙的事情，去赢得人心。我们也终于见到了伽德本人，那是——天哪，约翰，我有那么多话要跟你说。但我首先要让你知道，在所有的这些忙碌当中，我觉得我只是在摆架势，其实已经魂不守舍了。因为我满脑子都是你在纽约和其他人一起遭到了空袭。"

我应该问萨拉那个一直与她和马克共事的神秘黑客的身份，我应该多问问她与马克工作的细节，我知道我应该这么做。可是就在那一刻，我能想到的只是我多么想她。

"我知道你跟马克一起走的部分原因是不想留下来让我分心，"我说道，努力让自己显得通情达理而不是绝望，"可是没能跟你说话，没能看到你、抚摸你，比什么都让我分心。你帮了很多忙，可是……"

"我也想你。"萨拉回应道，我听得出她也在努力稳定情绪，像我在巴尔的摩车站让她下车时那样做出坚强的样子。"不过我们的决定是正确的。这样更好。"

"这是个愚蠢的决定。"我回答。

"约翰……"

"我不知道我当时怎么会让你说服了我,"我继续说道,"我们本来就不该分开。在纽约发生了这么多事之后,在我目睹这一切……"

我想起了那些大火,那满目疮痍,还有伤员和死者,我简直无法呼吸了。我意识到自己又开始颤抖了,而且绝对不是因为疲惫。我觉得我也许已经达到了极限,我的脑子像是无法承受更多的残酷现实。我努力专心听着萨拉说话,专心说着自己的话,说些有意义的话,让语气不要太绝望。

"我需要你在我身边,萨拉,"我努力把话说完,"我觉得这是我们的最后几场战斗了。在纽约发生袭击之后,我——我见过一切可以那么快地失去。如果这就是末日的话,我不希望有事发生的时候我们不在一起。"

萨拉深吸了一口气,再开口时,她的声音是坚定的。

"这不是末日,约翰。"

我意识到她一定听出我的语气了——软弱又恐惧,根本不像她在视频中描述的那个外星英雄。我的表现让我尴尬。自从纽约遇袭之后,我第一次独处,没有各种小插曲让我分心,一切终于慢了下来,给了我足够的时间思考——结果是我在跟女朋友通电话的时候,整个人都崩溃了。我们之前也有过不利的处境,也激战过几次,也看见过朋友被害。但在此之前,我从未感到绝望。

我沉默了一会儿,萨拉继续说着,声音轻柔:"我无法想象纽约在……那件事发生的时候是什么样子。我无法想象你都经历了什么……"

"发生这些事都是我的错,"我轻声对她说,又瞥了一眼帐篷的门口,以防外头有人偷听,"本来在联合国总部的时候,我就可以杀了希特雷库斯·雷的。我之前有时间去应对这次入侵。但我失败了。"

"哦,约翰。你不能把纽约发生的事情都归咎在自己身上,"萨拉回答说,她的言辞充满理解但很坚定,"你不用为一个外星疯子狂暴的杀人行为负责,明白吗?你一直努力想阻止他。"

"但我没有成功。"

"是,但其他任何人也没有啊。所以要么我们都有错,要么就是这个邪恶莫加多尔人的错。到此为止吧。你再内疚也没法救活任何人,约翰。但你可以为他们报仇。你可以阻止希特雷库斯·雷再次出手。"

我苦笑一声:"问题就在这里,我不知道如何阻止他。他太强了。"

"我们会找到办法的,"萨拉回答道,她的淡定也几乎让我相信了她的话,"我们一起来完成这件事——我们所有人一起。"

我用双手搓了搓脸,努力振作起来。萨拉说的话正是我想听的。跟以往一样,我知道她是对的,至少在逻辑层面上是对的。但那也没能解开我心里那个内疚的心结,或是让未来显得没有那么让人窒息。

"他们把我看做是一个英雄,"我自嘲说,"我在军营里走一圈,那些士兵和幸存者们,每个人都拿我当超人看。他们不知道——"

"我想我制作的视频确实发挥作用了,"萨拉戏谑说,想让气氛轻松点,"他们那么看待你,因为你就是个英雄,约翰。"

我摇了摇头:"他们不知道我对自己的所作所为毫无把握。我不知道怎么去打这么大规模的一场仗。九号失踪了;埃拉被俘,还饱受酷刑。我不知道六号和其他人怎么这么久还不从圣殿回来，但就算他们回来了，我们也许还得回去，因为希特雷库斯·雷正往那里去。与此同时，在全球二十五个城市上空还有二十五艘战舰。我不知道这些要如何应对，萨拉。"

"那个嘛，"萨拉回答说，她的声音平静而镇定，好像我刚刚没有抛给她那么多难以解决的问题似的，"好在你有朋友啊。我们一件件来说吧。我先跟你说说伽德的事。"

第十二章

　　萨拉对我讲了她跟马克在一起时发生的所有情况，我真的无法相信她所说的伽德的事情。经过这么多年，这事简直是难以置信。不过我努力压低嗓门，不想让沃克探员和她政府里的朋友们听到这个好消息，至少暂时不要。萨拉跟我说完之后，我把我经历的一切也告诉了她，还有我们目前面临的一切。她没有犹豫，而是对我说我们可以做到。她说我们可以获胜。

　　她说服了我。

　　最终从沃克的帐篷里走出来的时候，我不再颤抖。把心里的一切向萨拉倾诉，听到了她的声音，记起自己是为何而战——所有这些足以让我重新振作，重新行动，准备好再次投入战斗。我还是未能得到全部的答案，但我不再害怕面对问题。

　　萨姆站在帐篷外，依旧在打着电话。他来回踱步，空出来的那只手做着强调性的手势。

　　"六号，那简直是疯了。"他强调说。显然六号还活着，而且安然无恙。当然萨姆是在努力劝说她不要去做什么事。"你没有看到过这玩意儿的个头。整座城市的街区都被它横扫而过，就像是纸糊的。"

萨姆看到了我，接着瞪大了眼睛，看来六号是在说某件不可以思议的事情。

"约翰来了，"萨姆对着电话猛然说道，"也许他能让你头脑清醒些。"

萨姆把电话递给了我。

"她们没事吧？"我接过电话问萨姆。

"是的。她们放出了在地球上的洛林星元神，我也许就是因此才拥有了超能力，但现在她们被困在墨西哥，六号说等'阿努比斯'号出现在圣殿时，就要跟它搏杀一番。"萨姆气喘吁吁地说。我瞪着他，努力想弄明白他的话，一边将电话凑到了耳边。

"约翰？萨姆？"是六号熟悉的声音，听起来很不耐烦，"你们谁跟我说话呀。"

"嗨，六号，"我说，"听到你的声音真好。"

"我也是，"她笑着说道，"要我跟你说说细节吗？你要是想劝我别去跟希特雷库斯·雷和他的飞船作对，那我们还是别谈了。"

她的火爆脾气让我忍俊不禁。先是跟萨拉谈，然后是六号，现在的形势感觉没有那么让人窒息了。我们一定要去面对，但至少我不是独自去面对。

"我想听你说细节，"我对六号说，"但首先，我得跟亚当谈谈。"

"哦，"六号回答，语气有些意外，"好的。稍等一下。"

萨姆看了我一眼，像要我立刻让六号和其他人撤离圣殿。我暂时还不知道这是不是正确的一步。我们知道希特雷库斯·雷正往那里去，但他不知道我们已经知道了，这给了我们一点胜算。埃拉在她的梦境里带我看了圣殿，她告诉我要警告六号和其他人。也许我们跟希特雷库斯·雷的最后一仗会在那里打起来。如果是那样的话，至少那是个荒无人烟的地方，平民不会有危险。

亚当接了电话，听起来有些疲惫："要我帮什么忙？"

"你们的那些飞船——我是说，莫加多尔人的飞船，它们受到力场的保护。告诉我，要如何才能将它们打下来。"

亚当哼了一声："你是在开玩笑吧？"

"我得给政府一点情报，"我对亚当说，"希特雷库斯·雷给他们的投降设置了最后期限，如果他们没有找到打败他的舰队的办法，他们就不会帮助我们。"

"约翰，那些战舰是入侵洛林之前设计的，"亚当回答说，"防护罩应该能承受住一整个星球的加尔德的攻击。地球上除了核弹，没有任何武器有可能穿透它们，而在人口密集的城市中心发动袭击简直是灾难性的。"亚当停顿了一下，我可以听到沙土嘎吱的声音。他正朝着某个东西走过去。"不过……"

"怎么？你给我说点什么都行啊，亚当。"

"也许用强大的火力不能解决问题。现在在我面前的是停着一排被破坏了的'掠行者'的跑道，"他说，"我想起每艘战舰上都配备了大约一百艘'掠行者'。它们都是用于侦察或运输地面部队的。它们频繁出入战舰，这样一来，每次都卸下战舰的防护力场就不可行了。所以这些'掠行者'应该装有电磁力场发生器，可以使它们不受战舰防护罩的影响，使它们可以毫发无损地穿过防护罩。"

我本该想到这一点的。现在亚当唤起了我的回忆，我意识到在西弗吉尼亚州山里的基地里看到他们动用过这项技术。希特雷库斯·雷刚到地球的时候，他的战舰就自如地穿过了基地的力场，好像它根本不存在似的。当时我想追赶他，但防护罩直接把我拦截了。

"有没有可能从'掠行者'上获取那项技术，然后应用到其他东西上去呢？"我问亚当，"比如，一架战斗机上？"

亚当思量了一下："也许是有可能的。但就算不用担心战舰的防护罩，也还是会被那些大炮瞄上啊。"

我记得埃拉在我们共同的梦境里带我看到的情景——她和五号企图逃跑的那个飞机停泊区。也许我们可以对莫加多尔人"以子之矛攻子之盾"呢。

"一架'掠行者'上应该能坐十个人左右吧？"我接着问道，考虑着一个新的攻击计划。

"十二个，加上两个飞行员的话，"亚当迅速答道，"你是在考虑偷袭吧。"

"是的。如果我们可以登上其中一艘战舰，那你觉得要多少人才能将它攻下？"

亚当的声音现在显得有点兴奋了："那要看有多少人有超能力了。我有没有说起过，约翰，我小时候梦见过驾驶那样一艘战舰呢？"

我冲他吃吃地笑了："你也有机会了，亚当。谢谢你的情报。你能让六号再听听吗？"

亚当跟我道了别，然后把电话给了六号。

"你觉得我们应该登上'阿努比斯'号吗？"六号问我，"萨姆刚刚鼓动我和其他人尽快逃离那家伙，越远越好。"

"我还不敢肯定我们该怎么做，但我想知道我们手中的牌。"我回答。我看着萨姆，忍不住皱眉。他一定不会喜欢我接下来要说的话。"待在原地，六号。援兵马上就到。"

过了没多久，我和萨姆沿着码头去找沃克探员。她跟那两个士兵和那个平民不知道去了哪里，这地方比我们想的要远多了。前面有一大批军人集结在伸入东河的混凝土码头上。当我们到那儿的时候，一小队士兵正忙得热火朝天，把一些空皮筏从河里拖起来，堆在一起，给军舰清理出停泊的空间。这个地方其实本来也不是为了停泊战舰而建造的。过去二十四小时内，它已经被改造成了一个集结地，好些海军驱逐舰在狭窄的水道上停歇着，它们的枪炮都对准了市中心曼哈顿残存的浓烟滚滚的建筑物。

"马尔科姆情况如何？"我问萨姆。我们与六号通话完毕之后，他跟他爸爸在电话里简短地说了几句。

"听到我们都活着，他非常欣慰。而且他对我……那新能力很是兴奋，"萨姆回答，一边看看四周确保没人在偷听，"在华盛顿大撤退时，他和沃克留下的联调局探员跟着政府疏散了。我想他现在得到了VIP包厢的待遇吧。他们把他跟总统安排到同一个地下掩体了。"

"也许他能替我们美言几句。"

"我跟他说了，"萨姆说，"现在，他说他觉得自己像是某个研究外星人的厉害科学家，还带着一群宠物。"

"变形兽。"

"爸爸觉得它们现在最好还是以普通动物的样子示人。我知道我们已经说好了要信任沃克探员的抵抗小组，但在华盛顿不止有她的人，还有些科学家也在那里。爸爸觉得他们对外星生物也许会过于好奇。"

我想起亚当是如何从莫加多尔人的实验中将变形兽救下来的。虽然我很想相信美国政府，但我还是做不到。"很明智，"我回答道，"不要让它们分开，直到我们需要它们。同时它们也可以照顾你爸爸。"

"是啊……"萨姆声音小了下去。我看得出他还想谈别的事，主要是因为我们跟六号通完话之后,他还没缓过劲来。"约翰,我还是不敢相信你会让她们留在那里。"

一旦我弄清沃克和政府愿意提供多少帮助之后,我打算再打电话给六号。至少在那之前,她们要一直驻守在圣殿那边。希特雷库斯·雷还要过一段时间才会出现。"你真的觉得我让六号撤走她就会撤走吗?"我回答说,"我也不想让她们陷入危险,萨姆,但是……"

"约翰,拜托。'阿努比斯'号昨天差点就要了我们的命!我们对抗那东西就像蚍蜉撼树。在那儿就更不行了。她们能有什么胜算?"

"埃拉跟我说过,希特雷库斯·雷想要圣殿里的东西,我想应该就是六号跟我们说起的洛林尊神。我们不能让他长驱直入。他要是得到想要的东西,那准没好事。"

"但她们要怎么对付他呢?她们待在那里又能有什么好事?"萨姆提高了嗓门说道,"她们根本伤不了他,没有……"

"我知道形势如何,萨姆,"我厉声打断他,失去了冷静,"我们要找个法子去那里帮她们,行吗?埃拉带我看过——她带我看过圣殿,她跟我说要警告六号和其他人,她还说我们可以打赢这场战争。她已经想到办法了。一切都要从那里开始。"

我隐瞒了埃拉告诉我的会有人牺牲以及她暗示我也许就是那个杀死她的人的事。她的那部分预兆我一定会竭尽全力去改变的。我知道萨姆对我这么不依不饶,是因为他特别担心六号和其他人。我也担心他们,但我相信六号能保持冷静,做出自己的决定。

萨姆还没来得及反驳,我就发现了前面的沃克,于是加快了步伐。联邦调查局的这位探员被一群军队的高级将领团团围住,我必须推开许多士兵才得以接近她。一开始很多人对我侧目,因为我穿得就像是一个刚刚从自然灾害中幸存下来的平民。等他们开始意识到我的身份，就迅速地让出了一条通道。这样的礼遇我不再觉得惊奇，我努力不让自己觉得不自在。其中一个士兵还向我敬礼，虽然他身边的战友用手肘捅了捅他，还冲他翻了翻白眼。

沃克看到我过去，就从那群军官中走了出来。我发现他们在看着我，但看来沃克说得对，那些高层人士希望避免跟我们这些洛林叛乱分子直接接触。他们走开了，又在码头另一端重新聚集起来，许多士兵跟在他们身边。到了那里，他们就开始指着东河交谈起来。水里有某种情况绝对引起了他们的警觉。我开始增强听觉，想偷听是什么让他们这么恐慌，但沃克已经站在我面前开始说起话来。

"很好，你来了。我正想回去找你呢。"沃克说道。她手里拿着早先出现在她帐篷的那个平民的平板电脑，虽然那人早已经不见了。沃克一定是征用了他的平板电脑，然后把他打发走了。

"我知道战舰防护罩的弱点了。我知道我们可以怎么打败他们了。"我直截了当地说道。

她扬起了双眉："见鬼了，约翰。你可真够快的。这绝对是那帮军队小子会感兴趣的话。"

"好极了，"我朝聚集在码头的军官故意看了一眼，"我得到墨西哥去，沃克。过几个小时我们再谈。那边会发生一场战斗，我必须在场。他们愿意给我什么支持，我统统需要。"

"你是不是还等着跟我说'否则的话'？"沃克沉下脸问道，"我会尽力，但我已经把军方的立场告诉你了。这命令可是直接来自三军统帅。"

"行啊，跟他们说说能穿透防护力场的工具吧？它们就在墨西哥的一条跑道上。这样他们就会召集几架该死的飞机，把我送到那里去了。"

沃克举起手，示意我她听到了："好了，好了。我会尽力。但在动身飞往你们洛林的特别安全区之前，我们还有其他事要办。"

"哇！"萨姆说道。他走近了栏杆，凝视着水面。"他们弄来了一艘潜水艇。"

"是的，"沃克回答，"在你离开之前，约翰，我要你看看这个。"

她移步走到我身边，点击了平板电脑，开始播放一段视频。这是上午早些时候拍的，画面很不稳定，拍的是"阿努比斯"号离开曼哈顿、飞过布鲁克林桥的情景。镜头不停抖动，声音嘈杂，夹杂着尖叫和士兵互相呼喊的指令。最后，这艘邪恶的飞艇消失在视线之外。

"要我看什么呢，沃克？"

"我也是这么说的。第一次我也没看到，"沃克一边将视频倒回去一边说，"显然当时那几千名训练有素的军队将士也没有注意到。现在看看河面。"

萨姆站在我们身边倾过身来，斜视着视频。"有东西从飞船上掉下去了。"他指着屏幕淡淡地说。

他说得对。一个圆形的物体从飞船的腹部掉了下来，大概有希特雷库斯·雷的珍珠形驳接船那么大。它击中东河的河面，溅起一大片水花，之后立刻沉得无影无踪。

"以前见过那样的东西吗？"沃克问。

我摇摇头："在'阿努比斯'号袭击纽约之前，我从未见过这种飞船。"

沃克叹了一口气："这样看来，我们还是一无所知。"

"他们要派那潜水艇下水去找那东西吗？"萨姆问道。

沃克点点头："这条河只有大概一百英尺深，但他们不想冒险派潜水员下去，怕那东西是某种武器或陷阱。"

"那它还有没有可能是什么呢?"我双手叉腰,转身看着河面问沃克,心里将这神秘的东西列为让我担忧的事物之一。

"上头希望这是意外,希望从飞船上掉下来的东西可以供我们研究或是对抗莫加多尔人,让我们更了解我们的对手。"

"希特雷库斯·雷做事从来就不存在意外。"

"那你的意思是我们不该派人下去咯?"沃克惊讶地问道,"你就不好奇吗,约翰?"

我还没开口,码头那边就传来轮胎的摩擦声。有一辆军用吉普快速地驶进来,驶到那群忙乱的士兵面前的时候,司机不得不急刹车。有两个士兵,司机和她副驾驶座上的乘客,从车上跳了下来。司机拿掉了头盔,露出一头汗涔涔的黑发。她一把拉开车后门,另一个士兵从车的另一面绕过来帮她将第三位士兵从车上抬了下来。他看来是受伤了,不过从远处我看不出他伤得有多重。其他军队人员聚集在一起,帮助这几位新来的人。

"他们在哪儿?"那个女人喊道,"那个外星人呢?那个联调局的婊子呢?"

我的喉咙一紧。希特雷库斯·雷把我和其他加尔德摆了一道。也许这些士兵觉得是时候兴师问罪了。不管如何,我还是朝前迈出了脚步,我不打算躲起来。不过聚集在码头尽头的士兵已经指向了我这里。我无处可去。我扭头望去,看到那些军队高层的老人,那些上校、将军和别的什么人都已经转过身来看着这一幕。就算情况激化,他们似乎也打算置身事外。

又或者我只是多虑了。也许是感觉到我的紧张,沃克把一只手搭上了我的胳膊。

"我来处理吧。"她说道。

"我们还不知道是怎么回事呢。"我对她说道，迎着那些士兵走了上去。

"他的情况糟透了。"萨姆看着司机和她一脸骇然的同伴抬着的受伤士兵说道。受伤士兵的军服前襟已经被血浸透了。他几乎不省人事，必须由其他人扶着。支撑着他的男兵看起来没有受伤，但还是一副死人样，满脸的惊恐。只有司机看来还镇定，而且恶狠狠地瞪着沃克探员。

"发生什么事了，士兵？"沃克问道。这三个人在离我们几英尺的地方停下了脚步。我看到这位士兵的衬衣上绣着的姓是谢弗。

"我们照你说的做，到外头去寻找他和他的朋友。"谢弗冲我的方向扬了扬下巴回答道。这么说，除了把我们救出地铁站的那支小队之外，这个城市里还有其他小队在寻找我们。"我们以为找到了一个幸存者，可我们遭到了袭击。"

"是莫加多尔人干的吗？"我朝受伤的士兵靠近一步问道。他衬衣的前襟已经被砍开了，下面的防弹背心也一样。这事就发生在他努力要去帮助我的时候。"稳住他。让我为他疗伤。"

谢弗和另一个士兵将他们受伤的同伴扶了起来，我开始小心地掀开他破碎的衬衣和防弹背心。谢弗一直瞪着我。

"你没听明白，"谢弗厉声说，"我们找到了一个小伙子，他就像是金属做的。我还以为他是你们这些变态加尔德之一呢，所以就对他说我们会带他回到这里来见你的。结果他举着一把刀冲我们扑过来。他猛烈攻击我们，移动速度非常快。他夺走了我们的武器，还把罗斯福伤成了这样。"

我克制住自己的情绪。现在我才意识到这个士兵不只是被砍了一刀，他的身上还刻了一个字。

"5"。

"他在哪儿?"我问道,语气冷若寒冰。

"他要我们回来告诉你,"谢弗回答说,"日落时分他会在自由女神像那儿。他要你去见他。"

"他身边还有什么人吗?"萨姆问。

"有个黑发的大块头。不省人事,"谢弗说,转过头看着我,"他让我告诉你不去的后果。我不知道这个疯子是什么意思——他说日落时去见他,不然他就会给你留下一道新的疤痕。"

第十三章

我们站在圣殿面前的草地边上,肩并着肩,背对着这座寺庙。我们一起朝北张望,望向地平线。这是希特雷库斯·雷的战舰会飞来的方向。在日落之前,我们还有时间。

我们三个是最后的防线。

天越来越热。至少那可以让我假装湿透我衬衣后背的汗水都是因为这滚滚热浪。

我指了指树际线。"莫加多尔兵砍下了那一片丛林,真是帮了我们的大忙,"我伸长了脖子说道,努力估算着距离,"我们至少在一英里外就可以看到飞船驶过来。"

"他们也会看见我们的,"亚当回答,声音非常阴沉,"我不知道,六号。不过这简直就是疯了。"

我一直等着亚当说出这种话。我们跟约翰和萨姆通话时,我从他脸上的表情就知道,他并不赞同我们去抗击希特雷库斯·雷和他的战舰。

"不可以让希特雷库斯·雷进入圣殿,"我还没回应,玛丽娜就说道,"那是洛林人的地方,是一处圣地,他会亵渎它的。不管他想要什么,我们都得阻止他。"

我看了看玛丽娜,又看了看亚当,然后朝这个莫加多尔人耸了耸肩:"她的话你都听到了。"

亚当摇摇头,更加垂头丧气了:"听着,我理解这地方对你们而言非常特别,但它并不值得我们用生命去交换啊。"

"我不同意。"玛丽娜断然说道,她绝对已经下定决心了。经历了这里发生的这一切,她现在是不可能离开圣殿的。

"我们在这里已经完成了自己的使命,"亚当争辩道,"现在也有些地球人拥有了超能力,希特雷库斯·雷改变不了这一点。他太迟了。"

"我们还说不好呢,"我扭头看着圣殿说,"如果他进去了,他也许会……我不知道,也许会将我们所做的一切都反转回去,或者做一些伤害尊神的事情。"

亚当皱起了眉头:"他控制你们的母星已经超过十年了,从来没能夺走你们的超能力。不管怎么说,他无法永远夺走它们。"

"那是因为洛林星脉在这里,"玛丽娜强调说,"它一直躲在这里,现在他发现它了。我们不能让他碰到尊神,不然后果将会是灾难性的。"

亚当举起了双手:"你根本一点道理都听不进。"

我的目光从亚当身上移开,落到了那些出故障的"掠行者"胡乱停着的跑道上。当然,我看到了菲丽·邓拉。她还是被堵住嘴绑在起落架上,不过已经努力地坐直了些,也许是想偷听我们的谈话。我从她脸上胶带周围的皱纹看得出,她在冲我笑。我记起她今天早上说过的话,那时她努力想让我相信亚当是偷偷地想把我们拖垮。

"你觉得我们赢不了,所以你害怕战斗。"这些话脱口而出,我立刻就后悔了。

亚当猛然转身看我,又顺着我的目光看见了菲丽·邓拉。他一定是看出我的这句话和她之前歇斯底里的吼叫有关了。他非常厌恶地摇了摇头,从我身边走开了几步。

玛丽娜捅了捅我,低声说:"六号……"

"抱歉,亚当,"我迅速说道,"真的。我刚刚那是胡说八道。"

"不,你说得对,六号,"亚当耸耸肩干巴巴地说,"我是个懦夫,因为我不想今天就死掉。我是个懦夫,因为,小的时候,我从那样的一艘飞船的平台上看着你们的母星被彻底摧毁。我是个懦夫,因为我觉得我们可以找到更好的办法,一个更聪明的法子。"

"好了,亚当。"我说道。听到他这么随意地提起洛林星的毁灭,我的胸口一阵发紧。"我们知道了。"

"这一步也许是不聪明,"玛丽娜补充道,"却是正确的一步。"

亚当语气辛辣地反驳我们:"那样的话,你们俩谁打算那么做?"

"做什么?"我问道。

"杀死埃拉,"他回答道,"我们都听到约翰的话了。希特雷库斯·雷用他的洛林古老魔咒将她和自己捆绑在了一起。你们得先伤害埃拉,才能伤害到他。我从来没见过这姑娘,而且我现在可以告诉你们,我不打算这么做。那么你们来告诉我,你们当中谁要去杀死自己的朋友?"

"谁也不去,"我坚决地说,双眼直视亚当,"我们要想出一个办法,在不伤害她的前提下阻止希特雷库斯·雷。"

亚当瞥了一眼太阳,像是要弄清我们还剩多少白天的时间。

"很好,"亚当说,"好极了。我们的装备就是那些出故障的飞船,还有我们在丛林里能找到的东西。告诉我,在这种情况下,你们打算如何阻止希特雷库斯·雷,六号。"

"约翰说了援兵就要来了,军队——"

"他说的是他会努力,"亚当几乎冲着我嚷嚷了起来,"听着,我信任约翰,但他远在几千英里之外。援手距离这里几千英里远,而在这里呢?只有我们。我们就是援手。"

"援手就在我们身后。"玛丽娜说道。她的声音还是那么平静,但也夹杂了一丝紧张。亚当的话让她有些生气。"圣殿会指引我们去战斗。"

亚当思索了一会儿,翻了个白眼:"奇迹。你们俩盼的就是这个吗?一个奇迹?!我知道你们在里头唤醒了那个东西,我知道他让你和……和你的朋友进行了最后一次谈话。但他要做的也就是那么多了,明白吗?他不会再帮助我们了。不相信我吗?也许我们可以问问洛林人,上次莫加多尔入侵时,尊神又帮了多少忙——如果那些人都还活着的话。"

我周围的空气倏地一阵发冷。在这丛林的酷热中,一开始我感觉还挺好的,接着我意识到是玛丽娜以她自己的特殊方式在生气。她朝亚当迈出一步,双拳紧握,"圣殿安详姐姐"那一套突然都不见了。

"不要妄议自己不知道的东西,你这个怪物!"她大喊一声,用食指隔空戳向了他。一根冰锥从玛丽娜的食指射了出来,插进亚当脚下的土地里,并立刻开始融化。亚当吃惊地倒退一步,瞪着玛丽娜。

"够了,"我一步拦在他们俩中间,"这样解决不了任何问题。"

菲丽·邓拉在跑道那边发出了一串支支吾吾的声音,我明白她是在嘲笑我们。我不去理睬她,转身揽住玛丽娜的双肩,她的肌肤寒凉。

"我虽然很喜欢这种开空调似的感觉,但你还是得离开一会儿。"我对她说。

玛丽娜难以置信地看着我,像是不相信我会支持亚当一起反对她。我轻轻地摇摇头,扬起了眉毛,让她知道不是这么回事。她叹了一口气,用手捋了一下头发,朝圣殿走去。

我转身盯着亚当。起初他没有看着我,而是忙于看着玛丽娜冲他发射的冰锥融化。

"幸好她没有把你的眼睛给废了。"我半开玩笑地说道。

"我知道,"他回答,终于抬起头看着我,"六号,听着,我很抱歉。我不该提起洛林星的事。那不是——不是我的本意。"

"肯定不是,"我朝他走近了一步说道,"没事的,你只是有些恐惧罢了,我觉得是这个原因吧。不过,是的,别再提起我们死去的亲人和惨遭屠戮的星球了,好吗?因为我真想冲你脸上来一拳。"

亚当点点头:"知道了。"

"我不敢确定你是不是真的明白了,"我回答,放低了声音,靠得离他更近了,"我要清楚地对你说,亚当,我不打算今天就死在这里。你以为我不知道我们没什么胜算吗?兄弟,我不需要别人向我解释这一点。但你也没有趁我不留神就把一架'掠行者'给修好了,是吧?"

他冲我皱了皱眉:"你知道我没有,六号。"

"那我们还是会被困在这里,直到援兵来。如果我们被困在这里,那我们就要战斗。你明白吗?"

"我们可以跑的,"亚当指着丛林回答,"我们想逃跑也不一定需要一架'掠行者'。"

"这样说吧。逃进丛林也可以是一种选择,"我对他承认道,"如果'阿努比斯'号到了这里,而情况又对我们不利,那我们就跑。"

"是吗?"亚当问道,他的目光落在了玛丽娜身上,"我们仨都跑?"

我扭过头去,仔细打量着玛丽娜。她背对着我们,像是在深呼吸让自己冷静下来。她在凝视着圣殿,就像之前多数时间在做的那样。玛丽娜对圣殿已经有了一种宗教般的虔诚。我能理解为什么——我们邂逅尊神的这次经历给人的冲击实在太强烈了,也许对一个在修女群里长大的女孩子更是如此。更别提她的爱人也埋葬在那里。圣殿对她而言已经成了一种宗教象征和一个墓地。

"不得已的话,我会把她拖走的。"我认真地对亚当说。

亚当对这个回答似乎很满意。他之前斥责我们时露出的焦虑狂乱的表情也不见了,取而代之的是莫加多尔人冷静的深思熟虑之色。我从没想过我竟然也会很高兴看到那种表情出现在某个人脸上。

"我可以开始帮约翰拆卸力场的掩护模块,然后继续修理'掠行者',但这些事都无法帮我们保卫这个地方,或是躲过'阿努比斯'号的攻击,"他看着我,扬起了眉毛,"说吧,我们的不死计划是什么?"

好问题。

我环视了周围,整个计划我还在筹划中。我们如何阻止希特雷库斯·雷从圣殿里夺走他想要的东西呢?我们如何才能在不危害埃拉的情况下伤害到他呢?我再一次将目光投向菲丽·邓拉。她不再嘲笑我们了,而是像一只兀鹫似的瞪着我们。我想起了她的双手,现在还绑在她身后的起落架上,而且都裹着绷带,溅到泥土污渍的绷带盖住了她企图闯过圣殿的力场时受到的电击烧伤痕迹。莫加多尔人在这里驻扎了好些年，想强闯圣殿，讨好他们敬爱的领袖。可惜我们在圣殿里没有看到一个保险丝盒或是控制面板，可以重启圣殿的力场。

"至少我们知道他要往哪儿走，"我大声说道，一边还在思索着，"希特雷库斯·雷想要到圣殿里去，他就得从他的巨型飞船上下来。这就给了我们一个机会。"

"做什么的机会？"亚当问道。

"我们可以不用伤害埃拉就可以伤到希特雷库斯·雷，就是说我们不用真的阻止他闯入圣殿。但如果他抓到埃拉，进了圣殿，我们也许可以夺走他的某件东西。"

亚当马上就明白了："你是打算……"

"你说过一直想要驾驶那样的一艘飞船。不管希特雷库斯·雷想要圣殿里的什么东西，他也无法将它带到任何地方去，"我说道，感觉心里有个计划正在慢慢形成，"因为我们要救出埃拉，再把他的飞船偷走。"

我们的准备工作在静默中展开了，玛丽娜和亚当之间的气氛还是很紧张。我们从检查莫加多尔人留下的设备开始。在更大的一个帐篷里堆放着一些柳条箱，这是一个真正的军火库，里头是莫加多尔兵运过来的武器和工具，只是在圣殿的力场面前全都派不上用场。那里还有一排的莫加多尔激光枪，不过余下的装备似乎是在地球上制造的。有好几箱武器：标注着美国军方的物资，从澳大利亚运过来的采矿设备，以及亚当说的写着汉字的实验性电磁脉冲设备。亚当早前寻找"掠行者"的备用零件时就已经翻看过这堆东西，所以他知道里头都有些什么。

"我们需要炸药，"我对他说，"他们有什么？"

亚当小心翼翼地挪开几个箱子,然后打开了其中一个,里头装着一些在我看来像是黏土的浅褐色物质。

"塑料炸药,"他说,"我想是 C-4 吧。"

"你知道这玩意儿怎么弄吗?"

"多少知道一点。"亚当回答道,接着便开始轻轻地推开箱子里的东西。除了 C-4 炸药,里头还有一些电线和圆筒,我想是引爆用的。迅速查看了一遍之后,亚当吃吃地笑了,举起了一本小小的纸质小册子,"这里头还有指南呢。"

"好极了。"玛丽娜说。

"总共有多少枚炸弹?"我问道。

亚当快速清点了一遍这些黏土砖块:"十二枚。但你想要的话,我可以将它们分装开来,做成更小的炸弹。不过砖块越小,爆炸力也就越小。我们只有十二个导爆雷管,所以小的炸弹也得用导线连接在一起。"

在回答亚当的问题之前,我将头伸出帐篷,快速清点了降落跑道上的"掠行者"的数量。总共是十六架,包括亚当一直在修理的和绑着菲丽·邓拉的那两架。

"十二枚就可以了,"我对亚当说,"小心别把自己给炸了,好吗?"

"我尽力吧。"

"很好。来吧,玛丽娜。"

我从这个莫加多尔军需帐篷里拿走了一个粗麻布袋,然后朝跑道走去。玛丽娜在我身边跟着我。

"我们到底要炸掉什么东西,六号?"她问道。

"别说出来。"我说道,一边走近绑着菲丽·邓拉的那架"掠行者"。她看着我走近,双眼怒火欲喷,不再透过那条胶带微笑了。我想她预料到会发生什么事了。她挣扎了一会儿,但无法阻止我将布袋套在她头上。

"不想再看到她了吗?"玛丽娜问道。

"是啊,这是一个原因,还有是我不想让她看到我们要做的事。"我带着玛丽娜从我们的囚徒身边走开,朝跑道上其他的"掠行者"走去,"我们要把这些飞船连接起来。我想希特雷库斯·雷一定不是独自前来的,他还会带上其他的莫加多尔人。我们没有了力场,无法阻止他们进入圣殿,但他们若是靠近,我们绝对可以把他们都炸掉。"

拜菲丽·邓拉所赐,所有的"掠行者"都不能自己移动了。我和玛丽娜施展我们的超能力,一架接一架地将这些飞船挪到特定的位置。我们俩一前一后地出着力,还不至于顶不住这些飞机的重量,至少我们让轮子滚动了起来。我们将这些"掠行者"相隔三十码摆成一个半圆,围着圣殿的大门。这些飞船摆出的弧线就像是之前的圣殿力场那样。

现在我们将大多数的"掠行者"都挪好了,跑道上空出了一大片位置。"希望希特雷库斯·雷会将他的大家伙停在最显眼的这个地方。"我说道,一边在空中用手指划过跑道到圣殿大门的这片区域,"圣殿只有一个入口,所以他的人一定得穿过这些飞船,我们就要将炸弹藏在这里。"

"那至少能顶住他的第一波进攻。"玛丽娜说。

"是的,希望这能奏效,迷惑他们,让他们到处寻找袭击的来源,这样我和亚当就能在他们身后偷偷登上'阿努比斯'号。"

玛丽娜冲我皱了皱眉:"等等。那我要干什么?"

我还没开口回答,亚当就从莫加多尔人的军械库里走出来,还带着一粗麻布袋的塑料炸药。他看了看我们目前的成果，赞许地点点头。接着他朝我们走过来，放下麻布袋，拿出了一个大型的遥控器。

"看看这个，"亚当说，"我想莫加多尔人之前是想用连续爆炸来炸掉力场，也许是从多角度进行定时爆炸来破坏力场。"

他把遥控器递给我。上面有二十个开关，每一个都有相应的红绿灯。现在有十二个红灯亮了起来。亚当站到我身旁，解释如何操作这东西。

"这些导爆雷管都有遥控起爆器。"他说道，把遥控器最左边的开关往上推了一挡。开关上面的小红灯由红变绿。"我刚刚把第一个炸弹的保险装置打开了。"

我瞥了一眼我们脚下装着一吨塑料炸药的麻布袋，又看了看遥控器。开关上有个金属尖凸，要将开关推着绕过它，才能调到第三挡，也许是怕有人手滑吧。不过对于这样的展示，我还是有点紧张。"呃，好了……"

"安全第一，"亚当将开关推回原位，红灯重新亮了起来，"如果你们一直将开关推到尽头，那导爆雷管就会获得信号，点燃炸药，接着炸弹就会爆炸。"

我点了一下头，把遥控器递给了玛丽娜："你都听明白了吗？"

"是的，但是……"她接过遥控器，眉头都皱了起来。

"你刚刚问我你的位置会在哪里，"我说，"你将藏在丛林里，控制着圣殿的防线。"

玛丽娜考虑了一会儿，慢慢绽开了一个笑容："我很荣幸。"

亚当沿着那排飞船走去，将午餐盒大小的塑料炸药包沾到每架"掠行者"的底部。一个行事谨慎的莫加多尔兵也许会注意到它们，是的，不过到那时已经太迟了。

与此同时，我和玛丽娜推着最后两架"掠行者"从我们设置好要引爆的那些面前经过。我们把它们安放在圣殿的对面，就在丛林的最边上，两架都对着圣殿的入口。

"我们可以在这里制造一张火力网。"我掀开其中一架"掠行者"的驾驶舱门说道，"如果你的心灵传动力大得足以启动这些遥控……"

"必须如此。"玛丽娜回答。

亚当走过来，启动了这些"掠行者"的武器系统，并向玛丽娜解释她要开炮的话需要摁下哪些按钮。玛丽娜花了很长时间研究这些控制键，将操作流程记在心里。接着，她慢慢地离开这架"掠行者"，朝一片丛林走去，那里远离那些连接好的"掠行者"，却近得足以让人看清整个战场。她将会躲在这个隐蔽的地点保护圣殿。

玛丽娜集中精神，朝那架"掠行者"伸出一只手。

"呃，"过了一会儿，她揉着鼻梁说，"我不知道，六号。对着看不见的东西施展心灵传动，难了点。"

我们又采用了一个不同的战术。我和亚当在丛林边上走过，将莫加多尔人的激光枪架在浓密的草丛和树林中。我们用树枝落叶将它们伪装起来，效果很不错，莫加多尔兵不会立刻就发现，但又不至于让玛丽娜找不着。从她所在的地方，她一把把试过了，用心灵传动扣动扳机，让一束激光枪的火光射到圣殿面前的空地上。

"很好，"我说，"你根本都不用打中谁，玛丽娜。你只需让他们觉得袭击来自四面八方就行了。"

我们做完了准备，现在跑道上就只剩两架"掠行者"了：我们飞来时驾驶的那一架，也是亚当一直在维修着的，以及绑着菲丽·邓拉的那一架。目前为止，我对我们的安排都很满意。能有所行动，至少感觉还不错。

"好极了，六号。"玛丽娜说道。她交叉着双臂，看着像卫士般排列在圣殿面前的莫加多尔飞船。"如果希特雷库斯·雷派他的士兵过来，那就太好了。但他要是独自上前线来呢？伤到他就意味着伤到埃拉，我们不能冒这个险。"

"你说得对，"我回答，"我们得想个办法，至少先拖住他。"

我开始朝圣殿面前的通道走去，假装没有注意到亚当放慢了脚步，还轻轻地碰了碰玛丽娜的手肘。他们都缓了下来，但只在我身后几步之遥。我增强了听力，听不到他们是不可能的。

"之前的事，我很抱歉，"亚当轻声地对她说，"我的情绪有些失控了。"

"没事的，"玛丽娜温和地回答，"我不该说你是个怪物。那只是脱口而出，我真不是那样想的。"

亚当谦逊地笑了一下："不，你知道，这些年我也想过很多次，不知道——不知道那样叫我们算不算难听。"

玛丽娜嘟哝了一声，想再说点什么，但亚当打住了她的话头。

"没事的——我再次表示抱歉，对这一切。我知道失去自己心爱的人是什么感受。我不该……我不会再这么急切地想离开这地方了。我知道为什么它如此重要，知道它的意义。"

"谢谢你，亚当。"

我转过身去，假装没有在听他们谈话。我们就站在之前隐藏起来的圣殿大门面前。那是一个狭窄的石拱门，拱门后面是通向寺庙底下的密室的楼梯。

"那么，"我叉着腰说道，"我们该如何拖住宇宙间最厉害的莫加多尔人，而又不伤害到他呢，与此同时还要从他手中将他的飞船偷走？"

亚当举起一只手："我有个问题。"

我看得出他的脑子一直在转："说吧。"

"整个计划都是基于偶然的——假设希特雷库斯·雷向门口走去，希特雷库斯·雷派出了士兵，假设玛丽娜能用一些炸弹和隐形武器分散他们的注意力。"我正想开口回应，怕他再恐慌起来，但亚当继续滔滔不绝地说着："这是我们最好的机会了。我同意你们的说法。但是，假设我们能成功，假设希特雷库斯·雷坐在这里的时候，我们确实能把'阿努比斯'号偷到手。然后呢？我们下一步怎么办？我们还是不能杀了他。"

"但他也杀不了我们。"我回答。我知道这不是亚当希望听到的厉害战术，但我确实还没想到那么远。我一直太专心于想着我们现在能活下来。

"也许我们可以进行谈判，"玛丽娜随随便便地说道，"谈埃拉的事，还有圣殿……"

"不管他跟你们说得有多热切，希特雷库斯·雷就是个寡廉鲜耻的人，"亚当说，"谈判是完全行不通的。"

"那就会陷入僵持的局面，"我说，"那也比吃败仗好，对吧？"

亚当思量着我的话，脚后跟不停钻着拱门面前的土地。

"好吧，"亚当说，"我建议先挖个坑。"

"挖坑？"

"一个陷阱，"亚当接着说道，"就在门前。一个大坑，接着我们把坑遮起来，让希特雷库斯·雷掉到里面去。"

我把一个脚趾头插进土里，由于圣殿的阴影以及附近生长的植被，这里的土是松软的，还有点湿，不像跑道那边被太阳暴晒的硬邦邦的土。用我们所有的超能力，还有那么一大堆莫加多尔人的武器、那么多 C-4 炸药——现在我们竟然想着要挖坑。"他就是那种走路不看道的混蛋,特别是当他努力要进入圣殿的时候,他就会犯错了。"

"这比喻很形象。"亚当回答。

"一旦他掉进去,我可以从藏身处将坑的顶部凝固成冰,"玛丽娜也加入进来说,"那样可以更长时间地拖延他。"

"好吧,至少看见他掉进一个坑里还是很开心的。"我很乐观地补充道。

"这坑得相当大,"亚当若有所思地揉着下巴,"因为他可以改变物体的大小。"

"好在我们有超能力可以帮助进行挖掘,"我回答,"即使这只能帮我们腾出几分钟时间,也许也足以让我们登上'阿努比斯'号了。"

"还有一件事,你可能不喜欢这个主意,"亚当对玛丽娜说道,指了指圣殿的入口,"但我们也许得将那个弄塌。这又是一个可以阻挡希特雷库斯·雷的招数。"

这是个好主意,但我一声不吭地看着玛丽娜。她想了一会儿,接着耸了耸肩。"它们只是些石头,"她说,"重要的是,我们要保护里头的东西。"

"要我拿些 C-4 炸药吗?"亚当问。

"我想我可以处理。"我回答道,施展起超能力,引来了一个小风暴。我在我们头顶聚拢了一团乌云,空气开始变沉,雨点滴滴答答地从乌云中滴落。我的手向下一挥,四道闪电以非常特别的角度劈了下来。这些闪电划过圣殿入口,炸开了那些古老的石灰岩,整个通道塌陷了进去,发出一股陈腐的味道。

我走上前去查看自己的手艺。入口堆满了碎石,里面的墙也有一部分显然是坍塌了。这无法永远将莫加多尔人的军队挡在外头,希特雷库斯·雷也绝对能够用心灵传动拨开那些碎石,但是,聊胜于无。

玛丽娜的脸上露出沉思的表情,她踩着整齐的步伐绕着圣殿大门走了一圈,一边数着数。她在大门前走出了一个接近完美的正方形,接着抬头看着我。

"一条边大概是三十英尺,你看可以吗?"她问我,"就是坑的大小?"

"我想可以了。"

"让我来试试。"玛丽娜说道,接着专注起来。

她沿直线走到离圣殿大门三十英尺的地方,一边走一边用双手扇动着空气。玛丽娜走过的路上开始出现一堵冰墙,虽然这堵墙的墙根并没有连接到地面上。

"帮我稳住它,好吗?"玛丽娜看着我问道。

我不知道她葫芦里究竟卖着什么药,但我照她的话做了。我施展心灵传动,托起了玛丽娜制造出来的冰块。我注意到冰的上层厚,底部则慢慢收窄,锐利得足以致命,整块冰几乎就像是闸刀的刀刃。她像之前那样走着直线,这次一边走一边造冰。过了两分钟,玛丽娜制造出了一个中空的冰块,大概是三十英尺长、三十英尺宽,上下敞开,只有四堵墙。整个冰块在空中盘旋,还滴着水珠,玛丽娜只好用她的超能力阻止其融化。

"现在怎么办?"亚当在一旁看着问道。

"我们将它举起来,"玛丽娜指着我们两个人说,"然后就用尽全力将它往下放。准备好了吗,六号?"

我照办了,用心灵传动力将玛丽娜的冰雕举到离地面二十英尺的地方。

"准备好了吗?"她看着我问道,"放!"

我们一起将冰块往地上扔。那些锋利的边缘插进土里时发出了一声巨响,接着是玻璃碎裂的声音,冰块表面迅速出现了很多裂缝,而且开始蔓延开去。总的来说,冰并没有插得很深,最多四英尺,不过玛丽娜似乎对这结果很满意。

"好了,好了!稍等一下!"

冰盒子的四面墙都插进了土里,玛丽娜沿着这冰盒子跑了一圈,触碰着这些冰,让它们变得更厚、更硬以加固墙体。冰面的裂缝都被封了起来,破碎的冰块也补上了,玛丽娜在一个角落里跪下来,将手搭在冰上,尽可能离地面更近。

"好吧,我不知道这是否真能奏效,"她说,"来了。"

玛丽娜闭上双眼,集中精神。我和亚当交换了一个眼色,我们俩都满心疑惑。但我们依然保持安静,看着玛丽娜施展超能力,这种状况持续了五分多钟。我想把额头贴着那块寒冰,但又担心这会将她正在做的事情搞砸。

"我想我搞定了,"玛丽娜最终说道,站起身来扭了扭脖子,"六号,帮我再把这冰举起来。"

"你现在又要它离开地面了?"我问道。

玛丽娜兴奋地点点头:"快点!趁它还没融化得太厉害。"

于是我们专注于这冰块。这次它更重了,我们将它举起的时候,我明白了其中的原因。玛丽娜在地下形成了一个冰层,将四堵墙连接了起来。我们举起冰块时,它发出嘎吱作响的撕裂声,那是草地和泥土被扯开的声音。这冰块在我们的心灵传动的作用下飘浮起来,在它里面,是完完整整的四英尺深的一个坑。

"现在轻点,"我们将冰和土挪到一边的时候,玛丽娜说道,"我把冰块做得够深了,但它还是有可能会裂开。"

"棒极了,"亚当冲着这个飘浮的墩子莞尔一笑说,"我们就不必再用比如粗树枝之类的东西去掩盖这个坑了。我们把余下的土都这样挖出来,然后把那层地面照原样放回去。希特雷库斯·雷踩上去的时候,看起来会是很正常的,但你可以远距离用心灵传动让它塌下去。"

玛丽娜点点头:"我就是这么想的。"

我们轻轻地将这一盒子完美的泥土和草丛放回地面。若玛丽娜不用超能力加固它,冰很快就开始融化。我们的坑盖边缘也有些泥泞起来,但天气这么热,那一下子就会干掉。

亚当大步走上前去,跪在地上这个三十乘三十英尺的坑面前。

"轮到我了。"他说道。

他将手插进土里,不一会儿,我就感受到从他身上传来的振动。这股地震波主要集中在他面前,但他的控制并没有精确到不让它们蔓延出来。有那么一阵,我觉得我脚下的地面有一点不稳定,但我还是可以迅速稳住自己。亚当面前的泥土开始松软并移动起来,那些被夯实的土层开始碎裂成大小相当的土块。

亚当扭头看着我:"如何?"

我施展心灵传动力从坑里将一部分松动的泥土和石头提起来,接着将它们扔进丛林。亚当松开了土层,现在挖掘起来就容易多了,但还是蛮费劲的。我赞许地冲他点了点头。

"是个不错的开端。"我对他说。

他站起身来:"我得去找……一把铁锹。"

亚当话还没说完,突然将目光投向了我身后的天空。我猛然转过身去,听到了引擎的声音。

不。不可能。太快了。我们还没准备好。

"六号?"玛丽娜闷声闷气地问道,"那是什么?"

是一艘飞船。光滑的银色飞船,没有我见过的莫加多尔飞船那样硬邦邦的尖角和枪炮。它跟我以前见到过的飞船都不一样,但我对它却有种奇异的熟悉感。

飞船很快地飞过来,朝我们这个方向飞来。

第十四章

"侦察机吗?"玛丽娜问我。我可以感觉到她的冰冻超能力被激发了,她做好了对抗来者的准备。

"不是莫加多尔人的飞船。"亚当走到我身边说道。

"对。"我回答道,其实我自己也发现了。我将手搭在玛丽娜的胳膊上说:"没事的。难道你……你没认出它来吗?"

"我……"玛丽娜仔细看了一眼飞过来的飞船,收住话音。飞船呼啸着掠过树梢,在空中轻松地盘旋着,接着在刚刚清空的莫加多尔兵的跑道上方明显地降速。虽然飞船的表面坑坑洼洼还有磨损,边缘都有些生锈了,但它还是闪着银光,它的装甲板材料也是地球上没有的。飞船盘旋了一阵,驾驶舱的茶色玻璃窗上阳光闪耀,接着它轻轻地降落了。

"那是我们自己的飞船,"我说,"就像那艘送我们到这儿来的飞船。我是说,到地球上来。"

"那怎么可能?"亚当回答。

"这些是我们的援兵吗?"玛丽娜目不转睛地盯着飞船问道,"约翰说起过这样的东西吗？"

"他说他会派萨拉、马克还有别的什么……"我茫然地应答着他们俩，"要亲眼看见才能相信的东西。"谁会驾驶一艘洛林飞船呢？它是从哪儿来的？我犹豫着向前走了一步。

一段金属舷梯从飞船尾部伸了下来，我立刻紧张起来。我依稀记得小时候曾跑上一段这样的舷梯，那时卡塔莉娜就在我身边，背景中是爆炸声和尖叫声。现在旧事重演，我们面临莫加多尔人的又一次入侵，而在我面前又出现了一架洛林飞船。只是这一次，我不知道我该朝它跑去还是远离它。虽然约翰跟我说过帮手就在路上，我还是忍不住觉得这有可能是一个陷阱。我的多疑让我活了这么久，没理由忽视它。

"做好一切准备，"我对其他人说，"我们不知道会有什么从飞船上下来。"

接着一只很眼熟的毕尔格猎犬从舷梯上跑下来。

是伯尼·科萨！它伸长了舌头，一下子扑到我身上，前爪还搭上了我的双腿。它的尾巴都看不清楚了，因为它接着就去跟玛丽娜打招呼，又跳到了亚当的身上。我听到一个不太熟悉的声音，很快意识到那是莫加多尔式的笑声。

我将目光投向飞船，发现萨拉·哈特就站在舷梯顶部，她张开双臂问候我们，脸上挂着微笑。

"嗨，伙计们，"萨拉很自然地说道，"看看我们找到什么了。"

玛丽娜惊喜地大笑一声向前跑去，跑到舷梯底下迎接萨拉，立刻紧紧地把她拥入怀里。我们有好长一段时间没见过萨拉了——我和玛丽娜回到佛罗里达的时候，她已经动身去与她的前男友会合行动了。她的金发紧紧地在脑后扎成一束马尾辫，满脸灿烂的笑容，但她的眼睛底下出现了一些细纹,我走近一看,发现她的眼睛里还有些红血丝。萨拉大大的笑容掩盖不了她身上新的淤青与刮擦痕迹。是的,见到我们她很高兴,但她很疲惫,心事重重,还有些蓬头垢面。不过这不怪她。

"你来了。"我对萨拉说道,也伸手拥抱了她。其实我有点心不在焉,因为我还是无法不盯着飞船看。

"很高兴见到你,六号,"萨拉回答道,不顾我满身的汗水和尘土拥抱了我,"约翰说你也许需要帮手和飞机。我们都带来了。"

不一会儿,"我们"终于出现了。跟着萨拉走出飞船的马克·詹姆斯跟在天堂镇里与我并肩作战时差别太多了。他那满头喷了发胶的高中运动员模样不见了,他的黑发更长也更脏了。我想他应该是轻了一些,比我记得的样子要瘦。他一脸的疲惫不堪,觑眯着眼的样子说明他还不习惯看到这么灿烂的阳光。

"哇,见鬼了,"马克在舷梯半道上停了下来说,"你们后面有个莫加多尔人。"

"那是亚当,"萨拉回答,"我想我跟你说起过他。"

"是,应该是说过,"马克说,一边手搭凉棚直勾勾地盯着亚当看,"只是见到一个莫加多尔人还是感觉怪怪的,你知道,他还在这里像咱们这样转悠着。抱歉,兄弟。"马克冲着亚当点了点头补充道。

"没事。"亚当老练地说。他冲肩后做了个手势,指着套着头罩、绑在"掠行者"起落架上的菲丽·邓拉说:"我不是这里唯一的莫加多尔人,你们也都看到了。不过我是最友好的那个。"

"知道了。"马克回答。

萨拉正要帮大家做介绍,我就打住了她的话头。

"抱歉，你们这飞船是哪里弄来的？"我问道，一边从她身旁走过，向舷梯顶部走去。

"对了，说到这个嘛……"萨拉回答道。她示意我继续向上走，似乎是说我应该继续看看。"你们也许想跟她谈谈。"

"谁？"

萨拉看了我一眼，仿佛是要我别再问问题，直接往上走就好了，于是我照做了。她使的这个眼色也让玛丽娜起了好奇心。玛丽娜跟着我走上舷梯进入飞船。走入船舱几步之后，我突然有了一种似曾相识的感觉。我们身处乘客区域，这里空间宽敞，完全没有摆放家具。墙面泛着一层柔和的光，说明飞船的供电系统还在运作。我依稀记得自己曾在这里排队，身旁是另一个加尔德，我们的赛邦催促我们做着一些有氧练习和运动量不大的武术训练。

我走到最近的一面墙边，用手指摩挲着墙面。这堵软塑料材质的墙有了反应，变得更明亮了，我手指划过的痕迹也亮了起来。这些墙就像是一个大的触控屏幕。我记起了一道命令，很快地在墙上画了一个洛林标志。这个标志闪烁了一下，表示它已经被接受了，然后随着一声嘶响，地板升了起来，出现了二十四张帆布床。玛丽娜不得已往后一跳，因为有一张床就在她所站的位置上打开了。

"六号，这是不是……"

"这是我们的飞船，"我说，"就是送我们来地球的那一艘。"

"我一直以为它被毁掉了或是……"玛丽娜落下话音，又惊又喜地摇了摇头。她的手指摩挲着对面的那堵墙，输入了另一道命令。整面墙变成了一个高清屏幕，画面上是一只表情愉悦的毕尔格猎犬，正追逐着一个网球。

"在英语中称之为'狗'，"一个明显带洛林口音的录制声音说道，

"狗。狗奔跑。西班牙语是 perro①。El perro corre②……"

地球语言训练。我们飞往新的星球时，曾有过多少次坐着观看这段录像呢？我都忘了，或是将这段记忆尘封了起来，但童年时的种种无聊厌倦瞬时间又出现在记忆里。我们在这里幽闭了整整一年，看着那条狗跑过一片绿油油的土地。

"呃，关了吧。"我对玛丽娜说。

"你不想看看这条狗接着会做什么吗？"她笑盈盈地问我，接着将手猛挥过墙面，节目停止了。

我走到一张帆布床面前蹲了下来。床单发出一股霉味，有点像飞船那油腻腻的内部工作区。过去十年，这些床单也许一直就装在那里头。我掀开毯子和薄薄的床垫，查看着床架。

"哈，看看这个。"我说道。

玛丽娜从我肩后探头看过来。金属床架上刻着一个"6"字，那是一个无聊的小姑娘刻下的。

"破坏狂。"玛丽娜大笑说。

飞船引擎的低鸣慢慢地静了下来，触屏墙面闪了一下，关闭了。有人关闭了飞船的动力。

"还跟你离开时一样，对吧？"

我和玛丽娜循声转身，发现一个女人从飞船的驾驶舱里慢慢走了出来。我的第一个反应是她美得令人窒息。她的皮肤是深褐色的，颧骨挺高，一头浓密的黑色短发。虽然这女人穿着一身宽松的机械师连身衣，上面还有刚沾上去的油渍，她看上去就像是时尚杂志的封面女

---

① 西班牙语，意为"狗"。
② 西班牙语，意为"狗奔跑"。

郎。我很快意识到,令人吃惊的还不只是她的容貌,还有她身上隐隐约约的气质,地球人也许发现不了,但我一下子就注意到了。

这个女人是洛林人。

她看到我和玛丽娜几乎可以说是很紧张,也许她因此才花了这么长时间将飞船熄火吧。即使是此刻,这女人也在舱门前晃悠,看上去跟我们一样犹疑。她有些心惊胆战,似乎随时会退回到驾驶舱,并把门锁上。我看得出她在努力鼓起勇气来跟我们谈话。

"你们一定是六号和七号。"她等了一会儿,发现我们除了吃惊并没有什么回应,于是说道。

"你——可以叫我玛丽娜。"

"知道了,玛丽娜。"这女人温柔地笑着说。

"你是谁?"我终于能说出声来了。

"我叫莱克萨,"这女人回答道,"我一直化名为'伽德'帮助你们的朋友马克。"

"你是我们的赛邦之一吗?"

莱克萨终于从门边走了过来,坐在了一张帆布床上。我和玛丽娜坐到了她的对面。"不,我不是赛邦。我的哥哥是加尔德,但他没能通过洛林防御学院的训练。我也被录取了,作为一个机械专业的学生,那是在他……在他去世的时候。之后我算是失联了。在洛林星上,我们只能那样做了。我担起他们预设的身份。我经常做的是电脑上的工作,有时还不太合法。其实我就是个普通人。"

"但你还是出现在了这里。"玛丽娜歪着头说。

"是的。我最终受雇于一家博物馆,负责修缮一艘古老的飞船……"

那个细节让我灵光一闪。"第二艘到地球上来的飞船就是你驾驶的。"我说道。

"是的。我跟克雷顿和我的朋友佐菲一起到了这里。你们现在也许都知道了，其实我们不在长老们的计划之中。我们得以逃离洛林星，都是因为克雷顿——呃，应该说是因为克雷顿是埃拉的爸爸的手下，因为我们能弄到那艘旧飞船。埃拉的爸爸，他预见到了将会发生的一切，所以他聘请我去修缮飞船。我其实算不上是个飞行员，我不得不……边飞边学。"

莱克萨这个糟糕的笑话让我噗嗤一笑，不过我的脑子却一直转个不停。原来还有更多的洛林人。也许洛林人不像我们想的那样几近灭绝。对此我应该非常激动，但我却将信将疑。五号发生了那样的事情之后，我也许是太疑神疑鬼了。不过，我想起了克雷顿，还有他如何一边抚养埃拉，一边悄悄地寻找余下的加尔德。他从来没说起过他是跟其他两个洛林人一起到地球上来的。我的眼睛眯成了一条缝。

"克雷顿从没说起过你。"我说道，尽量让自己的语气听起来不像是谴责。毕竟，克雷顿确实有很多事曾瞒着我们。埃拉真正的出身也是他死后才透露的。

"我想他应该不会说的，"莱克萨微微蹙着眉说，"他唯一关心的就是埃拉的生死。我们说好了彼此不再联系，我们保持距离对大家都有好处。你知道那些莫加多尔人的手段。如果你真的什么都不知道，他们就无法动用酷刑从你身上套取情报。"

"你的那位朋友呢？佐菲？她在哪儿？"

莱克萨摇摇头："她没能活下来。她哥哥是这艘飞船的飞行员。就是你们的飞船。佐菲出去找他，她还以为已经通过互联网找到了他，可是……"

"是莫加多尔人。"玛丽娜替她把话说完了。

莱克萨难过地点了点头:"在那之后,我就孤身一人了。"

"不过你不是孤身一人,"我说,"还有我们呢。我们中许多人——唉,是我们所有人,都失去了自己的赛邦。有些人的赛邦很早就牺牲了,不然我们可以得到一些指引。你为什么等了这么久才现身呢?为什么不来找我们?"

"你知道原因的,六号。你们的赛邦没有互相寻找,也是出于这个原因。试图互相联系是很危险的,在网上的每一次搜索都会有自我暴露的危险。我从远处尽我所能,我为那些致力于揭露莫加多尔人的团体提供资金和情报,并创办了一个叫做'匿名外星人'的网站来进行宣传,揭露他们和莫进派的种种勾结。于是我遇到了马克。"

我想象着她的生活,一个陌生人来到了一片陌生的土地,无依无靠。其实我不必去想象她的经历,我自己就有过这样的经历。我知道个中危险,但从未停止过对其他人的寻找。我掩饰不住语气中的敌意:"是怕我们有危险?还是怕你自己有危险?"

"怕我们所有人有危险,六号,"莱克萨回答,听得出我的话刺痛了她,"我知道长老们要你们九个人担负的不是一点小小的责任,不过……我也没有主动请缨。我在一家博物馆里做着一份简单的工作,突然间我就驾驶着一艘古老的飞船,飞向一个完全不同的星系里的一个行星,飞船上的乘客还是最后一位活着的加尔德。我失去了我的哥哥,我最好的朋友,还有我的整个生活。"

她吸了一口气。我和玛丽娜都陷入沉默。

"我对自己说,远远地帮助你们所有人就够了。所以,我从远处尽着自己的一份力。我消除了网上能找到的关于你们的所有信息。我努力隐瞒你们的身份,不只是对全世界,也对我自己。也许这种做法很懦弱,或很丢人。我不知道。但我深深地知道,我应该有更多的行动。不过我一直想弄到这艘飞船，等你们长大了就联系你们，等我……"

"你现在不是来了嘛，"玛丽娜柔声说道，"这才是最重要的。"

"我不能再置身事外了。我已经在一次外族入侵中当了逃兵，现在我不该再逃下去了。"

这话击中了我的心扉。从某种程度上说，经过这么多年躲避莫加多尔人追杀的日子，我们都决定不再这么逃亡下去了。我只希望现在还不迟。

"我现在可以拥抱你吗？"玛丽娜问莱克萨。

这位飞行员吃了一惊，但还是点了点头。玛丽娜给了她一个大大的拥抱，将自己的脸埋在对方的肩上。莱克萨发现我在看着，拘谨而尴尬地冲我笑了一下，然后闭上眼睛，任由玛丽娜紧紧地拥抱着她。她叹了一口气，也许那只是我的想象，但莱克萨似乎卸下了肩上的千斤重担。我没有跟她们拥抱，几个人拥在一起这种事情不是我的作风。

"谢谢你能过来，"过了一会儿我说，"欢迎来到圣殿。"

话音一落，我就带她们俩走出了飞船。我最后一次留恋地看了一眼飞船的乘客区，然后将逃离洛林的记忆压了下去。我已经不是小孩子了。这次的入侵会有不一样的结果的。

亚当和马克在外头商量着什么。萨拉站在距离他们几英尺的地方，离飞船更近些，显然是在等我们。看到我的时候，她探寻般地扬起了眉毛，我深呼了一口气作为回应。

"你怎么会在墨西哥遇到这个人啊，真是不可思议。"我说道，努力想掩饰遇到莱克萨所产生的震惊与复杂的情绪。

我们一起朝马克和亚当走去。马克的T恤已经湿透了，看样子他在很费力地理解着什么事。

"一个坑,"他干巴巴地说,"你们打算用地上的一个坑把希特雷库斯·雷杀了。"

亚当叹了口气,指着我们藏匿莫加多尔人枪炮的那片丛林说:"你怎么老是揪住计划中这个挖坑的部分不放呢。我都跟你说了,我们有枪,还有炸弹——"

"但对付希特雷库斯·雷,你们挖了一个坑。"

"我知道这听起来没有技术含量,但我们的选择真的很有限,"亚当回答道,"我们不是要杀了他。想想我们对他的任何伤害都会被转嫁到埃拉身上,我们根本就不可能去杀了他。我们只想把他拖住,为我们争取些时间。"

"争取时间做什么?"马克问道。

亚当瞥了我一眼:"去救埃拉,在希特雷库斯·雷的眼皮底下偷走'阿努比斯'号。"

"我们何不一走了之呢?"马克用拇指指了指这艘刚到的莫加多尔飞船问道,"我想所有的傻瓜陷阱都是在走投无路的时候才有用吧。但我们现在可以离开啊。"

"那不行,"玛丽娜回答,"我们要不惜一切代价保护圣殿。"

"不惜一切代价?"马克重复着她的话,瞥了一眼飞船,又看了看圣殿,"这地方到底有多特别呢?"

我注意到在我们讨论的时候,莱克萨一直都保持沉默。她直勾勾地盯着圣殿看,脸上一片茫然,就像玛丽娜出神时那种虔诚的样子。莱克萨一定是感觉到我在看着她,因为她猛然地摇了摇头,迎住了我的目光。

"这地方……"她思索着准确的字眼,"是有它的特别之处。"

"那是个洛林圣地,"玛丽娜回答,"其实现在它就是洛林星了。我们超能力的源泉都在那里面。"

"我们刚刚封住了入口,不然我就带你们去里面走一走,"我插话道,"本来还可以把住在里面的尊神介绍给你们。源自纯粹的洛林能量的尊神,真是太妙不可言了。"

莱克萨冲我咧嘴一笑说:"我可以感觉到……不管里面是什么。我感觉到他已经深入我的骨髓。我知道你们为什么想保护这个地方。"

"谢谢。"玛丽娜回答。

"既然这样……"莱克萨往我这边看过来,"记住我的飞船——我们的飞船——已经准备就绪。如果你们需要就说一声。这飞船以前可是从他们的战舰中逃出来过的。"

我微微点了点头,与亚当迅速交换了一个眼色。玛丽娜也许不愿承认我们需要一艘飞船,但我们还是有了撤退计划,现在这样,总比逃进丛林好多了。

"哎呀,这么说,那里头住着的就像是超能力的掌管之神?"马克双手叉腰望着圣殿问道。

"我们觉得是。"我回答。

"那样说来,就是那个神决定了呆子萨姆·古德拥有了超能力,而我……"马克收住了话音,做了个鬼脸,"见鬼了,早知道我在高中时就该表现好点。"

我努力忍住不笑。约翰一定是跟萨拉和马克说了我们在圣殿里大闹一场而让地球人拥有超能力的事。我不知道尊神是如何确定谁应该拥有超能力的,但我真的不想像马克这样的人得到超能力,即使过去两个月他冒了很大的风险去帮我们。而萨拉嘛……

"你呢?"我看着她问道。

萨拉耸耸肩，低头看着双手，就像盼着它们能随时放射光芒似的。

"没有任何动静，"她皱着眉说，"还是原来那个普通的地球人。"

萨拉努力显得漫不经心，但我看得出这让她心烦。她为我们做了这么多，特别是为约翰做了什么多，我确实觉得在选择地球人赋予超能力的时候没想到她，是尊神的疏忽。

"照约翰说的，萨姆是在一只派肯兽朝他冲下来的时候才发现自己有了超能力的，"我说，"也许你是没有碰到激发自己超能力的情形罢了。"

"是的，"玛丽娜插话说，"这是我的经验之谈，超能力在你需要的时候就会被激发出来。"

"好极了，"马克说，"这么说，如果我们留下来面对某种生命危险，那我就有机会至少能身怀超能力死去了。"

"是啊，也许吧。"我对他说。

"也许尊神并没有选择谁，"亚当说，"也许这都是随机的。"

"这话可是拥有超能力的莫加多尔人说的。"马克回应道。

"不管怎么样，没事的，"萨拉说道，显然是想转移话题，"我也没指望这能发生。所以，管他呢。那并不代表我们就不能以其他的方式来帮忙。我们降落之前我刚跟约翰通过电话。"

"他就要过来了吗？"我问道，"他过来的时候应该带着那些大炮的。"

"我不知道他能否成行。"萨拉回答，她蹙了一下眉，脸上也跟着皱了一下，我知道这意味着有坏消息了，"政府并非真心合作。他们是想抗击的，但又不想失败。"

"这话到底是什么意思？"

"他们有些下作呗。"马克帮忙解释道。

"他们不想贸然与希特雷库斯·雷发生冲突,除非他们有赢的把握。所以,他们会支持我们,但他们不会与他正面交手。暂时还不行。"

"简直是可怜。"我说道。

萨拉看着亚当:"约翰还是希望你能从那些'掠行者'上拿到防护设备。"

"这样他就可以将这项技术交给不想帮我们的军队吗?"亚当扬起眉毛问道。

"差不多是这样吧。"

"已经弄到手了。我们连接飞船之前,我就拿下来了。"亚当瞥了我一眼说:"至于交不交出去嘛,我们回头再决定。"

"他们要是不打算帮我们抗击敌人,那我们为什么要交出去?"我问萨拉。整件事听起来像极了沃克探员在艾什伍德庄园里跟我们说的那样——莫进派的作风。即使是现在,他们最大的城市已经成了一个冒着烟的火山口,政府还是在耍手段,想从友好的外星人手里骗走重要的设备。

"是出于权谋吧?"萨拉回答,又耸了耸肩,似乎对这种情况无能为力。显然事实也是如此。我们与往常一样,又是孤军奋战了。"约翰觉得如果他可以给他们一个打败莫加多尔人的法子,他们应该更愿意帮忙。"

"他什么时候到?"玛丽娜问道。

萨拉的脸沉了下来:"还有更多坏消息。五号在纽约捉住了九号当人质。"

玛丽娜紧握起拳头,我听到一声冰霜碎裂的声音:"你说什么?"

"是的,情况不妙,"萨拉回答,"约翰和萨姆正设法去找他,阻止他——呃,不管这变态究竟谋划了什么,都要阻止他。"

"我当时就该把他杀了。"玛丽娜喃喃地说。我急忙往她那边看了一眼。我们在圣殿这一带的时候,她的心态一直很平静,很像以前的那个玛丽娜,安详而且不崇尚暴力。不过只要一说起五号,那种阴沉一下子就又涌出来了。

萨拉没有听见玛丽娜的话,她继续说着:"一旦他们解决了那件事,约翰就会过来,不过……"

我眺望着丛林的树际线,太阳已经开始西沉了。

"他赶不及的,"我心里一紧,"现在只能靠我们自己了。"

"他会尽力的。"萨拉坚持说。我看得出她一心盼着自己的男朋友像某个无坚不摧的英雄那样从天而降,盼着他和萨姆得到荷枪实弹的美国军队的全力支持。我是不会抱这样的幻想的。

"我们得继续干活了,"我说,"我们得做好准备。"

"我们也可以逃跑。"马克举起一只手说道。结果这话换来了玛丽娜一个狠狠的眼色,他让步了。"好吧,好吧。带我去看看在什么地方挖坑。"

我们继续干活。莱克萨想看看我们从"掠行者"上弄下来的防护设备,于是我和亚当就带她去了堆放着这些设备的弹药帐篷。每个设备都是手提电脑大小的坚固黑匣子。

"它们都被连接到'掠行者'的控制台上,就在飞行控制键的后面,"亚当指着每个装置背后的端口和连线说,"我尽可能让它们保持完好。"

我们将装置都收放在一个帆布包里,然后带到莱克萨的飞船上,打算带给我们那些慷慨无私的政府朋友,而作为交换,他们什么忙也不会帮我们。

当然了，这些的前提是我们能活着离开墨西哥。

"能用吗？"我问她。

"我想是的。"莱克萨回答。她将一根电缆外面的橡胶皮剥去，然后将裸露的电线接到这个防护装置的电源端口。"我想得等到我们穿过他们的飞船防护罩之后，才能下定论。"

开着一架翻新的洛林飞船，一头朝一艘巨型战舰撞过去，而能否穿过战舰周围难以穿越的力场还是个未知数。这种情况我可是毫不期待。

"如果没有用……"

"我们就会引爆，"我的问题还没问完，她就说，"我们还是别急着搏一搏吧，好吗？"

亚当和莱克萨试着将一个防护装置连接到洛林飞船的系统上，我们余下的人则着手在圣殿入口处挖坑。亚当设法在一堆莫加多尔人的设备中翻出了几把铁锹——显然，很早之前他们就放弃在力场的底下挖地道的做法了。马克似乎迫不及待地想脱了衬衣，开始一铁锹一铁锹地把土甩到肩后去。伯尼·科萨也很高兴地跳着加入进来，这只变形兽变成了一只外形像鼹鼠的巨型生物，然后用他的三指爪子扒着土，泥土纷纷扬扬地洒在坑外的地面上。他似乎对此很是开心。而马克则没有开心多久。丛林的炎热开始让他受不了。"这简直糟透了。"我听到他一边抹去额头的汗水，一边对萨拉抱怨道。

"等到莫加多尔人一出现并开始朝我们扫射时，"萨拉回答，"你就会希望我们现在能有更多人手了。"

很快我们就挖到了岩石层，没法再用手挖掘了。最好得由亚当过来制造震荡波将地面震碎，然后我和玛丽娜施展超能力将大块的石头搬到坑外，再将松动的泥土藏到丛林里。

***

最终，我们挖好了一个实实在在的大坑。之后，我和玛丽娜小心翼翼地将之前切割出来并搬走的土方放回了原位。它架在土坑上方，摇摇欲坠，中间还有点下陷，不过如果不知道个中差别，它看上去还是非常自然的。我敢肯定希特雷库斯·雷一旦走到中央，就会坠落到三十英尺深的坑底，也没法立刻就跳出来的。希望利用其他陷阱加上这一步，我们能让他分心，然后趁机登上"阿努比斯"号。

伯尼·科萨恢复了毕格尔猎犬的模样，摇着尾巴在土坑那看不见的边缘嗅来嗅去。他似乎也很赞许。

"下一步做什么？"马克拍拍手上的尘土问道，"我们要架设好拉发线来发射隐藏着的十字弩什么的吗？"

"我还没有看到附近有十字弩，"亚当揉着脸颊回答道，"不过我们也许可以用树枝造些长矛。你削木头的本事如何？"

亚当要么没听懂马克话里的讥讽，要么就是太喜欢设机关了。

"好吧，这事暂时先搁下。"亚当说着，慢慢走开了。

萨拉和她的同伴带了些干粮，真是太有远见了。大伙儿都开始歇息，传递着瓶装水和食物。我们都装出一副对即将发生的事情毫不畏惧的样子。

我站在离大伙儿有点远的地方，吃着自己的三明治，一边打量着跑道上的洛林飞船。这时耳边响起了一个嘤嘤嗡嗡的声音，但我搞不清是什么声音。就像是脑子里有个小小的声音在发出警告，但我听不清那些话的内容。看到我这么直勾勾地盯着她的飞船，莱克萨向我走了过来。

"你觉得这法子会有用吗?"她冲我们的防御工事歪了歪头,问道。

"你是问我们能否在地面上的大土坑和丛林里藏着的枪炮的帮助下打赢今天的这一仗吗?"我心事重重地摇了摇头,"不可能的。但也许我们能把希特雷库斯·雷的局给搅和了。"

"我知道我说这话也许不顶事,"莱克萨期期艾艾地说,显然不太自在,"但你是个非常好的领导者,六号。你把大家团结了起来。你的赛邦若是在的话,也一定会为你骄傲的。其实所有的洛林人都会为你们将要进行的抵抗而感到骄傲。"

我看得出莱克萨指的并不只是今天,而是我们在地球上躲过莫加多尔人的追杀的所有日子。我用眼角瞄了瞄她,莱克萨的身上有一种我自己也一直追求的类似的气质。她是个幸存者。我不知道如果这场战争持续很长时间的话,我是不是也会变成她那样——因为自己经历了太多痛苦,而不再向任何人敞开心扉。也许我已经多少有点那样了。

"嗯,"我别别扭扭地回答道,"谢谢。"

莱克萨似乎对这次短暂的交流颇为满意。她对我的感觉也许与我对她的感觉差不多,她能理解我不喜欢多愁善感。她用一只手指了指丛林的西部区域。

"我们降落的时候,我发现一英里开外有一处开阔地带。我打算将我们的飞船挪到那边去,离开圣殿。我会把它开在树荫底下,这样他们就不会发现它了。"

"好主意,"我回答道,"这样希特雷库斯·雷就不会知道我们在这里。"

"是的。他就有可能以为你们都撤退了。"

"出其不意几乎就是我们唯一奏效的手段了。"

"有时候有这一点就够了。"莱克萨回答,然后从我身边走开,大步朝她的飞船走去。应该是"我们的飞船",她就是这么说的。

我看着她走开。脑海中还是有一个细细的声音在呼喊着,现在比之前更大些,但还是听不清。我不知道这声音想告诉我什么。

"六号,你听见了吗?"

是玛丽娜,她朝我走了过来,一边用一只手按着自己的太阳穴,好像有什么东西让她偏头痛似的。

"听见什么?"我问她。

"就像是——像是有一个声音,"她努力克制自己,"天哪,也许我开始疯了。"

就在这时,我意识到冲我嘤嗡作响的不是我自己心里的声音,或是其他神经错乱之后的幻觉。真的是有一个声音在我脑海里回响着。这声音不是来自这里,它还拼命地想让我们听见。

"你没有疯,我也听到了。"

我专心地倾听着这刺耳的嗡鸣,之后它开始变得非常清晰,虽然还是很遥远,似乎是从一条隧道里传来的。

六号!玛丽娜!六号!玛丽娜!你们能听见我的声音吗?

我和玛丽娜闭上了眼睛。这个小小的心灵感应的声音来自埃拉。约翰刚说起过她的超能力变强了,但她的传心术肯定是强了好多,如果她可以这样对着我和玛丽娜隔空传音的话。随着时间一秒一秒地过去,她的声音在我脑子里越发清晰了。

这只能说明,她也越来越近了。

"埃拉!"我大声呼喊着,还不习惯用传心术来沟通,"你在哪儿?发生什——"

她用隔空一声大喊打断了我。你们在这里干什么呢？我都跟约翰说过了！他应该警告你们的。

"他警告过我们了，"玛丽娜说，"我们留在这里是想帮你，还想保护圣殿。"

不！不不不。埃拉听起来有点歇斯底里了，而且绝对非常慌乱。他应该要警告你们的呀。

"警告我们什么？"我问道。

让你们逃走啊！埃拉尖叫着。你们必须得跑！

不跑就死定了！

第十五章

我和玛丽娜面面相觑，两个人都呆住了。

这场心灵感应的群聊给我们传递的是死亡的预言。不知道这预言是针对谁的。埃拉说的是我还是玛丽娜？或是我们俩？在这儿的每一个人？

见鬼，我才不相信未来是铁板钉钉的呢。我不认命。我们现在不逃走。连计划都没有实施过一次，我是不会跑的。犹豫了一会儿，我看到了玛丽娜坚定的目光。

"我是不会跑的。"她说。

"我也是。"我回答，后悔刚刚呆站了那么长时间。"快！让大伙儿各就各位！"

玛丽娜朝萨拉和其他人跑过去。我则往相反的方向跑，穿过飞机跑道，努力赶上莱克萨。她听到了动静，在舷梯顶部转过身来，疑惑地看着我。

"他来早了。"我对她说。

"见鬼。"

"飞低一点,这样他们不会发现你。我不知道他们有多近。"

很近!埃拉在我脑海里尖叫。这么大的声响,让我缩了一下。

"你知道我这飞船里还藏着些武器的吧?"莱克萨用大拇指指着她的飞船问道,"我可以帮你们与他们交战。"

"不,这是我们唯一能指望的逃生办法了。我们不能让飞船受损。"

"你说得对,六号,"莱克萨回答,"我会把它藏起来,然后马上回来。"

"不,"我摇着头说,"别回来了。我们不能让我们的飞行员也困在这里。停好飞船,把它藏起来,然后等着。如果情况变糟了,我希望你做好把我们救出去的准备。我们也许得逃命。"

"好的。"莱克萨冷静地说。她指着丛林的南部,在那里可以看到一条古老的碎石子路径。"我会在那个方向一英里外的地方,六号。直线距离。马克有可以连接驾驶舱的无线电,你们可以用那个联系。"

"知道了。"

"祝你们好运。"莱克萨回答。她真正的意思是活下去。

莱克萨将飞船升空,飞得很低,机腹擦着树冠。她一离开视线,我就先看了看地平线——还没有"阿努比斯"号的踪影——然后朝圣殿东侧的丛林跑去。其他人都聚集在那里,那是很好的藏身之处——有很多浓密的树木,有一根倾覆的树干,可以当做掩体。在那里,我们可以看到寺庙的前门和侧门。这是触发陷阱的好地方。"阿努比斯"号一旦飞过来,我们还能看见它。不久之后,它就会到了。

"埃拉?"大声说出她的名字感觉很奇怪,但我还是没有学会在脑子里说话。我不知道玛丽娜是不是还在传心术的对话中。"怎么回事?你不是跟约翰说是日落时分才到的吗?"

希特雷库斯·雷没有在中途停下来补充人手。他太……急于想到这儿来了。

好吧，那至少是好消息。希特雷库斯·雷在离开纽约之后没有去补充兵力。那就意味着我们不用去对付更多的兵。即使如此，埃拉刚刚那些可怕的话还是把我吓坏了。

"你之前的话是什么意思？谁会死啊？"

我……我不知道。那只是一个景象，不是非常清楚，但我看到了血。好多血啊。我不值得你们这么做的，六号。你们现在就可以走，逃跑，然后……

我感觉到埃拉有什么事在瞒着我，她知道的事情并没有和盘托出。约翰告诉我说她的超能力增强了，但她的预见能力也不是百分之百准确的。我不会因为她所看到的未来景象就改变我们的计划，那个未来我们也许还可以改变。

"我们要留下，"我坚决地说，希望她能感受到我心意已决，"我们要把你从那飞船里救出来。你听到我的话了吗？"

听到了。

"我们可能需要你帮忙呢。你们现在离这里多近？你看到什么了？"

五分钟，六号。我们五分钟后到。

五分钟。真是糟透了。

"他会派什么来对付我们？"

他会亲自下去，带上一百个整装待发的士兵。我也会去。我没法帮助你，六号。我……我的身体再也动弹不得了。

一百个兵，人挺多的，不过我们可以对付他们。至少我们引爆那些"掠行者"时可以干掉很多。

"我们一定会有办法的,埃拉。告诉我们该怎么帮你就行。"

你们不行的,她的声音传了过来,伤心又有些听天由命。别担心我。尽管做你们该做的。

亚当跟我一起向其他人藏身的丛林边缘跑去。他没有立刻跑到我们的藏身地点,而是绕道登上了我们过来时搭乘的"掠行者",拿起那把曾经属于他父亲的邪恶之剑。这把剑背在亚当背上显得非常沉重,但他还是赶上了我。

"差点忘了。"看到我盯着剑,他对我说。

"拿上剑去参加枪战,是不是有个什么说法?"我问道。

他耸耸肩:"你永远都不知道一把锋利的剑什么时候就会派上用场。"

我们在丛林边缘停下脚步,其他人已经在一棵倒伏的树后蹲了下来。亚当转身交叉双臂看着天空,嘴巴紧紧地抿成了一条线。马克举着我们炸弹的起爆器,亚当早前已经教过他如何使用了。有亚当做我们的炸药专家,玛丽娜就可以腾出手来专心用心灵传动控制我们藏在丛林里的激光枪了。萨拉站在他们身边,一只手拿着激光枪,另一只手按着太阳穴,脸色苍白地皱着眉头。

"我也不接受。"我走到玛丽娜身边时她说。我意识到她也是在跟埃拉说话。

"接受什么?"马克一脸疑惑地问道。萨拉冲他嘘了一声。我看了萨拉一眼,发现她也听到了埃拉的传心术之声。她知道死亡或许会降临。

"我们要在他的眼皮底下将飞船偷走。我们打算把你救走。"我斩钉截铁地大声说出这些话,心知埃拉听得到。

我很抱歉。那是不可能的。埃拉用传心术说。我从玛丽娜热泪盈睚的样子看得出，她也听到了埃拉的话。萨拉捂住嘴，无声哽咽，疑惑地看着我。

"胡说。"我说道。

"不许你放弃希望，"玛丽娜冲着她面前的天空喊道，"埃拉？你听得到我吗？"

埃拉没有回应。我还是能感觉到她在那里，就在我脑子里回响。我知道她在听着，她只是不再回应我们了。

"我才不管她说了什么，也不管我们得跟多少个莫加多尔兵拼杀，"我对玛丽娜说，"如果今天有什么事是非做不可的，那就是一定要把埃拉从希特雷库斯·雷身边带走。找到她，然后把她带回莱克萨的飞船上。"

"我同意。"玛丽娜说。

"也许那是可行的。"萨拉补充说，她脸上的震惊之色也消失了，取而代之的是一副深思的样子。她跟我和玛丽娜一样，没有被死亡的危险吓退。"我是说，你们洛林的古老符咒里不是有设定吗？你们聚在一起的时候，某种符咒就会被打破？"

"是的，"我回答，"那又如何？"

"那么，也许希特雷库斯·雷那个糟糕的诅咒就会出现相反的情况，"萨拉解释说，"也许他是因此才把埃拉带在身边的。他得让她寸步不离，那个符咒才能成真。"

"我觉得挺有道理的，"马克耸耸肩说，"不过我也不是这方面的权威。"

这种可能性绝对值得一试，特别是因为无论如何我们都打算救出埃拉。

我转向亚当。原计划是我们俩进入隐身状态，然后登上"阿努比斯"号,其他人则负责转移对方的注意力。"你说呢?是夺下飞船还是救出埃拉?"

"听你的。"他说道。

"想找到埃拉,你们也许得跟他打照面呢。"萨拉说道。

"这就是说他有可能识破你们的隐身。"玛丽娜补充道。

"该死的,"我说道,一边脑子转得飞快,"好吧,也许我们触发各种机关时可以让他们分开。只要有机会,我们就去找埃拉。不然的话,我们就按原计划行事,拿下'阿努比斯'号。"我指着南边说:"那边有一些古老的石头建筑物。如果你从那儿往南走,就能找到莱克萨藏匿我们的飞船的地方。如果这里情况不妙,如果莫加多尔人识破了你们的位置,我要你们三个赶紧跑到飞船那边去。"

"然后把你撇下?"玛丽娜问道。

"至少我们是隐身的,"我来回看着她和萨拉说,"只要活着就好。现在最重要的就是这个。"

萨拉闷闷不乐地点点头,玛丽娜转过头去,望着圣殿。就算埃拉发出了警告,我想她也根本不想撤退。

我还没来得及说话,亚当一把揪住我的手臂,指向了跑道。

"该死啊!六号,我们把我们的'朋友'忘记了。"

我朝着亚当指着的方向望去,看到菲丽·邓拉拼命想挣脱束缚。我们忙着各就各位,我完全把这个莫加多尔战俘给忘了。虽然菲丽·邓拉被绑着,但她肯定是听到我们的动静,知道我们有些慌乱。她拼了命地挣扎,想解开束缚,但我们将她紧紧地绑在起落架上,所以我想她应该是不能挣开的。可不管怎么说,"阿努比斯"号出现时把她留在那里显然不妥。

"希特雷库斯·雷若是看到她,就会知道有情况。"亚当看透了我的心思。

马克举起他的激光枪,看着瞄准镜,枪管对准了菲丽·邓拉的方向:"要我干掉她吗?我想我可以打中。"

玛丽娜将一只手搭在他的枪上,让他把枪放低:"如果我们想要她的命,马克,你不觉得我们早就下手了吗?"

亚当看了我一眼,像是说其实了结菲丽·邓拉也不是什么坏事。不过他这一整天一直都想杀掉她,我也知道原因何在。

"早知道就把她塞进坑里。"萨拉后悔地说。

"我们得把她藏起来。"我说道。

我施展起我的心灵传动,远远地解开了菲丽·邓拉的绳索。这花了好一会儿工夫——就像玛丽娜触发那些隐藏的激光枪一样,如此精细的工作在这样的距离下完成也非易事。菲丽·邓拉一定以为是自己解开了绳索,她扯下头罩和嘴里的布团,然后跳起身来,一阵踉跄,对绳子突然解开甚是困惑。这个莫加多尔原生人揉了一会儿手腕,看了看四周,然后朝我们对面的丛林跑去,那边正是我们藏匿莫加多尔人枪支的地方。

"六号?"玛丽娜问道,话音里有一丝警告的意味,"你知道你在做什么吗?"

我知道。没等菲丽·邓拉跑出多远,我就用心灵传动拿起我们刚刚捆绑她的绳索,一把套住了她的双足。她重重地向前跌去,摔了个嘴啃泥。接着,我把她往我们这边拖来。她在地上抓挠着想逃脱,扬起了许多尘土。她绝望地高声尖叫,吓得附近树上的鸟儿都飞了起来。

"我们得让她闭嘴。"亚当说。

"玛丽娜,把她拉过来。"我回应道。

玛丽娜接过我的活儿，施展起心灵传动，我则专心聚集起夜空中的流云。我不想召唤一场完整的风暴——现在"阿努比斯"号和希特雷库斯·雷靠得太近了。幸运的是，我也不需要那样做。天上刚好有一朵乌云，有足够的能量可以制造一道小闪电。我将闪电对准菲丽·邓拉，结结实实地击中了她。我想这样有可能会要了她的命，不过我真的没时间担心这个了。这个莫加多尔人抽搐着，就像电流击穿了她的身体似的，然后不再反抗玛丽娜的心灵传动。她并没有化为灰烬，所以我想她应该还没死。

玛丽娜将菲丽·邓拉拖到树林边上，接着亚当撑着她的腋下走完剩下的路。他把她塞到我们藏身的木头后面，然后开始重新捆绑她的手腕和脚踝。

"这么说来，你们现在还抓俘虏了？"马克问道。

"留着她也许会有用呢。"我耸耸肩回答。

"我们不能拖着她到处走。"亚当打完结之后说。

"我们将她留在这儿。她说过她喜欢这丛林，对吧？"我又耸了耸肩。比起菲丽·邓拉的命运，我们还有更重要的事情要担心呢。

"我们不要做太多的计划了，以免把我们活命的机会都搞砸了。"马克说。

大伙儿还没来得及回答，我们周围的丛林突然变得异常安静，就连虫子的鸣叫也渐渐弱了下来。在莫加多尔人清理出来的圣殿周围空地的北边，一群鸟从树上飞了起来，四下逃散。

"阿努比斯"号来了。

我举起双手双臂。"大家抓住我，"我对每个人说，"我会把大家都隐身起来，直到可以开始攻击。"

玛丽娜抓住我的一只手，萨拉抓住另一只。马克准备好起爆器，握住了我的肩膀。亚当是最后一个。他冲我点了一下头,也许记起我曾经跟他说过,与一个莫加多尔人握手的感觉有多奇怪。在这事结束之前,我们两个要一直髋挨着髋。我也冲他点点头,他挤过来站到了玛丽娜身边,一只手搭在我的手臂上。只有伯尼·科萨没有靠近我,这只变形兽变成了一只巨嘴鸟,飞到了附近的一棵树上。

我们五个这样挤在一起看起来十分有趣,就像是摆着姿势要拍照似的。

"阿努比斯"号进入视野的时候,我让我们都隐身了。这艘飞船比我想象的要大。整艘飞船的外壳是由层层交叠的灰色金属面板组成的,看上去就像覆满鳞片。飞船的外形就像一种埃及虫子——圣甲虫——只是还配备了不计其数的枪支,飞船前部伸出来的那门巨炮尤为惹眼。

"天哪。"萨拉轻声说了一句。

"要命了。"马克说,声音比萨拉稍微大了一点,搭在我肩上的手也紧握了起来。随着"阿努比斯"号缓慢地隆隆前行,整片空地和圣殿都笼罩在它的阴影之中。

"现在倒方便了,"我努力克制着自己的慌乱说道,"大家挨在一起,都别动,他们看不到我们的。"

这艘巨型飞船停了下来,在莫加多尔人的营地上方盘旋着。虽说莫加多尔兵已经砍伐了一大片丛林,清理出一块很大的空地,但飞船实在是太大了,没有足够的地方供它降落。

亚当一定是意识到"阿努比斯"号这样在战场上盘旋会坏了我们的计划:"我们得想办法上去。"

"如果他放下一些地面部队,那我们可以把他们干掉,然后开他们的'掠行者'回到飞船上去。"我回答道。约翰和那些无影无踪的美国军队其实就是想采用这种战术来对付莫加多尔人的战舰，所以没有谁比我们更合适当小白鼠的了。

"他要干什么？"萨拉寻思着说，"他们在等什么？"

埃拉几分钟前就停止了与我们的心灵感应，可现在我感觉她的声音还在我脑海里盘旋，不知道是不是我自己的想象。不过如果她还在，又能听到我说话，我们绝对可以让她帮忙。

"埃拉？"我喊道，心里觉得这么大声地喊出她的名字有点傻气，"你能听到我说话吗？上面情况如何？"

毫无回应。

"玛丽娜？萨拉？她是不是……"

"没有声音，六号。"萨拉回答，她的声音也是一样空落落的。

"我想她走了。"玛丽娜说了一句。

但这个时候声音又响起了。我的脑海里出现了一阵耳语，那是埃拉的声音，凄凉又绝望。

你们早该逃的啊。

在我们上空，"阿努比斯"号开始发出一阵低鸣，飞船异常的安静凸显了这阵响动。一开始的声音比较低，但很快就越来越响。不多久，这低鸣就震得我牙齿打颤。我瞄了一眼飞船的底部，心里盼着能看到希特雷库斯·雷的士兵乘"掠行者"从天而降，可是什么也没有发生。

"这究竟是怎么回事？"我问道，一心希望亚当能够回答。

"它……它这是在充电。"亚当回答。他声音颤抖，我感觉到他搭在我手臂上的手松开了些，就像震惊得忘了必须拉住我才能隐形似的。

"给什么充电？"我问道。

"主要的武器，"他回答，"就是那门重炮。"

我看得出来。大炮黑漆漆、空荡荡的炮筒中开始聚集能量，接着便闪亮起来。大炮充满了纯能量，飞船的嗡鸣声更响了，这跟莫加多尔人的激光枪的充电过程是一样的。顷刻，圣殿及其周围的丛林都笼罩在一片蓝光之中。我想挡住自己的眼睛，但玛丽娜和萨拉正紧紧地攥着我的手。

"情况不妙啊，"马克说，"大不妙了。"

"亚当？"我大声喊着，想盖过这武器的充电声，"那玩意儿的威力有多大？"

我们一群人一起慢慢地向后退。我很难与每个人都保持一致，让大伙儿都隐身。

"我们得赶紧走啊。"亚当回答，他声音里的敬畏变成了恐惧，"我们得后退！"

大伙儿已经在后退了，只有菲丽·邓拉藏在倒伏的树干后面。玛丽娜扯着我的手，她没有动弹。

"玛丽娜！"我喊道，"快啊！"

"我们说好了不会跑的！"她也大声冲我喊道。

"可是——"

嗡鸣声持续增强，飞船的大炮发出一声震耳欲聋的尖锐声音。一束有十万道闪电那么强的固态电波直接劈入圣殿并穿透了它，这座古老的石灰岩庙宇瞬间变得通红。大炮的激光由上至下劈开了圣殿，不费吹灰之力。我只有一瞬间的时间可以看一眼这座依然屹立却被劈开的圣殿。我看到光从曾经坚固的墙体的裂缝中透了出来。

瞬间过后，来自大炮的能量集束发出耀眼的光波，不断外溢。

圣殿被炸开了。

"不！"玛丽娜尖叫一声。

我们完了。希特雷库斯·雷到这里来不是控制圣殿的。他只是要来摧毁它。

我没有时间再去思考这意味着什么，或是接下来会发生什么。亚当拼命拉着我后退，我们趔趔趄趄地走入丛林，这时圣殿的石块开始像雨点般向我们兜头落下。我再也攥不住玛丽娜，她猛地一退，显出了身形。马克的手也从我肩上松开，现出形来。只有萨拉和亚当还一直拉着我。

玛丽娜其实是朝前跑去了，像是要去与飞船搏杀一番。

"停下！"我大喊，"玛丽娜！停下！"

马克反应迅速，他那橄榄球运动员的条件反射自然而然就出现了。他猛然朝玛丽娜冲过去，双臂环抱着她的腰，将她捉住。

"放开我！"玛丽娜冲马克尖叫着。她一把推开他，他的胸口立刻泛起了掌纹状的冰花。

接着，另一样东西也爆炸了。那是我们连接了 C-4 炸药的一架"掠行者"。一定是一块圣殿飞出的石块直接击中它，并引爆了炸弹。弹片在我们周围呼啸而过，变了形的金属碎片嗞嗞作响，热得发烫，从树林的枝叶间飞射过来。

马克倒吸一口气，跌倒在地上。一块来自驾驶舱的边缘参差的厚玻璃块从他的胸口戳了出来。

"马克！"萨拉尖叫一声，扭动着挣脱开我，朝他跑了过去。

玛丽娜看到了马克的伤势，气都喘不过来。她转身背对着圣殿，在他身边跪了下来，接着拔出玻璃块，立刻开始为他疗伤。

我头顶的树枝发出了断裂的声音，我抬头一看，正好看到一块篮球大小的石灰石朝我猛飞过来。我本能地，用心灵传动将它凌空抓住，扔到了一边。

可我没能抓住随后而来的第二块。

它直接砸在了我的头顶。我还没意识到发生了什么事，一些黏糊糊、热烘烘的东西就顺着我的脸颊淌了下来。我一个不稳跪倒在地，亚当一把撑住了我的腋下。我们现在都没法隐形了，一定是因为我无法再集中注意力。我努力想站起身来，专心隐身，但两样我都做不到。我一阵天旋地转，需要不停地眨眼才能避免鲜血流进我的眼里。

"救命啊！"亚当冲着玛丽娜喊，"六号受伤了！"

我努力保持清醒，但实在是太难了。整个世界开始陷入黑暗，我们为之奋战的一切开始化为灰烬。埃拉警告过我们会有人死。我感觉灵魂就快出窍了，不知道这是否正是她所说的死亡。

在快要昏过去的一刹那，我听到埃拉在我脑海里说话的声音。

我很抱歉。她说道。

第十六章

我没时间跟他玩花样。

五号要我在日落时分去自由女神像那里与他见面,听起来像是一个超级邪恶的计划。他绑架了九号,如果我不出现他就会杀了他。我不知道他到底对我有什么图谋。在联合国总部的时候,他似乎还想用他自己的那一套精神错乱的方式去帮助我们。至少,他拦住了我,避免了我在无意中伤害到埃拉。当然,他应该不知道我这里时间紧迫,在他那些变态花招上每浪费一分钟,帮助萨拉、六号和其他人的时间就会少一分钟。他要是知道了,会在乎吗?

我派萨拉和马克到墨西哥去,同行的还有我急切盼着能见上一面的新结识的洛林飞行员,她曾经还是一个黑客。我派他们到那里去,是因为我能为六号和其他面临一场恶战的加尔德找到的帮手,就只有他们了。

至少他们现在还能逃,没有被困住。六号和萨拉非常聪明,知道如何减少损失并离开那里。我一直对自己说的就是这些话。

我在心里很快地盘算了一下:就算沃克探员可以说服军方借给

我他们手上飞行速度最快的一架战斗机，我还是无法赶在希特雷库斯·雷前头到墨西哥。现在还不行。

但这并不意味着我会放弃尝试。

"你们至少能借给我一条船吧？"我问沃克。我们离开了喧嚣的码头，现在已经回到了这位联邦调查局探员的帐篷中。

"把你带到自由女神像那里吗？"沃克点点头，"可以的，我可以来安排。"

"不过要现在，"我回答，"我现在就想要。"

"五号说了是日落时分，距离现在还有一个小时呢。"萨姆闷闷不乐地说了一句。我知道他跟我一样，在心里都盘算过了。他知道我们无法到达圣殿，除非我们撇下九号任由五号摆布，可我们俩都不希望如此。

"我不想坐着干等。我们不能照五号说的时间过去。他也许现在就在那里，给我们设下陷阱。不管他做什么，我们要早点过去。如果那混蛋不在那儿，我们就等着他。"

"好主意，"萨姆点头说道，"咱们就这么干。"

"去办吧。"我对沃克说，然后走出了她的帐篷。

站在布鲁克林桥公园里，我们可以看到自由女神岛。那座著名雕塑绿色的轮廓在浓烟滚滚的天幕下依然可见。我们用不了多久就能到那儿。距离这么远，我看不到任何细节，看不出五号是否在那儿，是否为我们设下了某种陷阱。不过这其实根本就不要紧。不管情况如何，我们始终得硬着头皮去面对。

萨姆跟着我走了出来。"我们要怎么办？"他问我，"我是指五号的事。"

"该怎么做就怎么做。"我回答。

他陷入了沉默，交叉双臂，也凝视着河对面的雕像。

"你知道吧，我一直想去看看自由女神像。"他只想到了这么一句。

我听到沃克在帐篷里冲着她的对讲机大吼大叫。最后，她终于帮我们从海岸卫队那里搞来了一艘快艇。它与我在港口看到的那些海军战舰不同，艇上没有装备大炮，不过它可以带我们很快到达自由女神岛。沃克还召集了三个所信任的手下，我认出他们都参与了帮我们揭露国防部长的那次反对莫进派的行动。我想他们是联合国总部与希特雷库斯·雷交战的幸存者之一。在市中心第一场小规模战斗中，我为其中一个疗过伤，他在萨拉放到网上的视频里还和我一起出过镜。当他跟我握手时，他看上去跟我一样尴尬。

"莫雷探员，"他作了自我介绍，"前几天的事，我一直没机会谢谢你。"

"不用客气。"我对他说，然后转身对沃克探员说："我们不需要帮手，给我船就好。"

"抱歉，约翰。我们不能让你们俩单独前往。你现在是政府的情报人员了。"

我哼了一声："哦？是吗？"

"是的。"

我不打算浪费时间跟她争论，他们要跟着就跟着吧。我开始朝码头走去，萨姆走在我身边，沃克和她的手下则像保镖一样围在我们四周。我一如既往地得到了周围忙活着的许多士兵的注视。有些看样子很想来帮忙，但我很肯定他们接到的命令是不要跟我们接触。此刻，沃克探员和前莫进派探员中她仅剩的这几位手下就是政府愿意提供的帮助了。至少他们已经升级了手中的武器，这些探员平时使用的标配手枪现在换成了几把重型突击步枪。

"嗨!火星来的约翰·史密斯!等等!"

我一转身,刚好看到丹妮拉苗条的身影从一群士兵中挤出来,一路小跑着奔向我们。我们周围的探员立刻举起了手中的步枪。看到这个情形,丹妮拉立刻在几码开外的地方停住脚,举起了双手。她看着这些联调局的探员,得意洋洋地笑着。

"没事的,别冲动,"我对沃克探员和她的手下说,一边挥手招呼丹妮拉过来,"她是自己人。"

沃克一副惊奇的样子:"你是说……"

"一位地球人加尔德,"我压低了声音说,"希特雷库斯·雷想策反的一个人。"

沃克打量着丹妮拉。"好极了。"她干巴巴地说。

丹妮拉笑得更灿烂了:"你们是不是要去冒险?我可以一起去吗?"

她漫不经心的样子让我皱起了眉头,我和萨姆交换了一个眼色。

"你找到你妈妈了吗?"萨姆问她。丹妮拉的笑容颤抖了一下。

"她不在这儿,她也没有在红十字会登记。"丹妮拉耸耸肩,像是满不在乎地说。虽然她努力保持语气轻松,但声音却在颤抖,我看得出她心里已经做出了最坏的估计。"也许用别的法子出城去了吧。她肯定没什么事的。"

"是啊,那是肯定的。"萨姆强颜欢笑说道。

"我们要去找一个叛变的加尔德理论。"我坦然地说。沃克看了我一眼,但我觉得没什么好隐瞒的。大家都在这儿了。

"哇,你们也会叛变吗?"

我想起了五号,还有他是怎么叛变的,我又想到了希特雷库斯·雷和他干过的不计其数的坏事。他以前也是个加尔德,也许比加尔德级别还高,如果克雷顿写给埃拉的信可信的话。接着我看了看丹妮拉,想起她和其他我们尚未谋面的有超能力的地球人。他们全都会正义而战吗?还是,其中有些人会沦落为五号和希特雷库斯·雷那样?

"我们是人,跟其他人一样。"我对她说。

"只是具备了些厉害的力量。"萨姆补充道。

"与其他人一样,"我继续说,"如果没有适当的引导,我们也会变坏的。"

丹妮拉脸上又浮现出那种狡黠的微笑。这笑容简直让人生气,但我开始意识到,这只不过是她的自我防护机制罢了。她只要感觉不自在,就会努力报以微笑。"嗯,明白了。你会引导我的吧,约翰·史密斯?当我的师傅?"

"其实用我们的话来说是'赛邦'。我们的训练导师。不过他们都去世了。现在我们基本上都要靠自己了。"

沃克探员清了清嗓子。我想她是要我摆脱丹妮拉,但我不会拒绝帮助的。没门。

"你可以跟我们走,"我说,"但你要知道,我们追缉的这个人是极度危险的。"

"还精神错乱。"萨姆补充说。

"他已经杀死了我们中的一个人,"我继续说道,"我觉得他会毫不犹豫地再次下手。我们解决了他的事之后,沃克探员会把我们弄上一架飞机,我们将想出一个办法来杀死领头的莫加多尔人,以免他的入侵进一步升级。"

"你是想把我吓退吗?"丹妮拉双手叉腰问了我一句。

"我只想让你知道你要面对的是什么样的情况,"我回答,"我还会帮你运用你的心灵传动,也许再弄清楚你有什么其他的本事。但你得做好准备……"

丹妮拉扭过头去。我突然意识到,她其实是非常想离开这里。她想让自己忙碌起来,不让自己去想在此次纽约遇袭事件中失去所有家人的可能性。

"我参加,"她说,"我们一起去拯救世界。"

萨姆笑了,我也有些忍俊不禁,尤其是当我看到沃克探员在翻着白眼。丹妮拉加入我们这一小群保镖式的秘密探员,我们继续朝码头走去。

"嗨,"萨姆压低嗓门对丹妮拉,"先告诉你一声,莫加多尔人在纽约捉了不少俘虏。他们并不是见了会动的就杀死。"

"嗯,我看到他们在我住的街区就是这么做的,"丹妮拉回答,"那又如何?"

"那就是说,虽然你妈妈不在这里,但那并不等于……你知道的。"

"知道,谢谢。"丹妮拉粗声粗气地说,不过我想她说这话是诚心诚意的。

海岸卫队的快艇已经准备就绪在等着我们,一个穿着皱巴巴的制服、烟瘾很大的船长做好了准备,随时带我们前往目的地。我让沃克向他做了情况说明,几分钟后,我们就出发了。快艇在波浪中上下颠簸。越过河面,我看到新泽西州那边一闪一闪的灯光,直升机在我们的视线中飞进飞出。看样子军方在那边也形成了一个包围圈,想确保把莫加多尔人困在曼哈顿。我眺望着城市,发现它有一种令人恐惧的安静。那里肯定还有莫加多尔人在街上巡逻，也许还设立了据点。希望大多数居民都过了桥，如果没有的话，希望萨姆说得没错，莫加多尔人将他们俘虏了，而不是把他们都杀了。这意味着他们还可以得救。

自由女神岛渐渐靠近，丹妮拉捅了捅我的身侧。

"你们是要在自由女神像那儿跟这个人见面吗？"她问道。

"是的。"

"伙计，那可是游客才干的事。"

我们很快就把船停在了自由女神岛的码头。那里漂浮着六艘渡船，全都空无一人，其中一艘的船舷上还有烧焦的痕迹。整个地方空荡荡的，没人会在外星人入侵的时候来参观自由女神像。这里几乎可以算得上很平静。我们跳上岸的时候，我努力弄清这个岛的地貌。我强迫自己像五号那样思考，寻思着哪个地方才是最佳的伏击点。

我得微微倾着脑袋才能看清这座雕像。我们所站的位置是她举着书的那一侧，镀金的火炬在暮色中闪光。这位女神巨大的绿色身影矗立在一个大型的大理石基座上，基座下面是几乎占据了半个岛的更大的石头底座。雕像右边是个小小的公园，看样子维护得挺好。他不会躲在公园里的——这不是五号的行事风格。

船长留在了船上，但我们其他人全都沿着码头朝雕像走去。我回想起第一次遇到五号的情景，那时他选择了一座偏僻吓人的怪兽纪念碑作为自己现身的地点。我想那家伙就喜欢那些地标建筑，又或者那座破烂的木头怪兽雕像是一个线索，代表了停驻在五号心里的那头怪兽。如果是那样的话，不知道他选择自由女神像又有什么意味。也许什么意味也没有，我想。我提醒自己，五号就是个彻头彻尾的疯子。

站在我身边的丹妮拉窃笑了一下:"你知道,我从来没来过这里。从小就一直待在城市里。"

"是啊,就像读书时的实地考察,"萨姆说,"一场到头来会有个精钢做的家伙想把你刺死的实地考察。"

"不会有人被刺死的。"我说。

我们进入雕像底部所在的广场之后,我一直注视着上面的那层基座。我断定五号最有可能藏在那里。他会飞,所以对他来说,到那里去简直轻而易举,而且这样我们一登岛他就看得到。不过我目前没发现上面有任何动静。也许他还没到吧,或者他就躲在雕像里。我伸长了脖子,努力一窥雕像的头冠内部,但这样不可能看到。我们必须进入雕像,才能确认里面有没有人。

"看,"萨姆压低嗓子说,"在那边。"

我将头扭到左边,朝雕像底下修剪齐整的草坪望去。那里有动静。一个闪闪发光的人影从草地里慢慢站起身来,摇摇晃晃地朝我们走来。我之前看错了地方。

"你们来早了,"五号喊道,"很好。"

说五号样子狼狈那都算轻的了,他的衣服像是在打谷机里碾过一回———一缕缕地撕开,还满是血迹和烟灰尘土。他的皮肤是泛着银光的钢铁,这让我觉得他随时做好了交手的准备,虽然他似乎站都站不稳。他的脸虽说有一层金属外壳,但也肿了起来,歪歪扭扭的,鼻子也歪了,光头上还可以见到明显的凹痕。他弯着腰,一只胳膊耷拉在身体的一侧,另一只胳膊则戴着裹住手腕的利剑。在夕阳的余光中,他的皮肤闪闪发亮。

沃克和她的手下立刻分散站开,呈半圆形,向五号包抄过去,手中的枪都举起来对准了他。丹妮拉则向相反的方向走去,站到了我身后。

"呃,你本来应该跟我好好描述一下这个变节的家伙的。"她说道。

五号看了一眼沃克的探员,冷笑了一声。虽然他一副筋疲力尽的样子,几把枪一齐对着他似乎重新激起了他的暴脾气。他的独眼睁得更大,人也站得更直了。

"别拿这些东西来惹我发笑,"五号对着沃克说,然后看着正在给枪上膛的莫雷探员,"我可是防弹的,臭婊子。有种你就上啊,我打赌你不敢。"

五号的声音听起来怪怪的,细声细气又有些刺耳,就像呼吸不顺。

那些探员非常精明,一直不敢走得太近。不过我知道五号的身手有多敏捷:如果他想朝其中一个扑过去,一两秒钟内他就能到他跟前去。我在草地上走上前去,希望在他没有做出疯狂举动之前,让他将注意力集中在我身上。萨姆就在我身边,丹妮拉在我身后几码开外的地方。此时我注意到五号身边草丛里的那一大团东西。那是一块蓝色的建筑防水塑料布,它裹着的显然是个人,外头紧紧地缠着粗的高强度链条。

那一定是九号了。

"把他交给我。"我对五号说,丝毫不想浪费时间。

五号低头看着那个人,似乎已经完全忘了他的存在。

"当然可以,约翰。"五号回答。

五号弯下腰,用手勾住链条,举起九号,脸都扭曲了。他受了伤,而且很疲惫,我看得出他这一番装模作样耗费的力气超出了他的预料。五号发出一声野兽般的咆哮,然后将这个人扔过了我们之间这三十码距离的草地。我用心灵传动凌空接住了九号,将他轻轻地放到了地面上,立即解开了链条,掀开防水布。

九号不省人事地躺在我面前的草地上。他的衣服跟五号的一样糟糕,而且他的伤势看上去也一样吓人。他的胳膊和胸膛都被激光枪灼伤过,一只手也断了,就像是被什么东西碾过似的,头上有一道很深的伤口。最让我担心的就是最后这一处伤口。鲜血浸透了九号浓密的黑发——好多的血——我轻轻地拍了拍他的脸颊,他的眼睛也没有睁开。

萨姆将一只手搭在我的肩上问道:"他是不是……"

"哦,他没事,"五号咕哝着,替我回答了萨姆的问题,"不过我不得已狠狠揍了他一顿,才把他打昏过去。你也许想帮他疗疗伤,医生。"

我将双手放在九号的头侧,但正要开始疗伤便停了下来。这件事需要我全神贯注,而那就意味着我无法盯住五号。我抬头看着他。

"你该不是想做傻事吧?"我问他。

虽然五号的一只胳膊没法举得比另一只高,他还是掌心向外举起了双手。接着,他猛地退后坐了下来:"别担心,约翰。我不会伤害你的任何一位小朋友的。"尽管如此,他的独眼还是扫视了一下我的同伴们,依次打量着每一个人。五号盯着丹妮拉看了一会儿。"你不是警察,"他说,"你是干什么的?"

"别跟我说话,讨厌鬼。"她回答。

"别激怒他。"萨姆悄声说道。

五号哼了一声,摇了摇头,一副被逗乐的样子。他扯起面前的一把草,撕碎了它,叹了一口气,又把它扔了:"动手吧,约翰。我可没多少时间跟你耗。"

我还是担心这是某种陷阱,但为九号疗伤是刻不容缓的事。我用双手按住他的头侧,将我的疗伤能量注入他体内。他头上的伤口开始慢慢愈合。不过那只是浅表伤,凭我的直觉,我可以感觉到九号受到了更严重、更深入的创伤。他的颅骨碎了,脑内也有些肿胀。我将超能力专注于那里,不过小心地不注入过多的能量。大脑是非常精细的,我只希望九号的大脑能恢复到之前没有受伤时的状态。等我疗完伤之后,他也许还会有些脑震荡,但至少伤得最严重的地方将会好转。

我花了几分钟专心为九号疗伤,隐约感受到了身边那种紧张的静默氛围。之后,我把双手从他头上移开。其他的伤可以等我们面前这个疯子走了再治疗。

"九号?九号,醒醒。"我晃了晃他,说道。

过了一会儿,九号的眼睛突然睁开了。他的身体一阵发紧,眼睛四处乱瞟。他好像以为自己会随时受到袭击似的。当他认出了我和萨姆后,他立刻就平静下来,他的表情也开始迷迷糊糊的。他抓住了我的胳膊。

"小翰!我干掉那个婊子养的了。我一把打穿了他。"他喃喃地说。

"干掉谁了?"我问道,可他没有回答。九号的头已经从我身上垂了下来。我可以为他疗伤,但我无法赶走过去这一天搏斗带给他的疲惫。他完全失去了知觉,我们也许得抬着他走了。

我抬起头来看到五号依然坐在草地上看着我们。看到九号脱离了危险,五号开始慢慢鼓起掌来,一副嘲讽的样子。

"干得好啊,约翰。你一直是个英雄,"他说,"那我呢?"

"你什么?"我咬牙切齿地问。

"不，其实我也想听听那个问题的答案，"沃克说道，手里的枪还对着五号，"他袭击了我们的士兵，还帮助莫加多尔人。他其实就是个战犯。难道你想把他留在这儿就这么走了吗？"

"你们没有超级机密的太空监狱来关押邪恶的金属人吗？"丹妮拉悄声问我。

"让他见鬼去吧。"萨姆说。他是唯一知道我们还有更重要的事情要做的人。他朝五号扬了扬手，然后弯腰努力想把九号扶起来："快点，约翰。我们得离开这里。"

我正要帮助萨姆，这时五号开口了。"就这样吗？"他问道，语气几乎有些愠怒，"你们打算就这样走了？"

我直起身子瞪着他。"你到底想干什么，五号？你知道你唱这一出戏，浪费了我们多少时间吗？"我指着曼哈顿，一缕缕烟还在那里袅袅升起，"现在你不是我们的头等大事，伙计。你注意到我们进入战争状态了吧？你也没离开多久，应该看到你的莫加多尔老朋友们杀害了成千上万的人吧？"

五号还真的朝城市那边望了望，估量着那里的破坏情况。他的下唇微微前伸。"他们不是我的朋友。"他轻声说。

"嗯，不是吧，"我回答，"你现在才弄明白这一点，可真是太糟了。他们利用了你，五号，现在他们不再需要你了。我们也不需要。我没有把九号未竟的事情做完，算你走运。"

一想到我认识五号这么短的时间内，他就干了这么多坏事，我就忍不住一肚子火。话虽这样说，我还是突然向前一步朝他走了过去。萨姆用一只手按住了我的肩膀。

"不要这样，"他说，"我们走吧。"

我点点头，心知萨姆说得对。不过临行前我还是想说几句话，我得把心里的话都说出来。"我想你现在可以独自待着了，"我对五号说，"那多少就是你一直想要的生活，对吧？所以跑回你那些热带岛屿中的一个躲起来，或者想干什么都行。别碍我们的事，别浪费我们的时间。"

五号低头看着他面前的草地。"你其实不必来的。"他愤恨地说。

这话倒让我笑了起来。这家伙真是彻底疯了。"是你要我们来的。你说我们不来就要杀了九号。"

五号敲着自己的额头，发出了一阵铿锵的金属声，就像想要记起什么事似的。"那些当兵的找到我时，我不是那样跟他们说的，"他说，"我跟他们说，你会有一道新的疤痕。"

"你干吗还在跟他费口舌？"萨姆问道，他疑惑地提高了嗓门。他在九号身边弯下腰来，将他的一只胳膊搭在自己肩上，闷哼一声努力将他扶起来。

五号的独眼盯上了我。他只看着我，完全无视其他人的存在。我知道他想诱使我去做一件事，只是不知道是什么。萨姆说对了，我们在这里只是浪费时间，但我就是忍不住。

"你说什么？"我不情不愿地问他，心知这样做正中他的下怀。

五号脱下了他的衬衣回应我。

这一简单的举动似乎费了他不少力气，因为举起双臂对他来说挺困难的。五号将衬衫从头顶脱下来，似乎卡住了什么，于是他喊了一声。我查看了他的胸口，那里与他身体的其他部位一样，都覆着金属，过了一会儿我才意识到有些不对劲。

有一根钢管从五号的胸膛戳了出来，看起来像是从街头标志牌上断下来的一根管子。他轻轻地转到侧面，好让我看见穿过他后背的钢管参差的另一头。两头都只露出了几英寸，而且断口都是扭曲的，像是五号之前为了缩短管子，曾用手把它拗断了似的。这根管子直接穿透五号的身体，肯定刺穿了他的双肺和部分的脊柱，很可能正好碰到了他的心脏。

"他用钢管刺穿我的身体时，我已经变成金属人的形态了。不过那并不能阻挡他，"五号解释道，一边还微微喘着气。他用近乎敬佩的目光看着九号，"我的本能被激发了。我以从未用过的方式施展了迁移术，使这金属成为我身体的一部分。我可以感到它在我体内是冰冷的，四号。感觉很怪。"

五号似乎对此非常漫不经心。我试探着朝他走了一步，他笑了。

"我累了，无法一直施展我的迁移术，"五号说，"所以我想把这事交给你。你是个好人，约翰。一个讲道理的人。在排序上你一直都在我前面，不论你是否认识我，这些年你都保我不死。所以现在该怎么办呢？"

我谨慎地又朝着他走了一步："五号……"

"活着还是死去呢？"五号问道，然后突然一下子，他变回了他的肉身。

第十七章

五号再吸一口气时就哽住了,他的嘴里吐出了一个血泡。他的皮肤不再覆盖着一层钢铁,而是一下子变得十分苍白。他那只独眼睁得很大,在他翻着白眼昏过去的一刹那,我从这只眼睛里看到了他的恐惧。也许五号以为自己想死,但现在,直面死亡却让他害怕。

五号仰头倒在了草地上,乱抓乱挠,挣扎着痛苦地喘着气。十秒钟——被一根街边招牌的管子刺穿,我想五号只能再活这么久了。

他背叛了我们。他把我们的行踪暴露给莫加多尔人,九号的安全屋因此被炸毁。因为五号,希特雷库斯·雷才得以绑架埃拉,萨姆的爸爸也差一点送了命。他还谋杀了八号。五号用他那把针一样的利剑杀死了一个自己人,现在他在那儿抽搐,手中的利剑还能挑起一块块泥土。现在这样都是他活该。

但我不像他,我不能眼睁睁地看着他死。

"你真该死,五号。"我咬着牙说,一边跑到他身边的草地上。我将双手按在他胸口,施展起了我的疗伤术,往他的体内输入足够的能量,至少先止住他的内出血,争取些时间治疗更严重的伤。五号稍微清醒了一点,他的独眼看着我的眼睛,我想他的嘴角浮现出一个会心的微笑。接着他又惊又痛地昏了过去。

我得将他体内的那根金属管拔出来。我虽然没看过很多医疗教科书,但我深知拔出来会对五号的内脏造成进一步的损伤。所以,我要一边拔管一边疗伤,希望将损伤降到最小。我将五号软塌塌的身子扶成坐姿,让他靠在我身上,然后挥手示意萨姆过来。

"我要你用心灵传动将钢管推出他的体内,"我对萨姆迅速说道,"这样我才能专心疗伤。"

"我……"萨姆犹豫了一下,看着受了致命伤的五号,拼命地克制自己,"我觉得不行,约翰。"

"什么意思?"

"我是说,我觉得你不该救他,"萨姆回答,语气更加坚决了。他扭头看了看昏迷不醒的九号,"九号,呃……我觉得九号处理这事的方式是对的。"

我的手就撑在五号的颈后,我可以感觉到他的脉搏越来越慢。我稳定了他的情况,但这个撑不了多久。他就快不行了。我没有把握能一边施展心灵传动一边疗伤。

"他就快死了,萨姆。"

"我知道。"

"不能再这样了,"我说,"我们不能再互相残杀了。帮我救救他,萨姆。"

"不,"萨姆摇摇头回答,"他太——听着,我不会拦着你,我知道就算拦也拦不住。但我不会帮你的。我不想帮他。"

"见鬼,那我来。"丹妮拉说罢,一把推开萨姆,跪到了我身边。

我瞪着萨姆看了一会儿。我理解他为什么拒绝帮忙,我真的理解。九号若是清醒着,我敢肯定他也不会过来搭把手的。可是,我还是很失望。

我将注意力放到丹妮拉身上来。她正盯着五号的伤,仿佛觉得那是她所见过的最不可思议的事了。她朝钢管插入五号胸膛的地方伸出了一只手,却没有勇气去碰它。

"为什么?"我问她,"你并不认识五号,也不知道他做过什么。你为什么愿——"

丹妮拉耸耸肩打断了我:"因为你提出要求了。我们现在到底动不动手啊?"

"动手吧,"我说罢,将双手放在五号伤口的两侧,"推,轻轻地。我同时为他疗伤。"

丹妮拉瞥了钢管一眼,她的双手在离五号胸口几英寸的地方悬着。我不知道她能否控制住。如果她释放出太多的心灵传动力,可能就会一下子把钢管从五号的体内推出来,而我没有把握能将他体内的伤口迅速愈合。我们得慢慢地、稳稳当当地操作,不然五号可能会因失血过多而死。

丹妮拉开始慢慢地推动钢管。她的呼吸变得急促,五号则开始动弹起来,虽然他还是双眼紧闭。她集中起注意力,控制得比我预期的好。我将双手按在五号的胸膛上,伤口的两侧各用一只手按住,然后把我的疗伤能量注入他的体内。

"恶心死了,真恶心。"丹妮拉喘着气喃喃道。

我持续将能量注入五号的身体,我能感到他的伤正在修复,但也能感觉到我的超能力被仍在他体内的金属管挡住了,直到我听到草地上传来"哐当"一声闷响,我才意识到丹妮拉已经成功地将钢管从五号体内推了出来。这样一来我赶紧加速,将他的双肺和脊柱都治好。

疗伤完毕,五号的呼吸顺畅多了。他还在昏迷之中,我第一次发现他神态安详。因为有我,他得以继续活下去。危急的时刻过去了,我现在也说不好自己到底是什么感觉。

"哇噻,伙计,"丹妮拉说,"我们该去当外科医生。"

"我希望以后我们不会对此感到后悔。"萨姆轻声说道。

"我们不会的,"我瞥了萨姆一眼说,"这事是我干的,现在起他就是我的责任了。"

一想到这一点,加上五号还不省人事,我迅速将他前臂上裹住手腕的利刃卸了下来,扔到萨姆脚下的草地上。萨姆捡起那把剑,仔细地查看它的构造,并摁下按钮,让刀锋缩了回去,然后将这武器塞进了他的牛仔裤后兜。

我提醒自己,即使没有这把剑,五号也并非是手无寸铁的。我掰开他的双手,寻找他的橡皮弹珠和铬合金滚珠①,这两样东西可以激发他的迁移术,他一直随身携带着。但他手里并没有,于是我开始搜他的身,结果也不在他的口袋里,这下我知道它们只能在一个地方。

我畏首畏尾地揭开捂住五号那只废眼的已经发黄的眼罩。那颗闪闪发亮的滚珠和它的橡皮搭档就塞在空空的眼窝里。头部塞着这两件东西可不是一件舒服的事。我拯救的就是这么一个人——一个用眼窝来更好地收纳武器的家伙。我施展心灵传动将两颗小球从五号的眼窝里抠出来,然后扔在了草地上。他呻吟了一声,但没有醒过来。

"真够恶心的。"丹妮拉说。

"那可不。"我回答,回头看了看沃克探员,她一直默默地注视着

---

① 详见《五号的陨落》。

这一切。我知道她也许跟萨姆有着同样的想法，觉得我该由着五号死去，所以我知道我刚刚做了一件正确的事情。"帮我找一件东西来捆住他吧。"我对沃克说。

沃克看着我从五号的眼窝里掏出那两样隐藏的宝贝，入了神，过了一会儿才听明白我的要求。她伸手解开衣服底下遮着的手铐，把它扔给了我。

我接住手铐后立刻扔了回去："你知道这办法有多笨吗？他触碰到什么就能变成什么，沃克。给我找根绳子。"

"我是联调局的探员，约翰。怎么会随身携带绳子呢。"

"去船上看看。"我摇了摇头说。

我当着沃克下属的面对她发号施令，这让她有点恼怒，于是她打发莫雷探员跑去看看海岸卫队的快艇上有没有绳子。

"你可真心软，小翰。"

我转过身，看见九号醒了过来。他坐起身来，膝盖撑着前臂，头耷拉着，好像还挺疼的。他看看我又看看五号，摇了摇头。

"你知道把那根招牌柱插入他身体有多难吗？"九号叹息了一声。

我走过去蹲在他面前："你生气了吗？"

九号耸了耸他那厚实的肩膀，很奇怪地显得有些超脱："不管啦，伙计。我回头再杀他一次得了。"

"我希望你别这么做。"

九号翻了个白眼："好啦，好啦。行啊，伙计。我知道你反对死刑。他是不是哀求你救他了？我倒很想看那一幕呢。"

"他没求我，"我对九号说，"其实我觉得他是一心求死。"

"变态。"九号说道。

"我可不想让他得偿所愿。"

"嗯，我知道一般坏人得偿所愿我们就会输，约翰。可是，兄弟，他若死了可是双赢啊。"

"我觉得不是。"

九号又翻了个白眼，然后看着五号："不过我们不能再相信他了。你知道的，对吧？"

"我知道。"

"如果到了那种地步，我会毫不犹豫地再对他下手的。那时候你可别拦着我。"

"你一定是脑震荡还没好。"我笑着对他说，转移了话题。我指了指他那满是伤痕和激光枪灼伤的胸膛和胳膊，还有他的断手问道："这些要不要我都给你治了啊？"

九号点点头。"除非你现在只治凶杀犯。"他回答说。

我为九号疗着伤，丹妮拉走过来作了自我介绍。这傻乎乎的大块头又给了她一个柴郡猫式的龇牙咧嘴的笑容。我们把他跟五号在城里一路打斗期间我们所经历的一切匆匆跟他讲了一遍。我说完之后，九号转头看着河面还有远处燃烧着的城市。

"我们本来应该做得更好的，"他轻声说，一边抖了抖胳膊和双腿，拉伸肌肉，"之前我们有机会的时候，就该把他干掉的。"

"我知道，"我回答说，"我也一直在想着这事。"

"我们会有更多机会的，"九号说道，接着他拍了拍双手，转头看着沃克探员，"那么，你要带我们去墨西哥还是怎么的，女士？"

沃克诧异地看着九号，这时，莫雷探员跑着回来了，双臂上缠着许多粗绳子，一定是他从船上解下来的。他将绳子递给我，我将依然昏迷的五号绑了起来，将他的手腕和脚踝尽可能地紧紧捆住。我用力猛拉绳子打结的时候，他牛仔裤的裤腿翻边被扯了起来，我看到了他腿上的疤痕。那些疤痕和我的非常相似,这代表着我们来自同一个濒临灭绝的种族。五号怎么会沦落到这种地步?接下来又会发生什么呢?

"我们该怎么处置他?"萨姆看穿了我的心思,问道。

"监狱,"我回答,话一出口我才知道我自己的打算,"我救了他的命不等于他可以逍遥法外。我们得找个墙上装软垫的房间来关他,一个让他接触不到任何硬物的地方。"

"这个可以安排。"沃克说。

她这么快就答应了,我忍不住想到她和政府是否已经设计好那样的地方来关押我们这些人,一些让我们无法施展超能力的牢房。也许莫进派之前已经着手在做这项工作了。

"等你确定如何送我们去墨西哥之后再安排吧,"我对她说,"我们不能再等下去了,沃克。"

"什么意思?"

"意思就是如果总统和那些将军,还有那些主事的人不在十分钟内给我们派一架飞机,我们就要自己动手弄一架了。"

沃克听完哼了一声:"你们不会开飞机。"

"我跟你打赌,一旦我跟你撕破脸皮,一定会有人自愿来当飞行员的。"九号走上前来支持我。

莫雷探员从皮带上解下他自己的对讲机,递给了沃克。

"就打个电话吧,凯伦。"他叹了一口气。

沃克冷冰冰地瞪了莫雷一眼,拿出了她自己的卫星电话,从我们身边走开几步。虽然我们曾有过节,但我很肯定沃克是真心想帮我们的。问题是政府里的其他人并不相信靠我们能赢下这场战争。面对这种情况,她正在尽力帮忙。但是,我们可以飞过去帮助六号、萨拉和其他人的事越来越紧迫了。我不能再无所事事地站着干等那些人来支持我们。我们要去救他们，不管那些人是否希望如此。这是我们唯一要做的事情。

"你们不会真的跟军队打起来吧？"丹妮拉问道，她压低了嗓门不让那些探员听见。

"见鬼了，我站都站不起来。"九号轻声说道。

"但我们确实一定得过去，"萨姆说，我知道他对六号的思念就像我对萨拉的一样强烈，"如果她帮不了我们，我们该怎么做？"

九号看着我："你是非做不可的，对吧？"

"是的，"我说，"如果他们不肯帮忙，我们就逼他们就范。"

丹妮拉吹了声口哨："那可真是厉害了，伙计。"

我远远地看着沃克。她压低了嗓门，手上却比划着在强调什么。

"她知道目前的危机。沃克会搞定的。"说完这话，我也拿出了自己的卫星电话。我应该联系一下萨拉和六号，了解一下她们那边的情况，确保她们不会单凭自己的力量跟希特雷库斯·雷干一仗。

我正想拨号，突然听到水里传来"嗖"的一声，声音响亮而奇怪。我们都朝那个方向望去，正好看到一个巨型的金属圆柱体飞出河面。它飞到空中，旋转着飞向附近的船坞，射出很多水柱。这玩意儿非常大——降落的时候发出一声刺耳的金属摩擦声，地面的砖块在撞击之下纷纷炸开。我看到我们征用来的海岸卫队快艇上的船长为了躲避横飞的碎片而跃入水中。

那是早前我们在港口上看到的潜水艇。

"什么——那怎么可能？"萨姆惊叫道。

某个东西把潜水艇直接扔出了水面。

我们跑向船坞去看幸存者的情况,看起来很不妙。这艘潜艇的后半部分已经像个铝罐一样瘪了,潜艇侧面的面板也都被抓出了参差不齐的裂缝。我们靠近后可以看到船体里面——船绝对已经进水了,遭到破坏的电子系统松散的电线正冒着火花。

"小心点,"我说,"别靠得太近。"

"是什么东西能造成这样的破坏?"九号喘着粗气问道,他的双手还撑在膝盖上。

像是为了回答九号的问题,我们的快艇船长发出了一声尖叫。前一刻他还在踩着水等我们发送安全信号,下一刻他的下方就出现了一个黑色的影子。他被吞噬进波涛之下,发出一声刺耳的叫声,然后被慢慢从哈德逊河深处冒出来的野兽给生吞了。

我们全都往后退了一步,接着又退了一步。有两个探员被眼前这只怪物的身形吓到了,急忙往另一个方向跑。河水从这怪物疙疙瘩瘩的皮肤上往下淌,这只怪兽是半透明的,此刻我可以看到他电缆一样粗的血管里流着黑色的血液。它浑身无毛,也没有脖子,五大三粗的。弯曲的獠牙从他的下颌伸出来,让这东西无法完全把嘴合上,一股发黄的液体从嘴边不停地淌下来。这怪物吸了第一口气,直升机螺旋桨大小的腮帮肉一阵抽搐。这东西有四条腿,后腿弯曲,前腿则很像粗粗的猩猩手臂,而且它这样立着就已经和自由女神像一样高了。

丹妮拉那酷女孩的形象一下子就不见了。她开始尖叫,九号不得不捂住她的嘴。我不怪她,连我这种跟许多莫加多尔的变态怪物厮杀过的人都觉得这怪兽实在很恐怖。

"真是见鬼了,"萨姆悄声说,"这简直就是一只吓人的泰拉斯奎巨兽①嘛。"

我扭头难以置信地看着萨姆:"你以前见过这样一只怪兽?"

"不,我——我——"他结结巴巴地说,"那是游戏《龙与地下城》里的角色。"

"呆子。"九号一边后退一边喃喃地说。

丹妮拉将九号的手推开,镇定下来看着我:"你之前没跟我说过他们有……呃——可怕的莫加恐龙!"

"阿努比斯"号今天上午离开时,希特雷库斯·雷往水里丢的东西一定就是这个了——给惨遭屠戮的纽约城的最后一个礼物,提醒军方目前的局势是谁说了算。我点亮了掌中流明,如果要好好教训一下这头怪兽,我就必须先燃起一个大火团。

"我知道你看得见这个东西!"沃克对着她的卫星电话喊道,也许将刚刚跟她悄悄说话的那个人的耳鼓都震破了,"空中支援!给我发动空袭!"

这头莫加恐龙侧着扁脸看天空。它脸上黏黏糊糊的隔膜开始翕动,我想那应该是鼻孔吧。接着它睁开了眼睛——所有眼睛都呈牛奶白,在怪兽宽阔的额头排成钻石形。离得这么远很难看清楚,但我发誓我看到每一只眼都闪着深蓝色的光。在每只眼睛的中央,本该是瞳孔的位置上,我看到了一道蓝色的能量波正注入怪兽体内。

这种颜色、这些能量让我想起了我们的吊饰。我在"阿努比斯"号上看到希特雷库斯·雷时,他正在做着什么。这是否正是那件事造成的结果呢?但那意味着什么?除了像一座大楼那么高大,这只怪兽

---

① 游戏《龙与地下城》中的灵兽之一。

比我们所见过的那些怪兽又多了什么能耐呢？我们那些失窃的吊饰是不是以某种方式正给它提供着能量？还是，那些吊饰被拿去做别的事情了？

那只莫加恐龙依旧站在河中，摇头晃脑，然后直视着我们。

"糟了，"九号后退着说，"它是不是要朝这边来了？"

"快啊！"沃克冲着电话大吼，一边跟着后退，"它可是只大得要命的家伙！"

"我觉得它能感觉到我们的存在，"我说，"我觉得——希特雷库斯·雷把它留下来，就是要它来追击我们的。"

"好吧，"丹妮拉说，"我得走了。"

那头莫加恐龙像是要回答我们的话似的，突然朝我们这边发出了一声震耳欲聋的吼叫。这一吼让河面上泛起了薄雾，它嘴里死鱼般的腐臭味也扑面而来。接着它将一只前臂从河里的淤泥中抽出来，一把打在船坞上。那些木梁被折断，木屑四溅，混凝土步道都陷了下去。两条渡船像玩具一样被推到了水底。

它朝我们过来了。

我朝这头莫加恐龙扔出了一个火球。很快我就意识到这火球太小，根本伤不到他。火球嗞嗞作响，在怪兽的皮上留下了一个烫痕，但它丝毫不以为意。

"快跑！"我大喊，"大伙儿散开！利用雕像做掩护！"

九号、丹妮拉、沃克和莫雷全都朝草地和雕像跑去。但萨姆呆在原地一动不动，就连莫加恐龙隆隆地朝我们走了一步时，他也没有动弹。

"萨姆！快跑啊！"我扯着他的胳膊喊道。

"约翰？你感觉到了吗？"

我瞪着萨姆。他的两只眼睛都变了——充满了噼啪作响的能量，看上去就像两台失常的电视机，只是发出的光线是亮蓝色的。

"萨姆？这究竟是——"

我还没把问题问完，萨姆抽搐了一下就倒下了。我设法接住他，努力拖着他后退。丹妮拉和九号看到这景象，停下了脚步。

"小翰，他怎么了？"九号喊道。

"抱起他快跑啊！"丹妮拉补充说。

砰！我们身后传来另一声爆炸声。莫加恐龙四肢都离开了水面，把整个船坞压在了身下。潜水艇像一根刺似的插在它的前手掌里，这头怪兽一直想甩脱它，暂时被分了心。我不知道萨姆怎么了，但我觉得我们身后这只巨型的畜生与此无关。他的痛苦完全是另一回事。

"他昏过去了！"我冲九号喊道，"他——"

我打住了话头，因为此时丹妮拉和九号全都晃晃悠悠起来，他们的双眼也充满了那种蓝色的光。他们俩同时跌倒在地上，摔在了一起。

"不！"

接着我也出事了。

一缕明亮的蓝光从我面前的地面喷射出来。不知怎的，我并不害怕，我好像认得这道奇怪的能量波。我能感觉到它是深入地底的，我还能感觉到如果沃克探员、那头莫加恐龙或是没有超能力的人现在看着我所注视的地方，他们一定什么也看不到。这道光只有我看得到。

这是我的血脉，我与洛林星的连结。

我的眼睛应接不暇，这道光注入了我的前额，现在我确定像其他人昏迷之前那样，我的双眼也正冒着电能波。

我感觉到了整个过程。我的灵魂正在离开我的身体。

我认得这种感觉，就像埃拉将我拉入她的梦境时一样。

"埃拉？"我说道，尽管我很肯定这个词不是从我嘴里说出来的。我很肯定我的身体现在正趴在船坞上，离我这辈子见到过的最大的怪兽距离并不远。

嗨，约翰。埃拉在我脑海里回应道。她说话的时候，我听得到她还在说着别的话，就像同时在进行几百场谈话似的。

我没去想这有没有可能，埃拉应该与希特雷库斯·雷一起身处几千英里之外，或者，希望六号此时正在救她。她没有这么强的威力。她的能力不足以做到这一点。我没多加考虑，而是专注于我的身体，更别提九号、萨姆和丹妮拉。不管埃拉要对我们做什么，没有比这更糟糕的时间了。

"到底是怎么回事啊？你这是要害死我们哪！"

我觉得那头莫加恐龙会踩到我身上，而我随时会听到自己骨头碎裂的声音。不过这并没有发生。相反地，我眼前开始出现一些影像——模糊不清的影像，就像对焦不准的电影放映机似的。

别担心，埃拉说道，此时再次回响起了其他的声音。这个一会儿就好。

第十八章

我昏迷了多久？应该不到两分钟，之后，我就被脸颊上那种冰凉的刺痛感所惊醒。是玛丽娜，她将她的疗伤超能力注入我的体内。我的头就枕在她的大腿上。发际线上的肌肉组织开始重新长出来，我感觉到一阵奇怪的撕扯感，我头上被飞落的砖块砸出来的伤口迅速愈合了。

玛丽娜用不在疗伤的那只手捂住了我的嘴，我想是怕我醒过来会尖叫吧。我冲她睁大了眼睛，让她知道我明白她的用意，她将手拿开了。她的脸蒙上了来自寺庙爆炸的一层褐色粉尘，泪水洗刷着玛丽娜脸上的尘垢。

"他把它毁了，六号，"她粗声粗气地喃喃说，"他把整座圣殿都毁了。"我坐起来，估量了目前的状况。我们还在丛林的边缘，躲在倒伏的树干和一大堆被炸飞的石灰岩石块后面。我们头上的树木有些缝隙，圣殿的碎块就是从那里砸下来的。幸运的是，其他人看样子都没有受伤，或是受伤之后已经被玛丽娜治好了。

我向前朝其他人爬去，玛丽娜一直跟在我身边。马克和亚当紧挨着趴在地上，就在那段木头的右侧。他们将激光枪对着外头，利用一大块石头作为掩护。我注意到马克的衬衣上血渍斑斑，记起在我昏倒之前他被一块弹片插中了胸口。

我碰了碰他的肩膀："你还好吧？"

他感激地看了一眼玛丽娜："我没事，不过真的不想把受伤当成习惯。你呢？"

"一样。"

萨拉靠着木头，从后面探出头来窥视着。菲丽·邓拉被推到她身边。她没有被落在我们附近的碎片打中似乎太不公平了。这个莫加多尔人还在昏迷中，或者更有可能是在装死。我很快查看了一下她身上的绳索，然后挤到了萨拉身边。她看了我一眼，双唇紧闭，斜着双眼。其实这让我想起了约翰那张果敢的脸——他怕得要死却又继续战斗时的表情。

"我们怎么办，六号？"萨拉问道。

"保持一臂的距离，以备隐形之需，"我对萨拉和其他人说道，"我们是做了计划的。"

马克哼了一声，握着激光枪的双手也颤抖了一下。他身旁的地上放着炸药的起爆器。

"已经没有圣殿需要保护了。"玛丽娜绝望地说。

"我们还是可以夺下'阿努比斯'号，"我回答道，"还有埃拉要救。"

"伙计，我在这里什么也看不见。"马克说道。

我将自己隐身，这样我可以从木头后面探出头去而不被发现。比起躲在掩体后面的马克和亚当所能看到的，我对整个地形看得更清楚。空地上，"阿努比斯"号的袭击所掀起的烟尘依然没有落定。在尘土和夕阳的共同作用下,整片空地笼罩在金色的尘雾中。三缕黑色的浓烟升腾着——"阿努比斯"号炮击时,我们设好机关的三架"掠行者"上的炸弹被引爆了。但是,就算有些飞船被掀翻了或是被震飞到很远的地方,我还是看到了几架"掠行者",都是我们设置好可以引爆的。

这样看来,我们也许可以挽救原先的一个陷阱来对抗这些莫加多尔人。但我们花了那么多时间挖的坑却不见了。更确切地说,坑变得更大了。

这几个世纪来圣殿所在的地方现在成了一个冒烟的大坑,大概有六十英尺深,还有些比较顽固的圣殿砖块还插在地里,灼热焦黑的土里燃着一些小火,那是"阿努比斯"号的大炮轰炸造成的。要是力场还在原位的话,这样的事绝对不会发生。这就是我们进入圣殿的后果——彻底的破坏。

除非……

我隐身爬到了木头顶上,这样可以从更好的角度去看清整个大坑。萨拉听到我的动静,缩了一下,把激光枪对准了我的方向。

"别紧张,是我,"我快速低声说道,"我想查看一下。"

"你看到什么了?"玛丽娜问道。

大坑的正中央射出一道柔和的蓝光,我看到我们扔下宝物的那口井的井沿,尊神正是从那口井里浮现出来的。

我从树桩上跳了下来,重新现身。我想让玛丽娜看到我脸上的希望,因为这个希望是非常真切的。

"那口井还在那里,"我对她说,"他没有或者没能将它炸毁。尊神没事。"

"真的吗?"玛丽娜回应了一句,用双手揉搓着脸庞。

"真的，"我说，"我们还得保护一个外星的尊神呢。"

"保护本应保护我们的神。"马克喃喃道。

"可是如果他的本意并不是炸掉那口井呢？"萨拉疑惑地说，"如果他的意图就是，比如说，夺下这口井？如果他就是想把圣殿炸掉而已？"

"该死。"我回答道，因为她这话说得很在理。

"他们要下来了。"亚当压低嗓门警告说。

"阿努比斯"号慢慢地靠近地面。即使圣殿被摧毁了，这艘巨型战舰还是太大了，没法降落在空地上。飞船还是盘旋着，来到了大坑的正上方。两条宽大的舷梯从"阿努比斯"号的两侧伸了出来，发出"哐当哐当"的声音，舷梯上的两扇滑动门也随之开启。一排排的莫加多尔兵开始从那里鱼贯而出。他们看上去就是普通的生化人战士，全部都穿着黑色的铠甲，手里拿着激光枪。这些莫加多尔兵整齐迅速地走下飞船，开始对这片区域进行警戒。我们人数上明显处于劣势，至少要以一当十了，不久他们就会发现我们，或者发现我们安置在"掠行者"上的炸弹。

"我们必须现在发动攻击！"我冲其他人嘶声低语道，一边伸出手去将亚当拉近些，"我们得隐身对他们进行包围。你们引爆炸弹，让他们分心。玛丽娜，我们安放好的枪支还在原位吗？"

玛丽娜眯着眼专注地看了一会儿，然后点点头："还有一些在。我会确保它们还能使用。"

马克将激光枪放在一边，然后拿起了起爆器，将炸弹接通。四分之三的灯泡根本就没亮起来，这说明在"阿努比斯"号的袭击中，我们大多数的炸弹都已经被引爆了。

"准备好了。"马克说。

"记住,见势不妙就往莱克萨的飞船上跑。"我提醒他们。

亚当从木头后面探出头来,冲我们打了个响指。"那儿,"他闷声说道,"他们俩都在那儿。"

希特雷库斯·雷出现在了舷梯顶部。他跟我记忆中的一样,还是那么的让人恐惧——接近八英尺①的身高,苍白的肤色,隔着这么远的距离还能看到他脖子上的深紫色疤痕。他与他的手下一样,穿着黑曜石合金做成的莫加多尔战衣,浮华又俗气,不过他的战衣肩上有一缕缕的穗子,外面还披着一件皮革制的拖地斗篷。他看上去就是个彻头彻尾的星际军阀,目空一切,洋洋自得。

他牵着埃拉的手,她的小手指被他戴着手套的手指紧紧握住。看到埃拉,玛丽娜倒吸了一口凉气。我不知道如果埃拉不是几分钟前还在我脑海里尖叫的话,我现在能否认出她来。她看上去更瘦小、更苍白了,就像体内的生机已经被吸干了似的。不,这话还不太准确。我意识到她其实并不是一副病恹恹的样子。

她其实就是一副莫加多尔人的模样。

埃拉目光空洞,头颅低垂,下巴都抵到胸口了。她看起来对周围的环境浑然不觉,一举一动都是机械而茫然的。她非常顺从地跟着希特雷库斯·雷走到舷梯上。搜索着那片区域的莫加多尔兵都停下了手中的工作,举拳在胸僵直地行着礼,注视着他们的领袖及其继承者从"阿努比斯"号上走下来。

希特雷库斯·雷在舷梯半道上停下了脚步。他的目光扫过丛林,搜索着我们的踪迹。

"我知道你们就在那里!"希特雷库斯·雷咆哮着,他的声音在

---

① 相当于 2.4 米。

寂静的丛林里回响,"我非常高兴!我希望你们亲眼看看接下来将要发生的一切!"希特雷库斯·雷扭过头去对着"阿努比斯"号喊道:"放下来!"

随着他的一声令下,飞船底部敞开了一道门。一个巨大的机械望远镜形状的装置从"阿努比斯"号上降了下来。它就像一节装配了支杆和脚手架的管子,管子两侧都覆盖着复杂的电路和量器。不过,希特雷库斯·雷下令缓缓放下的这个装置不只是利用莫加多尔人的技术制成的。望远镜两侧的电子元件之间都刻上了奇怪的文字符号,这让我想起了我们脚踝上的疤痕符号。而且,虽然我不能百分之百确定,但那些似乎就是在洛林星上镌刻的。不管这台装置是什么东西,它看上去跟希特雷库斯·雷一样,是洛林和莫加多尔的混合产物。

"那东西看上去很不妙。"我悄声说。

"是的。"萨拉回答道。

"我们应该把它炸了。"马克建议。

"不管他打算拿着那东西干什么,我们都不能让他们得逞。"玛丽娜表示同意。

"好吧。那我们就把他的玩具毁了,救出埃拉,然后夺走'阿努比斯'号,或者迅速跑回莱克萨的飞船上去。"我说道。

"被你这么一说,倒好像很容易似的。"亚当回答说。

虽然希特雷库斯·雷看不见我们,但他还是继续大吼着:"好几个世纪来,我一直致力于增强洛林的威力,更有效地去利用它,超越其自然界限。现在,终于……"

他叽里呱啦地说着。我迅速计算着埃拉和最近的一架装配了炸弹的"掠行者"之间的距离——相当远。我觉得她应该不会在爆炸范围之内。希特雷库斯·雷继续喋喋不休,我瞥了一眼其他人。

"我听够了。你们呢?"

大伙儿都点了点头。他们都准备好了。

"身子放低。"我说道,心里想起了几分钟前马克被弹片击中的情景。

大家都找地方躲藏起来。是时候了。

"动手吧。"我对马克说。

马克的手指在遥控器上飞快地移动着,他启动了起爆器的开关。

的确,在"阿努比斯"号轰炸圣殿的时候,我们安放好炸弹的一些"掠行者"上的导火索都松开了。而且在袭击中,其他的几架也都爆炸了。所以我们没法实现之前设计好的大规模破坏了——我们本打算一次引爆排列整齐的"掠行者"上所有的炸弹。

但现在的爆炸效果还是挺惊人的。

莫加多尔兵都毕恭毕敬地听着希特雷库斯·雷夸夸其谈的糟糕演讲,他们根本没料到会发生爆炸。五架停歇在大坑附近的"掠行者"突然爆炸起火,炽热的火焰腾腾升起。我站在这里都可以感觉到那种炙热,所以不得不挡住了自己的眼睛。至少有三十个莫加多尔兵顷刻间化为了灰烬,他们的身体完全被火焰吞噬。"掠行者"的碎片向四面八方飞溅,又有更多兵因此被打死。我看到一个士兵被一块翻飞的挡风玻璃硬生生劈成了两半,另一个则被一根着了火的座椅柱砸烂了。

最好的一点是他们惊慌失措。这些莫加多尔兵不知道自己遭到了谁的袭击,也不知道真正的威胁来自何方,于是开始朝爆炸的飞船开火。至少还有些兵因此被自己人打死了。接着我和玛丽娜施展心灵传动,扣下了我们藏在丛林里的激光枪的扳机,这使那些兵更疑惑了。

一个弯曲的起落架砸在希特雷库斯·雷和埃拉面前的舷梯上。也许我们炸掉那些飞船有些鲁莽了——我想希特雷库斯·雷不得不用心灵传动将那个起落架甩开,以免它砸到自己和埃拉。但是,我们很高兴看到他跟我们一样,也不希望埃拉受伤。

我笑了。我们的反击让希特雷库斯·雷甚是吃惊,他的演讲砸了。这个莫加多尔领袖赶紧扯着埃拉,从舷梯上走了下来。

"找到他们!"他一边走下大坑凹凸的斜坡朝洛林井走去,一边尖叫道,"杀了他们!"

"咱们动手吧!"我喊道。这一声非常响亮,差点就暴露了我们的位置,幸好被"掠行者"机壳的爆裂声掩盖住了,不过这一声也足以激励我的同伴们。生死存亡的时刻到了。

我拉起亚当的手,我们一齐进入隐身状态。由我带头,我们进入了莫加多尔兵的包围圈,这样一来,我们可以接近大坑和希特雷库斯·雷的那个装置。玛丽娜继续扣动那些吸引火力的激光枪,藏在不同位置的枪炮让莫加多尔兵无所适从。我之前就记住了我们藏匿多余激光枪的具体位置,这样可以避免在交火中被击中。

至少,在一开始的二十码内我是可以避开火力的。接着我们就倒霉了。有一个因为"掠行者"爆炸而背部着火的莫加多尔兵跟跄着朝我们扑过来,胡乱开着火。我和亚当同时纵身一跃,想避开他。

可是,我们却选择了不同的方向。

就这样,亚当突然显形了。

"糟糕!"他说道,立刻举起自己的激光枪将最近的一个莫加多尔兵撂倒了。

"那儿!"另一个兵大叫。

游击战就此告终。

看到亚当身临险境,伯尼·科萨第一个冲入战团。他本来还是巨嘴鸟的模样,貌似无害地飞向最近的一群莫加多尔兵,可一眨眼,他就变成了一头强壮的狮子,在敌人中拍打撕咬,杀开一条血路。因为爆炸,许多莫加多尔兵还像无头苍蝇似的乱窜,因此还没有发现亚当,所以伯尼·科萨轻而易举地就占了上风。与我上次见他出击时相比,现在的他身手更敏捷、更猛,也许还更为愤怒,我想起他差一点就死在了芝加哥。每一次莫加多尔兵瞄准他,伯尼·科萨就会变成体型更小的一种动物——一只虫子或一只鸟——使得对方无从瞄准。接着,一旦处在更好的进攻位置,伯尼·科萨就变回狮子的模样。他的变形迅速流畅,简直可以说是赏心悦目。

我们的变形兽宠物杀敌可是好手。我们自然也不相伯仲。

我们左边的两个莫加多尔兵刚重聚在一起瞄准了亚当,就被来自我们小队的火力给轻而易举地干掉了。一定是萨拉和马克干的,两个莫加多尔兵就连化为灰烬之后,也没有停止射击。还有许多士兵暴露在原来的跑道所在的炽热土地上,那里是一片空地,没有任何遮挡。我看到萨拉一阵连击,干掉了两个莫加多尔兵。

玛丽娜跑出丛林,来到了亚当身边,然后两人直接扑入战团。有些莫加多尔兵试图后退再集结,但其他人看到他们扑过去,一下子就摆好了架势瞄准他们。刹那间,激光枪枪火到处乱飞,空气也嗞嗞作响。现场的兵力大概是二十比一。

还不错。

亚当领头大步地朝前跃去,他的每一步都引发了震荡,在那些莫加多尔兵脚下激起阵阵波纹。地面一震动,莫加多尔兵就无法瞄准了,有些互相撞到一起,激光枪火焰到处飞舞。其中一次震荡使地面"嗞啦"一声巨响,裂成了两半,六个莫加多尔兵笔直地堕入深渊之中。

到头来,我们还是用上了大坑陷阱。

玛丽娜的动作更慢一些，但同样致命。她双手打开成杯状，然后朝那些莫加多尔兵走去。她的手里冒出了硬邦邦的带刺的冰块，等冰块长到棒球那么大时，玛丽娜用心灵传动一把将冰块朝那些兵扔了过去。有一个被亚当震得站不住脚的兵手持匕首尖叫着朝玛丽娜扑了过来。她几乎没有看他一眼，而是举起一只手，做了一个停步的手势，把他的脸速冻住了。玛丽娜用冷剑从莫加多尔兵中劈出一条路，朝大坑和希特雷库斯·雷直奔而去。

在战场的那头，希特雷库斯·雷已经到了坑底和洛林井的旁边。埃拉就站在他身边，神情冷漠，没精打采，像一具僵尸，她的头左摇右摆。她看着希特雷库斯·雷指手画脚，指挥之前安装在"阿努比斯"号上的邪恶装置前行。他将这个圆形容器停在了离井口几英尺的地方，接着他退后几步，像个指挥家一般举起了双手，用心灵传动操作着长管两侧复杂的开关和按键。那个东西发出一声轰鸣便开始运作起来，那声音我在这边都能听得见。情况看来很不妙。

"我们必须阻止他！"玛丽娜喊道。

我知道她这话是对我说的，但我没有回答。我现在还隐着身，不想暴露自己的位置。我希望我可以用呼风唤雨的超能力制造些闪电劈中希特雷库斯·雷，可是"阿努比斯"号遮住了大片的天空。于是我捡起了一把莫加多尔兵丢下的激光枪。

最近我经常带着一群人一起隐身，行走于丛林沼泽之中，几乎都忘了一个人隐身有多么自由自在了——自由而且能置人于死地。我轻松地穿过一排排的莫加多尔兵，就像跳舞似的，只是他们不知道我就是他们的舞伴。我朝大坑和希特雷库斯·雷走去，一边举起隐形的激光枪，对那些莫加多尔兵近距离扣动扳机，全都一枪爆头。唯一能暴露我位置的是我的激光枪枪口猛然发出的那道闪光，不过那道光很快就被那些莫加多尔兵炸开的脸飞溅出来的尘灰所遮蔽。

片刻间，我就干掉了十几个莫加多尔兵。我停下来回望了一眼丛林，确定萨拉和马克还在那里。他们也都还在开枪。伯尼·科萨也在那边，阻止莫加多尔兵靠近这两个地球人。我意识到应该是约翰给伯尼·科萨下了严格的命令，要他确保萨拉的安全。这可真不错。

莫加多尔兵的人数已经开始下降，有些正朝着"阿努比斯"号撤退，其他兵则松松垮垮地围在大坑周围保护着他们敬爱的领袖。希特雷库斯·雷似乎对局势毫不担心。他全神贯注地操作着他的机器。

我朝着大坑杀过去时，那根长管开始发出一阵"嗖嗖"声。我感到我们周围的气氛都变了——松散的岩石从地面升了起来，我依稀感到有一种引力，将我朝坑口拽过去。希特雷库斯·雷的装置火力全开，开始吞噬周围的一切。我看到埃拉还是懒洋洋地站在坑口边，也没有再施展传心术，她的秀发朝那个圆筒飞舞着。那口井也开始晃动起来，井砖被扯得松开来，脱离地面朝那个吞噬东西的机器飞去，而后被一个力场偏转，这个力场也许与保护"阿努比斯"号的力场非常相似。希特雷库斯·雷的这台装置对地面与砖块并不感兴趣，它将这些东西过滤掉，形成了一个小型的砖土旋风。

紧接着，它开始了。随着一声犹如一千个茶壶炸裂开来的刺耳响声，那道深蓝色的洛林能量从地面喷薄而出，又被圆筒装置吞噬了进去。整个区域都笼罩在一道闪烁的蓝光之中，这道蓝光让一些莫加多尔兵开始惊异地左顾右盼起来。这种情况是不正常的，这道能量波这样从地面升腾而起，一开始是狂乱而无法遏制的，但很快就被吸收了。我现在明白了，吸收它的是一条管道，它将这股洛林能量输送到"阿努比斯"号上。之前在圣殿里，我觉得尊神之光是神圣且令人鼓舞的，但此刻——带电的空气噼啪作响，那些闪光刺痛着我的眼睛，还有这些噪音……

感觉就像那股能量正在尖叫，它似乎很痛苦。

"好啊！好啊！"希特雷库斯·雷喜不自胜地吼叫着，就像一个疯狂的科学家，他朝着那股能量狂喜地高举起双手。

玛丽娜忍不住了，她一个箭步向坑口冲去，谨慎二字一下子被她抛到了脑后。她在手上造出两根像剑一样的又粗又尖的冰锥，刺穿了挡住她去路的三个莫加多尔兵，又绕过了守卫大坑的那些兵。接着她冲下那个岩石斜坡，奔向希特雷库斯·雷和埃拉。她是打算自己对付他了。我也曾那样做过——可结果并不理想。

我疾跑过去。除了玛丽娜刚刚绕过的那些，坑口还有其他莫加多尔兵，他们全都转过去把枪口对准了她。她自顾不暇，是个很好的目标。不过对于还在隐身的我来说，那些莫加多尔兵才是能顺手解决的目标。我跑到围在坑口的兵身后，迅速将他们都化为了灰烬。有一个兵在我对他下手之前就射出一道激光击中了玛丽娜的小腿后侧，我觉得她根本没有注意到。

其实，玛丽娜连希特雷库斯·雷都不曾留意，或是毫不在意。她直接对那根管道动起手来，用带刺的冰球轰击它。那些冰球要么被旋转着的砖块尘土吞噬了，要么被机器的力场甩了出来，玛丽娜见状再次冲了过去。如果不得已，她打算徒手摧毁那个装置。

希特雷库斯·雷一把扼住了她的喉咙。他身手之敏捷完全不是他这样块头的人做得出来的。我隐身冲下大坑，此时希特雷库斯·雷已经掐住玛丽娜的脖子将她双脚离地举了起来。她想用力踢他，但是他举着她，保持着安全的距离。

"你好啊，姑娘，"希特雷库斯·雷用得意洋洋的语气说道，"是看表演来了吗？"

玛丽娜抓挠着他的手指，显然都透不过气来了。我不知道我能否及时把她救下来。

一阵岩石和泥土从希特雷库斯·雷身后飞袭而来，击中了他的双腿后侧。他吓了一跳，一下子扑倒在地，朝前跌去，本能地用双手撑住自己，自然就松开了玛丽娜。希特雷库斯·雷的小腿被这阵土石埋住，玛丽娜趁机滚开去。埃拉跌跌撞撞地朝前扑去，好像自己的双腿也被击中了似的，但她没有喊出声来，面无表情的脸也没有任何变化。

施以援手的是亚当，他正从我对面冲向大坑，肩上有几处激光枪的灼痕，一侧脸颊上有一道长长的口子，看样子是某个莫加多尔兵的匕首划到的，不过他还是一副随时准备战斗的样子。

我终于来到坑底，站到了埃拉的身边。但这时——"噗"的一声——就那样，我突然显形了，而且这并非我自己的选择。希特雷库斯·雷一定是施展了他的超能力消融术。玛丽娜就跪在他身边几码外的地方，捂住喉咙咳嗽着。此时这个莫加多尔领袖正很费劲地从那堆石土中抽身出来。至少在我们的超能力被消融之前，亚当将他及膝埋住了。

我趁此机会抓住了埃拉的肩膀。这么近身一看，她比我预想的还要憔悴。她的双颊都陷了下去，小脸消瘦，皮肤底下布满蛛网一般的黑色血管。她的双眼毫无光泽，我摇晃她的时候，她毫无反应。那道洛林能量光——依旧被管道吞噬着——映在她眼里。她正盯着它看。

"埃拉！快啊！我们要把你弄出去！"

没有明显的反应，但她的声音终于在我脑海里响起。

六号，这光真美，对吧？

她完全迷失了。见鬼——我是打算按计划把她拖出去的。

"六号！"玛丽娜嘶声大喊，"我们必须关了它！"

我瞥了一眼那机器，然后抬头看了看"阿努比斯"号。看不出希特雷库斯·雷打算用捕捉到的洛林能量去做什么，但肯定不会是什么好事。我不知道如果他吞噬了足够多的洛林能量后，他是否能永久地消融我们的超能力。

"你知道怎么阻止它吗？"我问埃拉，结果看到的还是她毫无表情的脸庞。

过了一会儿我才听到她的回答。是的。

"怎么做啊？告诉我们要怎么做！"

她没有回答。

随着一声怒吼，希特雷库斯·雷将自己的双腿从岩石堆里抽了出来。与此同时，亚当来到了他跟前。虽然这个年轻的莫加多尔人跟我们一样被夺走了超能力，但他抽出了他爸爸的剑。这把剑对他来说实在是太大了，他举着剑的双臂都颤抖了起来。不过即使如此，他还是用剑尖抵住了希特雷库斯·雷的喉咙。

"住手，"亚当厉声命令道，"你玩完了，老家伙。关掉你的机器，不然我就杀了你。"

虽然有一把剑抵着他的紫色伤疤，但是希特雷库斯·雷的脸倒放起光来了。"亚达姆斯·萨特克，"他惊叹一声，"我一直盼着我们能见上一面呢。"

"住口，"亚当警告说，"照我说的做。"

"关掉机器？"希特雷库斯·雷笑了。他最终站起身来，亚当不得不挺直身子才能继续用剑尖抵着他的喉咙。"但这是我最伟大的成就。我将洛林星脉吸收了，然后让它听命于我。我们不再被命运的桎梏束缚住，我们可以锻造自己的超能力了。你是最应该感激这一点的。"

"闭嘴,别再说了。"

"你就不该威胁我,小子。你应该感谢我,"希特雷库斯·雷继续说道,一边掸去腿上的尘土,"你运用自如的那项超能力都是拜我的研究结果所赐,你明白吗?阿努博士连接到你身上的机器是由纯洛林能量驱动的,是我很久以前在洛林星上采集后残存下来的能量。利用一个带着残存的洛林星能量的加尔德的身体,于是超能力迁移就得以进行了。你是我的科技的伟大产物,亚达姆斯·萨特克。因为我控制了洛林星,才有了现在这个样子。今天,你可以帮助我为其他像你这样的人铺平道路。"

"不。"亚当说道,在"阿努比斯"号抽取能量所发出的震耳欲聋的声响之下,他的声音几乎听不见。

"不什么?"希特雷库斯·雷问道,"你觉得呢,小子?你以为你的超能力来自其他地方吗?你以为是这个没脑子的自然力选择了你?那都是科学,亚达姆斯。科学,还有我和你父亲。是我们选择了你。"

"我父亲死了!"亚当大吼着,手里的剑更用力地抵住了希特雷库斯·雷的脖子。站在我身边的埃拉倒吸了一口凉气,她的喉咙处冒出了一滴血珠。

"亚当!小心点!"我朝他走上前一步喊道。玛丽娜也站起身来,目光在那个能量吸管和两个莫加多尔人之间游移着。而他们俩对我们根本毫不理睬。

"嗯,"希特雷库斯·雷回答,"我还没听说过——"

"是我杀了他,"亚当继续喊叫着,"用的就是这把剑!我还会这样杀了你!"

有那么一会儿,希特雷库斯·雷真的受到了惊吓。接着他伸出手握住了亚当的剑。

"你知道你若动手会发生什么情况。"希特雷库斯·雷说道,为了给亚当一点颜色瞧瞧,他握紧了刀锋。我转过身看到埃拉的身子因为疼痛而缩成了一团,她的手掌上出现了一道大口子,鲜血不住地往泥土里滴落。她朝着井口趔趄了几步,拼命地忍着。

"我才不管呢。我这一辈子所受的训练都是为了杀死他们。"亚当咬着牙说。

"而你一直下不了手,对吧?"希特雷库斯·雷说道,对亚当的吹嘘嗤之以鼻,"我看过你父亲写的报告,小子。我对你了若指掌。"

希特雷库斯·雷一只手握着剑朝亚当走近了几步,居高临下地看着这个年轻的莫加多尔人。亚当的整个身子颤抖起来,但我不知道是出于愤怒还是恐惧。虽然不知道该怎么做,我还是往他们那边走近了一点。如果亚当挥剑,我会阻止他吗?玛丽娜也靠近了些,两眼睁得大大的。我听到埃拉在我身后拖着身子走着。她神情恍惚、跌跌撞撞地走向洛林井,还有那股喷薄涌出的能量柱。

"埃拉!"我压低声音说,"待着别动!"

"我从来都不想为你杀人,因为你的胡说八道我从来都不相信!"亚当喊道,"但如果这么做意味着能结果了你——"亚当猛地看了埃拉一眼。我看到他坚毅的目光。他不是在吓唬人,不再是了。"那么杀人不会让我内疚的,"他冷酷地说,"如果你也死的话,我觉得我能接受。"

一切发生得那么快。亚当将剑从希特雷库斯·雷手里一推,剑锋划过他的手掌,剑尖直抵他的喉咙。希特雷库斯·雷似乎吃了一惊,但他反应迅速——他非常敏捷,敏捷得出乎亚当的意料。希特雷库斯·雷躲向左边，刀锋从他脖子的侧面划过，没有造成任何损伤——至少没有伤害到他。

我扭过头去看看埃拉的脖子是否受了伤。鲜血溅落到她的肩膀和身体上，但她没有喊出声来。事实上，她似乎根本没有注意到。她全神贯注地看着那道能量柱，小脚朝那个方向挪了挪，微微有些内翻。

亚当还没来得及抽剑再次发动袭击，希特雷库斯·雷就一拳打中了亚当的脸。希特雷库斯·雷戴着有护甲的手套，我可以听到这一击之下亚当的脸骨碎裂的声音。他的剑掉到了地上，自己也踉跄着后退了几步。希特雷库斯·雷还想再出一拳，玛丽娜一个箭步扑了过去，揪住他扭打在一起。

他们俩都摔到了地上，我别无选择，只能上前去挡在他们和希特雷库斯·雷之间。我靠近时，希特雷库斯·雷拾起了亚当的剑，慢慢地挥出一个弧形的剑花。他冲我笑了笑。

"你好啊，六号，"他说道，一边用剑在他面前对空劈着，"你准备好作个彻底了结了？"

我没有回应他。跟他说话会让他占上风，从而影响我们。于是我扭头对着玛丽娜喊："退下去！退远一些才好为他疗伤！"

透过眼角余光，我看到玛丽娜扶起了亚当。他已经被打昏了过去，我不知道他刚刚这样出手之后，玛丽娜是不是还愿意为他疗伤。她绝对不想撇下我一个人，也不想在希特雷库斯·雷的机器还开动着的时候就撤退。

"走啊！这里有我呢！"我坚持着，瞪着希特雷库斯·雷，踮起脚尖挪动着。我只需要拖住他，保住性命，直到——直到什么时候呢？这次我们又如何能脱身？

埃拉说得对，留下来意味着死亡。

希特雷库斯·雷的微笑仍未隐去，他知道我们已经走投无路了。他冲我扑过来，挥剑砍向我的身体。我往后一跃，感觉剑锋刚刚掠过我的腹部。我脚下的岩石晃动起来，我差点跌倒在地。

玛丽娜在我身后拖着亚当朝上坡的地方走去。她在那里停下脚步喊道："埃拉！你怎么——"

我和希特雷库斯·雷同时转身看着那口井。埃拉已经爬上了井沿，她离那道喷涌而出的洛林能量波只有几英寸的距离。她的秀发向四面飘散，看上去就像一个光环。在她周围，电光闪动，她脖子上黑色的血迹在亮蓝色的光里变成了暗紫色。她脸上和手上的肌肤泛起了涟漪，就像在风洞里那样，小小的碎片打在她身上，但她完全不以为意。

希特雷库斯·雷已经遗忘了我的存在。他迟迟疑疑地朝埃拉走上前一步。"下来！"他怒吼道，"你究竟想……"

埃拉转身看着我们，目光落在了希特雷库斯·雷身上。她的双眼不再空洞。有那么一刻，我看得出以前的埃拉回来了。我们最初在西班牙遇到的那个腼腆的女孩已经长成了一个勇敢的战士。她的声音细细的，但不知怎的还是被她身后的能量波放大了。

"你赢不了的，祖父，"她说，"再见了。"

接着，埃拉向后仰去，跌进了洛林能量波之中。

希特雷库斯·雷尖叫一声，冲上前去，但他还是迟了。那里出现了一道极其耀眼的亮光，埃拉的身体此时看来已经像是一道剪影，在空中盘旋，横亘在洛林井和希特雷库斯·雷的机器之间。有一会儿，她的身体扭曲翻转，痛苦地弓着。接着，一道能量从井里涌出，威力大得连希特雷库斯·雷的机器都无法吸取。机器侧面的电路爆炸开去，火花如雨点般溅落，机身上的洛林镌刻也在极度炙热中熔化了。

与此同时,埃拉的身体似乎开始分解——我可以看到她的身体就在那儿,浮在能量波之中,但我的视线还能穿透她,就像她身体里的每一个分子都立刻分解了似的。

过了一会儿,能量波将埃拉的身体吐了出来。她就像一个冒烟的布娃娃,被抛到大坑的边上。紧接着,那道洛林能量波消散了,缩回到了地底下,而希特雷库斯·雷的管子发出一阵金属的铿锵之声,突然分崩离析,碎裂变形的金属块埋住了洛林井。

希特雷库斯·雷盯着他那已经毁掉的机器,一副难以置信的样子。这是我第一次看到这个老混蛋一脸茫然的样子。

玛丽娜迅速行动起来。她撇下亚当,朝埃拉冲了过去。她的超能力还是无法施展,所以当玛丽娜用双手按住埃拉的身体时,我知道什么也不会发生。毕竟太迟了。

不用看到玛丽娜脸上淌下的滚滚泪珠,我知道埃拉死了。

希特雷库斯·雷瞪着他孙女的尸体,神色凄凉。趁他还没回过神来,我捡起了我能找到的最大块的石头。

我用它打碎了希特雷库斯·雷的后脑勺。

一道口子裂开了。他开始出血,莫加多尔符咒被打破了。

我这一击让他回过神来。希特雷库斯·雷咆哮着,转身看着我,将手里的巨剑高举过头顶。

他正要举剑朝我劈下来,突然间,他的双眼——通常漆黑空洞的双眼——充满了蓝色的洛林能量之光。那把剑从他手里掉落下来,希特雷库斯·雷——这个莫加多尔人的领袖,杀害我族人的刽子手,毁灭世界的屠夫——昏倒在了我的脚下。

我惊呆了,赶紧转身看着玛丽娜,却发现她也昏死了过去。到底是怎么回事啊?

这时洛林能量波从埃拉身上喷射出来，从她的眼里、嘴里、耳朵里——从她身上的各个地方喷涌而出，就像尊神激活了八号的身体时那样。

一道洛林能量从她的一个指尖向我喷射过来，直接射中了我的前额。我跪倒在地，感觉自己失去了知觉。我望着埃拉，确切地说是望着她现在的形态。她的身体还有其他洛林能量波喷射出来，像流星一样飞了出去，飞出了大坑，飞向……飞向哪里呢？我不知道。我不知道她发生了什么事，不知道尊神发生了什么事。

我只知道，我的机会来了。

"现在不要！"我尖叫着，对抗着这道洛林能量意欲施加于我的睡意，"埃拉！洛林星！停下！我——我可以把他杀了的！"

但接着我就昏过去了。我和希特雷库斯·雷及玛丽娜一起进入了假寐状态。

接下来我所看到的一切，我们所看到的一切，就是一切的开始。

第十九章

原来死亡就是这样的。

我元神出窍，几乎认不出自己。我的祖父——他已经开始将我变成了跟他一样的怪物。躺在下面的那个衰朽的女孩，苍白又疲惫，我简直无法相信那就是我——或是曾经的我。玛丽娜将双手搭在我身上，拼命想把我救活，但她的超能力还是无法施展。看到她这样抓狂真让人难过。

我不想再回到那具躯壳上去，元神出窍其实让人如释重负。我的身体不再疼痛，这么多天以来，我第一次可以清晰地思考。

其实，我还能思考感觉挺奇怪的，想想我都，你们知道的……已经死了。我想死后的世界就是这个样子吧。

在我底下，其他人——玛丽娜、六号、希特雷库斯·雷——他们都极其缓慢地运动着。我看得一清二楚。飘浮在空气中的来自毁坏的圣殿的每一粒尘埃，我现在都看得清楚。我祖父颈后冰冷的汗珠，我也看得见。还有他们所有人体内跃动的洛林能量，甚至是希特雷库斯·雷体内的能量，我也都能看清。

我怎么能看到这一切呢?

我只想摆脱希特雷库斯·雷对我的控制,破坏他那卑鄙的莫加多尔符咒,这样他就不能再把我当人质了。我想帮助我的朋友们。某个东西告诉过我,最好的办法就是自己跃入那能量漩涡中。我想我应该会死,不过我觉得没关系。我很高兴死后的世界里不只有黑暗和虫子。但是,不管这个阶段是什么样的,我希望不是看着我心爱的人以慢动作厮杀至死。

埃拉。

这个声音在我四周响起,不止一个声音,而是许许多多的声音,成千上万个声音。可是不知为何,在这么多声音的交响之中,我可以听出我认得的那些声音。克雷顿、阿德莉娜,还有八号。他们都在喊我。

你还有任务要完成啊。

我朝地面和我的身体跌下去。有片刻我的心里非常慌乱。难道我要回到那副日皮囊里,再任由我祖父摆布吗?突然之间,我整个人平静了下来,就像被一张温暖的毯子裹着。没有什么可以伤害到我,现在不会。

我本来应该要重重地跌到地上的,可是,我继续坠落。我穿过泥土和岩石,很快湮没在无边的黑暗之中。感觉我不再继续坠落了,反而像是飘浮在太空中——没有地心引力,没有重量,只是宁静地飘浮着。我弄不清上下,不知道哪个方向通往我的朋友们和我的身体所在的世界。现在,这个反正也不重要了。我也许应该觉得恐惧才对,可是不知怎的,我知道我很安全。

慢慢地,我周围亮起了光。成千上万亮蓝色的小颗粒飘浮在我身边,就像太阳光柱中飘浮着的尘埃。看来我纵身跃进了洛林能量波。

那些颗粒膨胀收缩，让我想起了我们的双肺。有时它们会混合在一起形成模模糊糊的影像，接着又很快散开。

可是不知为何，我觉得有人正在看着我。

我底下出现了一张能量网，我不再觉得正在飘浮或下坠。这感觉就像被两只大手捧在掌心。我惬意极了，像是可以在这里窝上一辈子。这与过去几天中地狱般的生活完全不同，那时我只要有一点自己的思考，身体就如万剑穿心般刺痛。我心里多少想就此停止思考，任由自己永远保持这种状态，但我也知道我的朋友们还在那个有生机的世界里抗击着，我必须尽力帮助他们。

"有人吗？"我问道，想试试自己能否出声。我听到了自己的声音，虽然那感觉像是我不再拥有一张嘴、两个肺或一个身体似的，反倒是像我施展传心术时的感觉，就像我的有些想法比其他想法的声音更大，而且那些正是我想传递给其他人的想法。

你好，埃拉。一个声音回应着。一个能量团飘浮到我面前，与这个声音同步跳跃着。奇怪的是，我觉得跟这么一团像霓虹萤火虫的东西谈话很是自在。

"我死了吗？"我问道，"这里是天堂吗？"

我感觉原来皮肤的位置上一阵酥痒。我想应该就是这个东西笑起来的感觉吧。

不，这里不是天堂，孩子。而且你的死只是暂时的。时机一到，我就会让你的元神回到你的肉身中。"噢，"我停了一下，"如果我不想回去呢？"

你会愿意的。

别说得这么肯定，伙计。我思忖道，不过没有说出声来。

"那么……这是哪里？这是什么？"

你放弃了你的肉身，还利用你的传心天赋进入了我的思想。你将你的元神和我的合二为一。孩子，你以前知不知道自己有这种本事呢？

"呃，不知道。"

我想也是。这样做是挺危险的，小埃拉。我的思想无边无际，延伸到我已经存在的所有时空。我正在保护你，不让你发觉这一点，以免让你不知所措。

我身处完全的黑暗之中，失去了身体，被纯粹的洛林能量呵护着，却感觉如此惬意，我想这应该就是原因所在吧。因为洛林尊神正在照顾我。

"谢谢你，"我对他说。

不客气。

我突然想起应该问几个重要的问题。与一个天神般的能量元神合一可不是每天都会发生的。

"我想问问，你究竟是什么？"

我就是我。我是能量之源。

"嗯。可是我应该如何称呼你呢？"

那个声音停顿了一下才回答我，那些能量粒子一刻不停地在我面前飞舞。

我有过许多称呼。曾经我是洛林星；现在我是地球。你的朋友们叫我尊神。

这么说，藏在圣殿底下的就是他，他就是希特雷库斯·雷一直在寻找的。在他的藏身处被炸毁之前，玛丽娜和其他人一定跟他谈过话了。不过，尊神似乎应该是刻板、陌生而冷漠的，可我现在感觉他根本不是这样。

"我就称呼你为超能君吧。"我决定了。

随便你,孩子。

超能君似乎十分安详。其实就在几分钟前,"阿努比斯"号还通过一根巨大的机械吸管要将他吸出地面呢。

"我祖父将你拉出地面的时候,伤害到你了吗?"我问道。

他伤害不了我,他只能改变我。一旦被改变,我就不再是我了,所以我也就感受不到疼痛了。

"好吧,"我回答,根本就不明白他在说什么,"你现在是……被困在'阿努比斯'号上了吗?"

只是我的一小部分,孩子。我存在于许多地方。你祖父以前就企图捕捉我,但我比他预想的还要厉害。来,我给你看看。

我还没来得及问"去哪儿",一道洛林能量波就将我推走了。我不再在宁静的黑暗中飘浮,而是进入了地球内部。那里就是一个交叉区域,地壳不同的层级交错着——地壳板块、恐龙骨头、地心附近炙热的熔岩层,我全都看得见。相比之下,我觉得自己很渺小。

缠绕着地心,流淌过地球每一个层级的,是闪闪发亮的洛林星脉。这股能量在某些地方比较稀薄,在另一些地方则很强烈,但这个星球上没有一处地方不被它柔和的光芒所笼罩。

"哇,"我说,"你倒真是把这儿当家了呀。"

是的,超能君回答道。不过这并非全部。

我们往上升着,战场再一次出现在我底下。从动作上看,我的朋友们和希特雷库斯·雷还像是被蜜糖黏住了似的。六号正缓缓地捡起一块石头,想用它击倒我的祖父。

在六号的胸口,就在她心脏的上方,有一股微弱的洛林能量在闪光。玛丽娜和亚当身上都有。我也有,虽然我的那股光看上去比他们的还要微弱,也许是因为我已经死了吧。就连希特雷库斯·雷的体内也有一朵洛林能量火花在簌动,虽然他的火花似乎被一些黑色物质遮蔽了一部分。他以我不太明白的方式自我堕落。这样一想,我不禁抬头看了看"阿努比斯"号。在飞船的底部,是一股被截断的洛林能量在闪着光。比起我刚刚在地下看到的,这算不上什么,但它还是……

"他要怎么处置这些能量呢?"我问超能君,"我是说,他打算拿你怎么办?"

我会展示给你看的。首先,你得把其他人聚集起来。我已经决定让他们都了解自己为何而战了。

"什么其他人?"

他们所有人。我会帮你的。

突然之间,我的思绪开始延展。就像是我在施展传心术那样,寻找着类似的思绪,只是我的范围扩展得非常大。其实感觉并非那么好,就像我的脑子被很强的磁力扯向四面八方似的。

"你……这是要干什么?"

我在增强你的能力,孩子。一开始可能会有些不舒服的感觉。我很抱歉。

"那我该怎么做?"

召集那些我已经标注的人。

虽然听起来很疯狂,但我确实知道他的意思。当我施展起传心术进行联系时,我可以感觉到那些被超能君触碰过的人。我对准玛丽娜闪着光的蓝色光核,用我的意念之手把它采撷,然后把她扯住。这跟我把约翰带到我的梦境中是一样的,只是现在轻松多了。我把亚当也拉上了,把他们带到了超能君温暖的知觉世界中。接着,我迟疑了。

"他怎么办？"我低头看着我的祖父问道。

他也要带上。一定要全都到齐。

一想到要跟那个变态的大脑和他那腐坏的洛林之心用意念进行交流，我就有些受不了，不过我还是把希特雷库斯·雷拉了进去。接着，我试着把六号吸收进来，但她的意识一直抗拒着我。虽然在远处，我还是注意到她在呼喊着什么。

"她在说什么？"我问超能君。

她还是不明白，这件事我是不会插手的，超能君侃侃而谈，全都得自发进行。我是不会施以援手的。

我不知道超能君在说什么，我也没有时间去细想，因为六号的意识一卸下防御，我们就去了更远的地方。

整个世界在我面前展开。在所有大陆上分布着好几百个洛林光点。这些人都是新的加尔德，是那些近来才被赋予了能力的地球人。超能君想要他们也加入。我用意念联系他们，将他们一个个拉了进来。

在伦敦，有个男孩正凝视着一艘莫加多尔飞船，他的双手握紧又张开，努力想决定该如何行动。街上的沙砾随着他的动作跳跃爆裂，受制于他无法自控的心灵传动力。

在日本，有个几天前刚刚瘫痪而坐上轮椅的女孩。现在她发现自己用难以置信的速度在她父母的公寓里走动着。

在尼日利亚一个遥远的村庄里，人们都还不知道地球被入侵的事。有个男孩突然飘浮在他妈妈和爸爸的头顶，发出天使般的光芒，让他的父母喜极而泣。

我将他们的意念全都召集了起来。无论超能君要带我们走向何方，他们都会一起来的。

有些人十分恐惧。好吧，许多人都很恐惧。拥有超能力是一回事，可现在这样突如其来的意念交流是另一回事。我明白这太让人意外了。我对他们说着话，安抚他们。我发现自己的意念足够强大，可以同时进行多场谈话，还可以在意念的空间里穿梭着。

我向他们保证他们会没事的，告诉他们这就像一场梦。我没有告诉他们，其实我也不知道自己在做什么。

接着我到了纽约。我先拉上萨姆，这主要是因为他被赋予了超能力这事让我非常激动，我只想去拥抱他。可怕的五号、我也非常想拥抱的英俊的九号，还有一个新来的姑娘——他们都被拉进了我的意念世界。接着我找到了约翰，我跟他的意念交流比任何人都多，本来应该比较顺利才对，可是他跟六号一样反抗着我。这时我才发现我曾见过的最巨型、最丑陋的怪兽正向他和其他人逼近。约翰想反抗，或者更确切地说，他不想被怪兽踩踏。这怪不得他。

"这么做会让他昏过去吗？"我问超能君，"他会被……吃掉吗？"

不。一眨眼间一切就会过去了。

"别担心，约翰，"我得意地说，"一会儿就好了。"

我也把约翰的意识拉了进来。每个人都到齐了——地球上所有的加尔德。他们跳动着的所有的洛林心都被拉进了我浩瀚的意识世界中。

"好了，现在怎么办？"我问超能君。

看着就好。

第二十章

我在另一个地方，一个既陌生又熟悉的地方。我在空中飘浮而过，可以看到我周围所有的景象，但什么也做不了。我可以感觉到其他几百个人的意识也跟我一起飘着。

超能君想要让我们看到的就是这个景象。

这是一个温暖的夏夜，两轮明月挂在万里无云的暗紫色天空中，一个在北，一个在南。这对我的人来说是一个特殊的时刻。一年当中有两个星期会有这种天象，在那两个星期中，洛林人都会进行庆祝。我们现在正身处洛林星。

我知道这一点，是因为超能君知道。我不知道的是我们回到了多久以前的世界。

我们在一片海滩上，沙子被十几堆篝火染上了橙色的光芒。到处都是人，他们吃着，喝着，欢笑着跳着舞。一个乐队演奏着我在地球上从未听过的音乐。我的目光落在一个长着一头浓密的栗色秀发的女孩身上，她正随着音乐翩翩起舞，双手在头顶上挥舞着，沉浸在自己的世界中。她的裙子旋转着，闪着光，偶尔被温暖的海风吹起来。

在海滩的那头，派对人群的外围，有两个十几岁的少年坐在沙滩上休息着。其中一个就年纪而言长得挺高的，他长着一张轮廓分明的脸，黑发剃得很短。另一个个子更小些，但比第一个更帅，长着一头乱蓬蓬、脏兮兮的金发，还有一个方方正正的下巴。金发少年穿着一件宽松的白色开襟衬衫，衣服随意地敞开着。他的朋友则穿得更正式一些，是一件熨得很平整的深红色衬衫，袖子也精心地挽了起来。这两个人，尤其是那个高个子少年，似乎对正在起舞的女孩非常关注。

"你该去试试，"金发少年用手肘捅了捅他的朋友说，"她喜欢你。大伙儿都知道。"

黑发少年皱了一下眉头，一手抓起沙子，任凭它们从指缝间滑落："那又如何？那有什么意思呢？"

"呃，你不是在看着她跳舞吗？我可以想到好多理由，兄弟。"

"她不是加尔德，她跟我们不一样。我们不能够……"黑发少年闷闷不乐地摇了摇头，"我们的世界太不相同了。"

"她似乎并不介意自己不是加尔德，"金发少年评论道，"她玩得挺开心的。介意的人是你。"

"为什么我们拥有超能力而她却没有呢？这似乎不公平，有些人一直就这么……平庸，"黑发少年扭头看着他的朋友，一脸热切的表情，"你有没有想过这一点？"

金发少年举起一只张开的手掌回应他。一个小小的火团出现在他的掌心，很快变成了一个跳舞的女孩子的模样。

"没有。"他咧嘴笑着说。

黑发少年凝神片刻，小小的火焰舞者突然熄灭了。金发少年皱起了眉头。

"住手,"他抱怨道,"你知道我讨厌你这样做。"

黑发少年抱歉地笑了笑,收起了自己的超能力。

"无聊的超能力,"他摇了摇头说,"专门用来对付其他加尔德的玩意儿有什么好的?"

金发少年朝跳舞的姑娘挥了挥手:"看到了吧?你跟塞尔维是绝配。她没有任何超能力,而你则拥有最无聊的一种超能力。"

黑发少年笑了,戏谑地锤了一下他朋友的肩膀:"你总是那么会说话。"

"那倒是真的,"金发少年笑着回答,"你可以向我好好学习。"

在这里我并没有拥有传统意义上的眼睛,但这个景象似乎有些闪烁。在那一瞬间,海滩上坐着的那两个少年显现出他们长大后的样子。金发的那个英俊健硕,有着温和的眼睛——我没有去注意他。相反地,我被坐在他身旁的那个大个子吸引住了,他皮肤极其苍白,脖子上还有一圈吓人的伤疤。

希特雷库斯·雷。

这一定是几百年前的一幕,也许是一千多年以前。那时希特雷库斯·雷尚未加入莫加多尔人一伙,也还没有变成一个怪物。

一瞬间过后,他们恢复了少年的模样。金发少年拍了拍年轻的希特雷库斯·雷的后背,他们继续看着那姑娘跳舞。他那正常的样子让我非常震惊,那时的他就是一个坐在沙滩上的年轻人,阴郁地看着自己喜欢的姑娘。

事情是什么时候开始变糟的呢?

***

这个景象消失了,自然而然地转到了另一个场景。

我的祖父和他的朋友站在一间宽敞的拱顶房间里，闪亮的洛林星脉在天花板上刻画出一幅洛林地图。他们不再是少年的模样了，更像是两个小伙子。这是多少年以后的事了呢？以我们洛林人衰老的方式来看，应该是几十年后。如果他们是地球人，那应该是二十多岁的年纪，但谁知道换算成洛林人的年纪该是多少。他们站在地板上长出来的一张大圆桌面前，那桌子就像是直接用一棵没人想砍倒的树做成的。圆桌的中央刻着象征团结的洛林符号。

我知道这一点，是因为超能君都了解。

桌子周围放着十张椅子，除了两张空着，其他椅子上都坐着神情严肃的洛林人。圆桌四周像剧院一样摆着许多座椅。这里今天十分热闹，每一排都坐满了挨挨挤挤的加尔德。

我意识到，这是长老们的会议厅。这是长老们召集加尔德开会共商大事的地方。整个情景让我想起了我在地球上看见过的那些参议院，只是这里还有许多亮闪闪的洛林星脉。现在所有的眼睛都注视着一位身材颀长、留着白色直发、目光温和的长老。除了那一头白发，他看上去并不比我祖父老多少，不过他举手投足间流露着一种德高望重的感觉。

他是洛里达斯，一个埃特努斯①，就像我一样，这说明他可以显出比真实年纪年轻许多的模样。他一开口，每个人都恭敬地倾听着。

"我们今天齐聚一堂，是为了纪念我们当中死去的人，"洛里达斯说道，他的声音在整个大厅里回响，"我们最近一次改善与莫加多尔人外交关系的尝试遭到回绝——狠狠的回绝。莫加多尔人欢迎我们的

---

① 拥有逆生长超能力的洛林人。

代表团进入他们的世界,似乎就是为了杀害他们。在随后发生的战斗中,我们的加尔德破坏了他们的星际穿越能力,这样可以把他们阻隔在他们自己的星球上一阵子。我们还是相信在莫加多尔人当中,也有些人是热爱和平甚于战争的,但他们的族人必须自行得出这样的结论。我们这些长老认为与莫加多尔星的进一步接触将会对双方都造成伤害。所以在没有接到进一步通知之前,不许任何人与莫加多尔星发生接触。"

洛里达斯停了一会儿。他瞥了一眼圆桌旁的两张空椅子,皱起了眉头,脸上的线条也显得深了些。他看起来突然变得非常苍老。

"在最近的这次战斗中,我们失去了许多兄弟姐妹,其中也包括两位长老,"洛里达斯接着说,"他们的名字很多年前在他们成为长老时就被遗忘了,他们是扎尼夫和班舍维斯。他们在这个议会里兢兢业业地服务了许多年,在战争与和平年代都一样守护着我们的人民。在未来的日子里,我们还会想起他们。但是,希特雷库斯·雷和我们的领袖庇塔库斯·洛尔的座位不可以空着。我们要继续向前走——我们洛林人一直都是这样的——而且铭记我们在莫加多尔星上不只是损兵折将了,我们也涌现了英雄。到前面来,你们两位。"

洛里达斯一声令下,我祖父和他的朋友走到了桌子跟前。金发的那位挤出了一个阴郁的笑容,朝着外围座位上的人点了点头。而我的祖父,还是像几个世纪之后一样,一副又高又瘦的模样,他似乎浑然不知周围正在发生的一切,看上去心神不宁。

"你们快速的反应、你们的勇敢与强大的超能力在莫加多尔星上拯救了许多人的性命,"洛里达斯说,"我们这些长老一直都了解你们的潜能,也知道你们将为我们的族人立下汗马功劳。所以,今天我们要将这两个空缺的位置赋予你们,欢迎你们成为洛林长老,服务并保卫洛林星及其居民，保卫和平。你们是否接受这神圣的职责，并发誓将同胞们的需要放在首位呢？"

金发小伙子鞠了一躬，深谙仪式之道。"我接受。"他说道。

我的祖父沉浸在自己的思绪中，一声不吭。片刻尴尬的沉默之后，他的朋友用手肘轻轻捅了捅他。

"是的，"希特雷库斯·雷也鞠躬，说道，"我接受。"

***

过了好些年，那个金发男人冲过一座简朴的房子的走廊，脚下的碎玻璃咯咯作响。这个地方都被毁了：桌子翻倒在地，相框也从墙上被撞了下来，玻璃花瓶的碎片撒得满地都是。

"塞尔维？"他喊道，"你没事吧？"

"我在这儿。"一个女人颤抖的声音回应道。

他冲过双开竹门，进入一个阳光明媚的卧室，从房间里几扇开启的窗户可以看到以前那片美丽的海滩。这个房间和屋里的其他地方一样，也是一团乱象。床完全被翻转了过来，书柜也倒了，里面的东西散落一地，就连木地板都参差不平，就像有人用心灵传动掀起轩然大波似的。

一个栗色秀发的女子正看着窗外，她就是许多年前那个在海滩上起舞的姑娘——塞尔维。她双臂环抱，那男人进门时，她也没有转过身来。

"我就是在那里遇见了他，"塞尔维指着海滩说，"他一开始非常腼腆，总沉浸在自己的思绪中。他当年竟鼓起勇气娶了我，到现在我想起来都会觉得吃惊。"

"这里出什么事了？"他慢慢靠近她问道。

"我们吵架了,庇塔库斯。"

"你跟希特雷库斯吵架?"

塞尔维哼了一声,转身看着他——我祖父的发小、未来的庇塔库斯·洛尔。她哭得双眼通红,但似乎并没有受到伤害:"哦,别那么称呼他。这个头衔除了惹来麻烦,什么好处也没有。"

"这就是他现在的身份啊,"庇塔库斯热切地回答道,"这可是无上的光荣。"

她的眼睛眯成了一条缝:"嫁给加尔德的日子可真不好过。我们以前还讨论过要孩子的事,你知道。现在,自从他去过莫加多尔星并成为长老之后……我几乎都没怎么见过他。就算见了面,他也满口都是那个计划,讲着他的执念。"

庇塔库斯歪着脑袋问道:"什么计划?"

塞尔维不吭声了,也许是意识到自己说得太多了。她离开了窗户,向床边走去。她开始把木制的床架和床垫分离开来,好让自己把床翻回来,她转念一想,看着庇塔库斯问道:

"帮一下忙,可以吗?"

庇塔库斯用心灵传动将床翻了过来,同时将铺盖也铺平了。他的目光一直不曾从塞尔维身上移开。

"对你而言是那么轻而易举。"她喃喃道,他则坐到了刚铺好的床上。

庇塔库斯坐在她身边问道:"希特雷库斯在做什么?"

她深吸了一口气。"在挖掘。他去了山里。我不该——我不知道如何解释。他在那里所做的事……他说都是为了我,庇塔库斯。就像是一份礼物。"塞尔维哽咽了,眼里泪光闪动,"可我不想要啊。"

"我没听明白。"庇塔库斯回答道。

"你该亲眼去看看，"她说，"别……别告诉他是我说的。"

"你是害怕他吗？"庇塔库斯压低嗓门问道，"他是不是伤害过你？"

"他没有伤害我。我只是害怕他不知道会变成什么样子，"塞尔维伸出手去握住了庇塔库斯的手，"让他回家来吧，庇塔库斯。求你了。让他明白是非，把我的丈夫带回到我身边来。"

"我会的。"

***

庇塔库斯飞驰过天际，穿行在云端，掠过一座山脉，然后猛然朝一个山谷俯冲下去，那个山谷比大峡谷还要大。在他俯冲的同时，点缀着洛林宝石的砂岩色墙壁在四面八方升了起来。庇塔库斯注意到他下方的一排结构复杂的机器和重型建筑装备。有人一直在深挖，好像觉得这个山谷还不够深似的。

庇塔库斯像我一样，把目光转向在挖掘作业现场中央一座高塔似的机器。相互交错的钢梁上是闪闪发光的电路和洛林标志——这个东西很像希特雷库斯从"阿努比斯"号上带下来的那根管道，只是更笨重，而且没那么精致。

那么这就是超能君说的，希特雷库斯以前就这么做过。一切都是从这里开始的，一切都源于好几个世纪以前，我祖父从那时起就开始了他的疯狂堕落。

庇塔库斯降落在地面上，一个穿着实验室大褂的年轻洛林人匆匆走上前来迎接他。对一个洛林人而言，他的皮肤过于苍白了，而且他行走的样子非常像机器人，好像他的躯体与大脑不再协调了似的。他的样子似乎让庇塔库斯吓了一跳，不过并没有把他吓退。

"希特雷库斯在哪儿?"他问道。

"他在解放之塔上,"这个年轻人指着那根巨大的管道说,"洛林长老,他知不知道你要来?"

"这不重要。"庇塔库斯回答道,大步向所谓的解放之塔走去。那个脸色惨白的洛林人让开了,但庇塔库斯却迟疑了一下。他转身看着这个小伙子:"他一直在这里做什么呢?他对你做了什么?"

"我……"那小伙子犹豫着,像是不知道该说什么。不过接着他伸出了一只手,集中意念,用心灵传动让一把石子飘浮了起来,很是费劲的样子。

庇塔库斯很吃惊地仰起了头:"你是加尔德吗?我怎么不认识你?"

"关键就是这一点,"这个人回答,"我不是加尔德。我就是个无名小卒。"

这个洛林小伙子演示自己的心灵传动力的时候,额头上青筋暴起。庇塔库斯注意到这一点,伸出手去想摸摸他的脸,但他躲开了。

"这……还在改进之中,"这个肤色苍白的人说道,"我今天还没进行强化。"

"强化。"庇塔库斯低声说,接着迈出坚定的步伐朝那台叫解放之塔的机器走去。一路上他看到了其他几个助手,所有人都与之前那人一样有着苍白的肌肤,一副惴惴不安的样子。我感觉到他越来越生气,或者也许是我自己愤怒了,或者两者兼而有之。我们看到的是道德沦落的一幕。

解放之塔开启了。它发出的吱吱嘎嘎的声音,与希特雷库斯从"阿努比斯"号上带下来的管子所发出的是一样的。在挖掘现场,一块块的洛林石被丢得到处都是,看样子是那些人不得不把这些蓝色的石头从地里刨出来才能找到底下的能量流吧。洛林能量被吸取出来，存放到大型的弹丸状的玻璃容器中。进入容器之后，能量就会被加工——被高频声波和充满化学物质的气流不断冲击，直到能量变成固体物质。然后一根满是锋利刀刃的狼牙棒对其进行搅拌，最后这些物质再经过一系列的过滤。

最终这些能量变成了黑色淤泥状的东西。庇塔库斯迎头遇上他的时候，希特雷库斯正忙着将那东西装入试管。

"希特雷库斯！"

我的祖父抬起头来，笑了一下，得意之色溢于言表。他的皮肤底下黑色的血管依稀可见，他的一头黑发也变得稀疏了。让人意外的是，他对于见到庇塔库斯很是兴奋，立刻放下手头恶心的工作来迎接他。

"老朋友，"希特雷库斯张开双臂迎上去说，"咱有多久不见了？如果我又错过了一次长老会议，麻烦你跟洛里达斯转达我的歉意，不过——"

庇塔库斯一把揪住希特雷库斯的前襟，将他推到解放之塔的一根立柱上。虽然庇塔库斯个子比希特雷库斯小，但还是出其不意地把他推了出去。

"你这是在做什么，希特雷库斯？你都做了些什么啊？"

"你在说什么？放开我，庇塔库斯。"

庇塔库斯缓了一下，我真希望他不要冷静下来。他深吸了一口气，放开希特雷库斯，又后退了一步。

"你在开采洛林星，"庇塔库斯说道，努力弄明白这个挖掘点的意味，"你是在——你对这些人都做了什么？"

"那些志愿者吗？我帮助了他们啊。"

庇塔库斯摇了摇头："这是不对的，希特雷库斯。看上去……你就是在破坏我们的世界。"

希特雷库斯大笑起来："哦，别这么一惊一乍的。你是因为不理解才受到惊吓的。"

"那你倒是跟我解释解释啊！"庇塔库斯大喊着，眼角冒出了小小的火花。

"该从何说起呢……"希特雷库斯挠着脑袋说，"我们一起征战过莫加多尔星。你也看到莫加多尔人对我们的仇恨了，残暴不仁。那么一个地方会有什么善意的举动呢？"

"这需要花时间的，"庇塔库斯回答道，"终有一天，莫加多尔人会选择和平。洛里达斯深信这一点，我也是。"

"但他们若是不这么做呢？他们危害的不止是我们的生活，而是整个银河系。我们为什么把他们禁锢起来，等着他们回心转意呢？我们根本就可以加速他们的进化。如果我们选择一些我们认为友好的、可以成为盟友的莫加多尔人并赋予他们超能力，让他们成为加尔德，成为他们的领袖，把那些好战又危险的消灭掉呢？我们可以改变一整个种族的命运，庇塔库斯。"

"我们不是神。"庇塔库斯回答。

"谁说不是？"

片刻沉默后，庇塔库斯从他朋友身边走开了。

"我们从莫加多尔星回来之后，我一直在思考这一点，"希特雷库斯继续说道，"其实不只是莫加多尔人，而是我们所有人——洛林人。为什么会有加尔德和赛邦？我们是拥有了和平，没错，但付出的是什么代价啊？这是一个世袭等级制度，凭借天生的超能力来决定谁是领袖，有些人有幸生来就有，而另一些人不幸并不具备超能力。"

"这是洛林星的意志,这——"

希特雷库斯苦笑了一下:"自然、天数、命运。我们就不要再瞎扯这些幼稚的说法了吧,庇塔库斯。我们控制洛林星,而不是被它控制。你、我,每一个人——我们可以选择自己的命运,选择自己的超能力。我的妻子,她可以——"

"塞尔维会厌恶这一切的,你知道,"庇塔库斯说,"她很担心你。"

"你……你跟她谈过了?"

"是的。我还看到你把家里搞得一团糟。"

希特雷库斯的眉毛扬了起来,嘴巴也张开了,好像被人刮了一巴掌。我以为他会用那种傲慢的腔调对庇塔库斯大喊大叫,他在"阿努比斯"号上对我说话时经常如此。我看到他脸上浮现出我熟悉的那种自大的表情,但还夹杂着些别的东西。那时的他还没有那么失常。在我祖父那种狂乱的妄想之中,还有一丝心智清醒的羞愧。

"我……我脾气失控了。"过了一会儿希特雷库斯说。

"你还有很多东西都失控了,而且如果你不罢手,失控的将不止这些,"庇塔库斯回答道,"也许我们的世界并不完美,也许我们还可以做更多的事情,希特雷库斯。但这种做法——这种做法不是解决的办法。你不是在帮助别人。你是要让他们变得病态,扭曲我们自然的世界。"

希特雷库斯摇了摇头:"不。这不是……这是进步,庇塔库斯。有时候,进步的过程必定是痛苦的。"

庇塔库斯的表情坚定起来。他转向解放之塔,看着洛林能量从这座星球的地心被缓缓地提取出来。他迅速地做出了决定,他的双手双臂都燃起了火焰。

"回家去吧,回到塞尔维身边去,希特雷库斯。努力消除你这疯狂的念头。我会……帮你清理你在这儿的工作。"

希特雷库斯似乎考虑了一会儿。我真的赞成他认真思考。我希望他能意识到庇塔库斯说得对,希望他能放弃他的机器,回到我祖母身边去。但我已经知道这一切的结局了。

祖父的脸色沉了下来,庇塔库斯燃起的火焰突然熄灭。"我不能让你这么做。"他说道。

***

长老议事厅空荡荡的,只剩下了庇塔库斯和洛里达斯。年轻的加尔德瘫坐在高背椅里,脸上满是伤痕,指节也都破皮了。年长的加尔德站在桌子的另一边,弯腰看着一个发光的物体,用他那饱经沧桑的双手摆弄着。

"我不同意他们的决定。"庇塔库斯说。

"是我们的决定,"洛里达斯轻声纠正他的说法,"你也有一票的。我们九个人都有。"

"处死他太过分了。他还罪不至死。"

"他是你的朋友,"洛里达斯回答,"但他已经不是以前的那个人了。他的实验会毁掉我们的生活的,他们让洛林星上一切纯洁的事物都堕落了。不能再由得他这么下去,一定要彻底除掉他,把他从我们的历史上抹去。就连他的长老职位都不可以再找人替补,他玷污了长老之名。他的邪恶念头不可以再生根发芽了。"

"我们开会的时候,你都说过这些话了,洛里达斯。"

"如果你觉得我烦,那为什么还不走?"

庇塔库斯深深地叹了一口气,低头看着自己的双手。

"我们是一起长大的,你同时赋予我们长老的称号。我们……"他的声音颤抖起来,沉默了一会儿平复自己的情绪,"我希望由我来动手。"

洛里达斯盯住庇塔库斯看了一会儿,发现这个年轻人态度严肃,他满意地点了点头。

"我也料到你会这么说了。"

洛里达斯施展起他的埃特努斯术①,脸上的皱纹慢慢展开,直到他的样貌年轻了许多。庇塔库斯惊奇地看着他。

"上一次你们见面的时候,他夺走了你的超能力,"洛里达斯说,"这次要打得他抱头鼠窜。"

"我不会再让他那样了。"庇塔库斯低吼着回答。

"那就让我看看你的厉害吧。"

庇塔库斯专注地看着洛里达斯。过了一会儿,皱纹开始爬上洛里达斯的脸,脸上的肌肤也开始松弛,他的发际线迅速升高,长老礼袍下的身体也衰老了下去。他显得比之前还要苍老,我很快意识到这是他真正的外表。不知怎的,庇塔库斯刚刚拿走了他的超能力。

"很好,"洛里达斯嘶哑着嗓子说,"现在,把一个老人的尊严还给他吧。"

庇塔库斯一挥手,恢复了洛里达斯的超能力。这位长老再次易颜,苍老依旧,但没那么让人吃惊。

"洛林长老,你运用超吸力掌握了多少项超能力了?"

庇塔库斯搓了搓颈后,脸露谦逊之色:"消融力是第七十四项,以前没费心去学过,一直没觉得自己会有机会使用它。"

---

① 即驻颜术,详见《九号的崛起》。

消融力，那是我的超能力，是我和祖父共有的几项超能力之一。有了这项能力，我们通过触摸或投掷抛射物来消除别人的超能力。

"很厉害，"洛里达斯说着，关注起他在桌面上摊开的物品，"超吸力是我们最罕有的超能力，庇塔库斯。这项超能力使你得以模仿和掌握你所观察到的超能力。这种天赋不可小觑。"

"我的赛邦以前给我上过课，"庇塔库斯回答说，"我知道能力赋予我的责任。我一直都把这话铭记在心。"

"是的，这种超能力降临在你而非其他人身上，这是我们的幸运。试想一下，庇塔库斯，如果你的朋友希特雷库斯想到办法复制了你的超能力，并据为己有，或将其赋予他选中的某个人，那后果一定不堪设想。"

庇塔库斯咬着牙说："我不会听凭这件事情发生的。"

洛里达斯举起他一直在摆弄的东西。它看着像是一根绳子，只是编织材料不像我在地球上曾看到过的任何物品。那东西很粗、很牢固，大概有二十英尺长，一头还打成了一个复杂的绳套。绳套的这部分已经被定型硬化，一边像刀锋一样锋利。洛里达斯示范了如何勒紧绳套，那致命刀锋发出"噌"的一声响。

庇塔库斯做了个苦相："太老式了，你不觉得吗？"

"这都沿袭了几百年了，而你还年轻，不过我们就是这么处置叛徒的。有时候，古老的方式反而是最好的。这是用伏龙树做的，这种植物跟你一样稀有。伏龙木造成的伤口，施展疗伤力也无法修复。"洛里达斯示意庇塔库斯走过去，"来吧。让我借用一下你的消融力。"

庇塔库斯走到桌子的另一侧，将手搭在洛里达斯肩上。我看不到具体的经过，但我感受得到——其实是超能君可以感受到——庇塔库斯像九号那样施展了一种转移术，把自己的消融力传给了洛里达斯。

洛里达斯聚神于绳套上,它开始发出一种深红色的幽光,跟我用自己的吸附力将一个物品充满能量时一样。

"现在你需要用消融力将能力储存在这个里头,以免你还没来得及消融他的超能力,他就把你的夺走了,"洛里达斯解释说,一边小心翼翼地挥舞着绳套锋利的边缘,"用这个将他套住,然后——"

"我知道该怎么做。"庇塔库斯打断了他。

"过程会很快的,庇塔库斯。"

庇塔库斯从洛里达斯手里接过绳子,小心不去触碰被注入能量的绳套。他紧紧握住绳子,表情阴郁而坚定。

"我知道自己该怎么做,洛里达斯。"

而我们——这些在未来看着他的人——我们知道他把这件大事搞砸了。

***

希特雷库斯缓缓爬过山谷的地面,浑身尘土,他的脸上和头上布满小小的刀痕。在他背后,一队加尔德正动用各种手段破坏他的解放之塔。这台机器开始轰塌,冒出一缕缕黑烟。他的助手们横尸在地,不过不是被加尔德杀死的。不是的,他们死后,身体的毛孔还往外渗着恶心的黑色物质。

"发疯的人不是我……"希特雷库斯拖着腿想从采掘点爬走,并往地上吐了一口血。机器爆炸时,他连头都没回,不过他的脸上闪过痛楚之色。"是其他人,是你们所有的人——错的是你们。你们不明白进化的意义。"

庇塔库斯跟在希特雷库斯身后,那个绳套在他手里晃悠。他那强壮的下颚紧闭着,一副坚定的样子,但他的双眼却有泪光闪动。

"求你了，希特雷库斯。别再说了。"

希特雷库斯知道自己跑不了，所以不再拼命地爬着。他翻身仰面躺倒在地上，仰望着庇塔库斯。

"我怎么会错呢，庇塔库斯？"希特雷库斯气喘吁吁地问道，"是洛林星自己赋予了我统治其他加尔德的能力，是它同意我一有时机就夺走他们的超能力。这座星球用自己的方式告诉我，它希望我成为统治者。"

庇塔库斯摇了摇头，居高临下地站在他朋友身边："听听你自己都说了些什么啊。起初你还责怪洛林星随意赋予别人超能力，现在你又说你拥有超能力是命中注定的。我不知道哪一种想法更让人不安。"

"我们可以一起统治这星球的，庇塔库斯，"希特雷库斯恳求道，"求你了。你我就像兄弟一样啊！"

庇塔库斯努力克制着，用心灵传动将绳套套在希特雷库斯的颈上。他蹲下来跨在他的长老同伴身上，一只手扯住能拉紧绳套的粗绳结。

"你做得太过分了，"庇塔库斯说，"我很抱歉，希特雷库斯。但你所做的一切……"

庇塔库斯开始拉紧绳套。他的动作本该更迅速的，但他无法鼓起勇气结果了他，还没做好准备。绳套锋利的边缘勒进了希特雷库斯的脖子。我的祖父痛苦地喘着气，但并没有反抗。他的眼里突然有了一种清醒，一种听天由命的神色。希特雷库斯向后仰着，绳套勒得更紧了。他凝视着天空。

"今晚会有两轮明月，"他说，"它们会像我们以前那样，在海滩上起舞，庇塔库斯。"

祖父脚下的土地被血染黑了。他的眼里开始盈着泪水，所以他闭上双眼掩饰着自己。

庇塔库斯下不了手。他解开希特雷库斯脖子上的绳套，将它扔到一旁，然后站起身来。他没有与希特雷库斯的目光交接，而是朝解放之塔和希特雷库斯的研究区望过去，看着整个地方付之一炬。他从心底里相信，这一切都结束了。他相信经历这一次，希特雷库斯会洗心革面，他以为他已经意识到自己的错误了。他还将那个躺在地上的人视为老朋友，他根本不知道他会变成什么样的怪物。

解放之塔离得很远，没人注意到庇塔库斯正施展心灵传动将地上希特雷库斯的一个助手的尸体朝他们拖过来。希特雷库斯睁大眼睛看着他，庇塔库斯用掌中流明将这具尸体点着，直到它焦黑得无从辨认。这一切完成之后，庇塔库斯扭头看着别的地方。

"你已经死了，"庇塔库斯说道，"离开这里吧，别再回来了。也许有一天，你可以找到办法修复已经毁掉的一切，这里，还有你的内心。在那天到来之前……再见了，希特雷库斯。"

庇塔库斯带走了那具烧毁的尸体，撇下躺在地上的希特雷库斯。他一动不动的，任由苍白的脖子上那个环形的伤口不住地往外淌血。最后，他抹干了眼里的泪水。

接着，希特雷库斯笑了。

***

许多年的光阴飞逝而过，我们漫步在那个山谷里。硝烟散尽，那些烧焦的痕迹也都消失在阳光下。希特雷库斯的机器残骸被红色的铁锈和山风侵蚀殆尽。

每一年，当天上出现两轮明月，庇塔库斯还会回到这里。他看着解放之塔的废墟，思忖着他所做过的事情——应该是他差点做成的事情、他没有做成的事情。

这样过了多少年呢？很难说。因为有了埃特努斯术，庇塔库斯一直没有变老。

有一天，正当庇塔库斯站在本来应该杀死我祖父的那个地方，一艘丑陋的昆虫状的飞船掠过天边的夕阳，渐渐朝他飞近。那艘飞船看着就像是我见过许多次的莫加多尔"掠行者"飞船的早期版。飞船降落在庇塔库斯面前，他燃起了一只手中的火焰，另一只则握住了一个带刺的冰球。

飞船舱门打开了，塞尔维走了出来。不同于庇塔库斯，她已经苍老了，昔日的栗色秀发已经灰白，她的脸也已布满深深的皱纹。一见到她，庇塔库斯惊奇地睁大了双眼。

"你好，庇塔库斯，"她说道，下意识地把几缕头发塞到耳后，"你青春依旧。"

"塞尔维。"庇塔库斯一时不知道该说什么好。他将她拥入怀中，她也回以拥抱，他们无语地相对而立了好长一阵。最后，庇塔库斯开了口："我从没想过会再见到你。当希特雷库斯——当他——我没想过你会跟他一起背井离乡，塞尔维。"

"我从小被灌输的理念就是，咱们洛林人结了婚就是要白头偕老的。"塞尔维回答，语气并不冷淡。

庇塔库斯听到这话有些意外，但他没说什么，而是将目光投向塞尔维身后的老式"掠行者"："那飞船，它是……"

"莫加多尔人的。"塞尔维简略地说道。

"这些年他一直都躲在那里吗？你们一直都住在哪里？"

塞尔维点点头："还有什么比加尔德的禁地更好的地方呢？"

庇塔库斯摇摇头："他应该回来的。都过去几十年了。长老们将他从历史上抹去，除了我们，没有人记得他的名字。我真心相信，过了这么多年，他犯下的罪是可以被宽恕的。"

"但他的罪行一直没有停止过，庇塔库斯。"

这时他终于注意到了，塞尔维脖子上黑色的血管说明了一切。庇塔库斯后退了一步，表情凝重起来。

"你现在为什么要回来，塞尔维？"

为了回应他的话，塞尔维转向了她的"掠行者"。"过来呀。"她说道。过了一会儿，一个顶多只有三岁大的腼腆女孩出现在"掠行者"的舱门。她有着塞尔维那样的栗色头发和希特雷库斯那样刚毅的轮廓，突然我记起了克雷顿的那封信。希特雷库斯称我为他的孙女，其实确切地说，我是他的曾孙女。现在这一点是明摆着的——不是因为超能君知道，而是因为我从她身上看到了我自己——这个女孩会长大，然后生下雷兰，我的父亲。

"这位是帕尔雯，"塞尔维说，"我女儿。"

庇塔库斯凝视着女孩。"她很美，塞尔维。但是……"他看着面前这张苍老的脸庞，"对不起，但这怎么可能呢？"

"我知道我太老了，当不了母亲，"塞尔维说道，眼神中透着疏离，"繁殖力现在是希特雷库斯的特长了。繁殖与遗传，帮助促进莫加多尔人的提升。他们称他为敬爱的领袖。"她摇了摇头，对此嗤之以鼻："但他不想自己的独女在他们之中被抚养成人。所以我们回来了。"

帕尔雯怯生生地走上前来，躲在她妈妈的身后。庇塔库斯蹲下来，一只手在峡谷中毫无生机的岩石上挥动着，一朵蓝色的花朵从砂岩中绽放出来。他摘下花儿，递给了帕尔雯。这个女孩露出了灿烂的微笑。

"我会安排人保护你,"庇塔库斯对塞尔维说,眼睛没有盯着她而是她的女儿,"你们可以过正常的生活。保证她的安全,但别对她说起……说起他。"

塞尔维点点头:"终有一天他会回来的,庇塔库斯。你知道的,对吧?只是不会是你想象的那样。他不会来请求宽恕的。"

庇塔库斯摸了摸喉咙,一只手拂过希特雷库斯留下的伤疤所在的那个地方。

"等他到来时,我会做好准备的。"庇塔库斯说。

而他没有。

***

黑暗重新降临,这个景象消失了。我周围的洛林能量喷射出星星一样的火花。我再次飘浮在温暖的空间里,那是超能君的怀抱。

"现在要做什么?"我问道,"你干吗要带我们去看那些景象呢?"

这样你们就会了解,他的声音轻轻地回应说,告诉你吧,你们现在就会见面啦。

"谁会见面啊?"

所有人。

第二十一章

我醒过来发现自己在一座图书馆里,脸朝下趴在一张柔软的地毯上,周围是舒适的躺椅。醒过来也许不是正确的字眼。每一样东西的影像都是边缘模糊的,连我自己的身体都是如此。我看得出我还在埃拉创造出来的梦境之中,只是我不再是完全的旁观者。我可以在房间里自如行动,虽然我不知道接下来我应该怎么做。

我站起身环顾四周。这里灯光柔和,墙上摆满老旧的皮革封面书籍,书脊上所有的书名都是洛林文的。一般来说,这种地方是我很喜欢转悠的,只是在现实世界里,还有一头讨厌的莫加恐龙正要袭击我和我的朋友们。埃拉向我们保证我们会没事,但这并不意味着我很乐意坐在某个星际图书馆里,静观其变。

"伙计,有人要为那个软蛋庇塔库斯·洛尔鞠一把泪了。"

我转身看到九号站在房间中央,片刻之前那里还空空如也。他冲我点了点头。

"你在说什么呀?"

"你也看到了吧?希特雷库斯·雷的生平故事?"

我点点头:"是的,我也看到了。"

九号看着我像看着一个傻瓜:"那家伙有机会的时候就该把希特雷库斯·雷杀了,而不是感情用事。拜托。"

"我说不好,"我轻声回答,"掌握别人的生杀大权不是一件易事。他其实也不知道以后会发生什么事情吧。"

九号哼了一声:"随便啦。我冲着他大叫,让他把那笨蛋杀了,但他不肯听。你得了吧,庇塔库斯。"

其实我还没有全然接受那些景象,特别是在九号这一番评论后。我希望可以重新播放一遍,这样我可以慢慢研究一下我们几个世纪前的家园。我最希望看到的是庇塔库斯·洛尔施展他的超吸术。我们都听说过他的轶事,说他有多么厉害,说他拥有所有的超能力。我想他就是那么做的吧。看到他施展超吸力让我想起我获得疗伤力的那一次。那时的情况让人绝望,我努力想挽救萨拉的性命,疗伤力就突然显现出来。如果那时出现的不是疗伤的超能力呢?如果是在我需要的时候,我的超吸力突然出现,而我当时还无法弄清如何用这种超能力运用在疗伤以外的方面呢?

我摇了摇头。盼望获得这样的能力确实有点傻气,我不能像九号盼着改变过去那样,希望自己能获得更强大的超能力。我们应该凭现在的本事赢下这场战争。

"该做的都做了,"我皱着眉对九号说,"重要的是,我们得阻止希特雷库斯·雷。这才是我们的任务。"

"是的。我还想避免被纽约的那头巨型怪兽吃掉呢。"九号环顾四周说道。对于进入这个梦境,他似乎丝毫不觉得奇怪。他是随遇而安的人。"呃,这么多书。你觉得里头会有一本谈到如何杀掉我们那边的哥斯拉巨兽吗?"

我也朝四周看了看，不过不是看书，我在寻找出口。我们所在的这个房间似乎根本没有门，我们被困在这里了。埃拉或洛林尊神，不管是谁造成目前这种局面——他们暂时还不想放我们走。

"我想我们现在是在某种心理候诊室里，"我对九号说，"不过我不知道为什么。"

"好极了，"他回答，然后"砰"的一声躺倒在一张躺椅上，"也许他们打算让我们看另一出电影。"

"你觉得萨姆和丹妮拉怎么样了？我看到他们跟我们同时晕了过去。"

"这问题把我难倒了。"九号说。

"总觉得我们会来到同一个地方。"

"为什么？"九号问道，"你觉得大家一起进入某种通灵的幻境中有道理吗？"

"不，"我承认道，"我想没有。"

"那么，你觉得这些都是埃拉干的，对吧？我感觉到这是埃拉的传心术。"

"是啊。"我点头表示同意。九号说得对，我不明白我是怎么知道现在我们就在埃拉的精神投射里的，但我就是知道——直觉使然。

九号吹了声口哨："该死的，伙计。那姑娘的超能力还真的升级了呢。我觉得我们懈怠了。我想像你的那位庇塔库斯一样，获得一些别人的超能力，或者至少能得到一个锋利的绳套什么的。"

我叹了一口气，摇摇头，听到九号大声说出我刚才的想法，确实让人有点尴尬。我转移了话题："我们得找到出路离开这里。"

九号朝我做了个奇怪的表情，于是我转身走到一个书柜前。我开始把书从书架上拿下来，心想也许这样能触发某个秘密通道的机关。

什么也没有发生,只有九号在取笑我。

"我们不该就这么干坐着。"我瞪着他说。

"兄弟,那我们还能怎么做呢?你知道我们看着那些精彩影像的时候,我多想杀了年轻的希特雷库斯·雷吗?"九号握起一个拳头捶打着另一只手的手心,然后耸了耸肩,"可是,你知道的,我那时根本就没臂没腿。我们现在啥都做不了,所以放松一下吧。这些天我一直拼命厮杀,就算这椅子,是我想象出来的,躺上去也舒服极了。"

我不再把书从书架上抽出来,而是走回到房间的中央。我不去理睬九号,仰着头冲天花板喊道:"埃拉!你听得到我说话吗?"

"你现在这样好傻。"九号说。

"我不知道你干吗就这么干坐着,"我瞪着他说,"现在不是放松的时候。"

"现在正是放松的时候,"九号低头看着一个不存在的手表说道,"只要埃拉给我们看看她需要向我们展示的某个奇怪的未来景象,我们就会回到九死一生的状态下了。"

"我同意九号的说法。"

我循声转身,发现五号就站在离我几英尺远的地方,刚刚出现在我们小小的休息室里。他噘起嘴唇,朝我耸了耸他那厚实的肩膀,似乎也一样不高兴见到我们。就算在这个梦幻世界里,五号的一只眼睛还是没了。不过至少那只眼睛遮着一个样子正常的眼罩,而不是现实世界里那块脏兮兮的纱布。

"你在这儿做什么啊?他——"

我的身后传来一声呐喊,接着九号突然从我身边冲了过去。他沉下肩膀,直接对准了五号的腹部。出于某种原因,五号没有料到一见面就会受到袭击,所以他几乎没有时间提起精神反抗,九号就朝他扑了过去。

可是,九号并没有击中他。他直接从五号身体里穿过去,脸朝下摔倒在我从书柜里拿出来的那堆书上。

"狗娘养的!"九号咆哮道。

"哈。"五号低头看着自己的胸口说,他的胸膛看来结实经打。

"在这里不许打架。"

我们全都转身看着房间另一端的墙壁,那里刚刚出现了一扇门。站在那边的是一位中年男士,体格强健,他的褐发在双鬓处有些斑白。他依旧是我记忆中的那个样子。

"亨利?"我喊道。

就在同一时间,九号大喊:"桑德尔?怎么回事?"

五号什么也没说,只是瞪着门口的那个男人,抿着双唇冷笑着。

九号和我迅速交换了一个眼色。我们一下子就意识到,每个人看到的都是不同的人。如果控制这个梦境的真的是埃拉,那她应该是从我们的潜意识里获得了某个人的影像,这个人与我们相处愉快。只是五号似乎没有这种感觉。他的双手一直握拳又松开,就像随时要冲上前去似的。我忍不住微笑地看着亨利,即使此刻其实悲喜交集。"你……是真实的吗?"我问道,心里觉得这个问题真是够傻的。

"我是真实的记忆,约翰。"亨利回答道。他说话的时候,我发现他的嘴里有一道能量在闪光,那能量与希特雷库斯·雷在洛林星上开采的是同一种。这跟六号描述过的她那一组人遇到重生的八号的情形是一样的。我觉得激活这种通灵景象的应该不止是埃拉,背后肯定有高人在帮她。

"抱歉，我害得顶楼豪宅被人给炸了。"九号说道。他停了一会儿等待对方的回答，然后说道："是的，全都是五号的错，你说得对。"

我先是看看九号，然后看看五号。五号还是一言不发，但看上去像是在认真倾听。我最后把目光落在亨利身上。我们不能看到彼此的另一位来访者，只能看到自己的。

"你是要……"我想问亨利他到这里来干什么，但我改变了主意。他到这里来其实跟其他事情的发生一样，是很有意义的。我还有更重要的问题需要他回答。"我们到这里来干什么？"我问道。

"你们是来与其他人见面的。"亨利回答，接着转身穿过敞开的大门。那扇门刚才还是不存在的。他示意我们跟上。

"什么其他人？"

"他们所有人，"亨利说，接着冲我笑了笑，像以前那样摆出一副让人泄气的洞悉一切的样子，"记住，约翰，你只有一次机会给人留下很好的第一印象。要好好表现哦。"

我不知道他在说什么，但我还是跟了上去。毕竟，他是我的赛邦。即使出现在这种疯狂的梦境里，他还是很真实。我相信他。九号也走向门口，跟上了我看不见的桑德尔，还跟他聊着芝加哥公牛队。五号不情不愿地跟着，落后几步，还是一言不发。

我走近亨利时，他把一只手搭在我肩上。虽然其他人听不到他的声音，他还是压低了嗓子，就像要向我透露一个秘密似的。

"从你能感觉到的人开始，约翰。那些是最容易的。记住那种感觉，然后尽力去设想。"

我凝视着亨利，不知道他究竟在说什么。看到我的表情，他又露出那个心照不宣的微笑。他还是不对我和盘托出，而是让我自己去弄清细节，这是亨利的一贯作风。我知道从长远来看，这会让我更强大、更睿智，但他那样做还是让我有些气恼。

"我不明白你到底要跟我说什么。"我说。

亨利拍了拍我的肩膀，然后开始向走廊那头走去。

"你会知道的。"

第二十二章

我还是有些晕乎乎的,主要是因为我被卡塔莉娜——我死去的赛邦——领着走过一段长长的通道。玛丽娜和亚当在我身后几步开外的地方。我们在某个豪华的私人图书馆里"醒来"时,都没来得及交谈。我们全都被看到的景象惊呆了,或是因为刚刚被瞬间转移离开的恶斗而受到了惊吓。不管怎么说,不久之后卡塔莉娜就来带领我们了。

不过,我觉得其他人看不到卡塔莉娜。玛丽娜说带着我们的人是阿德莉娜,亚当则故意压低了嗓子,这样我们就无法听清他在说什么了。他们各自都在进行着跟我不一样的谈话。就像是我们虽然全都在这里,但不在同一个波段上似的。

自从我们醒来,亚当就一直因为内疚而闷闷不乐。不过现在,他走在我面前不远的地方,玛丽娜则挨近了一个人,我认出她是卡塔莉娜。玛丽娜和我交换了一个眼色,因为两个人都很想偷听,于是我们靠近了亚当一点。

"我做得对吗?"他问埃拉或尊神带到他面前的那个人。

我没有听到对方的回答。但不管对方说了什么，亚当只是一个劲地摇头。

"那改变不了我努力要做的事情，一号。"

啊，我知道他在问她什么了。就在埃拉……自杀之前，亚当其实拼了命要杀她。一想到当时我没有冲上前去阻止他，我自己也非常内疚。我本来就打算听之任之，然后把事情归咎于战斗的激烈。显然，亚当做不到。

玛丽娜也做不到。她抓住亚当的手肘，把他从那个形态变化的虚幻的卡塔莉娜身边拉开，这样她才可以质问他。以我对她的了解，她这怒气可是积攒了好一会儿了。

"你刚刚到底是怎么回事啊？"她问他。我差点以为玛丽娜要开始施展她的冰冻术了，不过我想这事不会出现在埃拉的脑海里的。玛丽娜的怒目圆瞪说明了这一点。

"我知道……"亚当低垂着头说，"我当时无法自控了。"

"你差一点就把埃拉杀了，"玛丽娜对他厉声说，"差一点啊！"

"不过他没有啊……"我说道，努力息事宁人。他们俩都不理睬我。

"我没指望你能明白，"亚当柔声说道，"我从来——以前从来都没见过希特雷库斯·雷。但我一辈子都活在他的阴影之中，被他玩弄于股掌之上，听命于他。当我终于有机会杀了他，获得自由……我就忍不住出手了。"

"你以为我们就不想杀死他吗？"玛丽娜难以置信地说，"我们这一辈子都被他追杀，但我们知道若是杀他，先死的会是埃拉……于是我们就住手了。"

"我知道，"亚当回答，完全没有为自己辩解的意思，"就在那一刻，我也成了自己一直厌恶的那种人。以后的日子，我会一直心怀愧疚，玛丽娜。我很遗憾发生了这种事情。"

玛丽娜捋着头发，不知道该如何回应。

"我只是……我只是不相信她死了，"过了一会儿玛丽娜说道，"我不能相信她竟然会那么做。"

"我觉得埃拉没死，"我对玛丽娜说，一边朝我们周围深蓝色的大理石墙挥了挥手，"我觉得我们目前这种状况与她有关，你知道吗？我们到这里来之前，我看到埃拉的身体散发出许多闪电般的洛林之光。"

玛丽娜勉强笑了一下，不再瞪着亚当，而是看着我："我希望你说得对，六号。"

"不过咒语被打破了，我们来之前我测试过。"我对他们说，记起用一块石头打破希特雷库斯·雷的脑袋这种巨大的满足感。

玛丽娜捏了捏自己的鼻梁。要理解的事情太多了，从反抗希特雷库斯·雷，到把他看作普通的洛林人，然后是这事。

"他是……他现在可以为我们所杀了吗？"

"不，他跟着埃拉一起做了这件事。不过我们应该制定一个计划，因为我有一种感觉，一旦这记忆之旅结束，我们就会立即回到之前境地中。"

亚当皱起眉头，脸色尴尬："我的情形可不好，我觉得他把我的脸都打烂了。"

"我会为你疗伤的，"玛丽娜不多废话，"我本来正要动手了。"

"很好，很好，"我说，"然后你们俩可以帮我杀死希特雷库斯·雷。"

亚当和玛丽娜一起瞪着我。

"怎么?"我问道,"你们觉得还有比这更好的机会去杀他吗?我们打跑了他的军队,他受了伤,而且现在是三对一……"

"我们失去了超能力,"玛丽娜说,"他把我们的超能力都消融了。我得将亚当拉出大坑之后才能治疗他。"

亚当点点头看着我。我看得出,他不知道我是不是疯了,也不知道这个计划好不好。不管如何,我看得出他眼中的钦佩。"不会立刻就是三对一的,六号。那将是一对一。"

"我才不管呢。我不想浪费这个机会,"我对他们说,看看四周,希望能找到出路,"这里的事情一旦结束,我就要结果了他。"

玛丽娜早就忘记了自己对亚当的怒意,跟他交换了一个眼色。我猜我这话听起来有些疯狂。此刻,我们就在走廊上停下来进行讨论。卡塔莉娜,或者是那个借她的身躯显形的人,注意到我们的迟缓,于是停下脚步,不耐烦地清了清嗓子。

"我们的时间不多,"她还是那一副严苛的腔调,就像以前我让她心烦时那样,"走吧。"

我们又开始迈步。玛丽娜靠近我,跟我肩挨着肩。

"我们还是小心为妙,六号,好吗?"她轻声说,"圣殿,还有埃拉也许……我们今天已经损失太多了。"

我点点头,没有回应。玛丽娜从一开始就一直想留下来保护圣殿免遭希特雷库斯·雷的毒手。但现在我们真正有机会杀了他,她反倒畏首畏尾的了。

我们终于来到走廊尽头。那里通往一个拱顶房间,房间的地板上直接长出了一张大圆桌。卡塔莉娜让到一旁,让我们进入房间,等我回头看她,她却消失了。

这房间与我们一起看到的景象中的长老议事厅一模一样。唯一的不同是布满天花板的那张发光的地图。地图显示的不再是洛林星,而是地球。地球上有些发光的小点,标志着像内华达、巨石阵和印度那样的地方——都是洛林石所在的地点。房间现在空荡荡的,九张椅子排列在圆桌周围,其中一张上坐着一个人。

坐在那么一张高背椅上,莱克萨看上去非常不舒服。她用双手敲打着桌面,显然不知道自己接下来应该做什么。我们进入房间时,她一副如释重负的样子。

"我觉得我不该到这里来。"莱克萨起身迎接我们说。

"我也有同样的感觉。"亚当凝视着桌子中央那巨大的洛林标志回答道。

"我不是加尔德。在那段影像出现之前,我从来没见过这样的会议场面。你们也都看到了,对吧?"

我们都点了点头。

"如果你到这里来,那肯定是有原因的。"玛丽娜说。

莱克萨望向我:"我在丛林里听到爆炸声了。战斗进展得如何?"

亚当用一只手抚摸着脸上被希特雷库斯·雷击中的地方,然后朝一张空椅子走过去。我努力想个最好的法子,跟莱克萨解释我们目前的处境。

"我们活下来了,"我终于开口说,"我们击退了莫加多尔兵,我想我们还有真正的机会可以消灭希特雷库斯·雷,如果我们能从这里出去的话。"

莱克萨赞许地点点头。"真厉害,"她说,"不过我还是让引擎热了起来。万一你们需要逃跑,也用得上。"

"那倒是很有可能的。"玛丽娜看了我一眼说。

"一开始是你想留下来战斗的,玛丽娜。现在我们得把事情做完。"

"但你还不明白吗，六号？了解——正是我们需要的。我们了解了希特雷库斯·雷想要什么，我们知道如何去阻止他。我们打破了符咒，埃拉破坏了他的机器，让他无法继续开采洛林能量。仅仅是身处这里——"玛丽娜指了指这个房间，"这就是一种胜利了。亚当受了伤，埃拉她……我们还不清楚，而我肯定萨拉、马克和伯尼·科萨无法永远帮我们断后。也许撤退是明智之举。毕竟埃拉确实跟我们说过，让我们逃走。要么逃，要么……"

"噢，现在你倒是愿意听她的了，"我摇摇头回答，"听着，我不知道你从那些梦境中看到了什么，但如果说我了解到什么事的话，那就是庇塔库斯·洛尔在有机会下手的时候，就该拿出个男人的样子，杀了希特雷库斯·雷。"

"哇，听到了吗，小翰？六号跟我的想法是一样的。"

约翰和九号从侧门的通道走进房间。尽管有这么多的纷纷扰扰，见到他们我还是忍不住笑了起来。不过这个微笑很快就沉了下去，因为五号在他们身后慢慢地走了进来。玛丽娜立刻紧张起来，朝他走去，但约翰拦在他们俩的中间，睁大了眼睛，像是说现在还不是时候。我按住玛丽娜的胳膊，让她保持冷静。还好五号似乎意识到他在这里很不受欢迎，所以他慢慢走到房间的边上，不与任何人有眼神交流。

约翰和九号朝我们冲过来，与我们抱在一起。我们很快向他们介绍了莱克萨，约翰已经从萨拉那里听说过她的情况了。

"这么说，你们正与希特雷库斯·雷厮杀着，而我们就要被一头巨大的派肯兽吞掉了，"九号双臂交叉着说，"这事情还发生得真是时候啊。"

"萨拉怎么样了？"约翰问我。

"她没事。"我对她说，但没有告诉他刚刚到现在我一直没真正见过她。没必要让他担心，他的女朋友可以保护自己。"她现在是一个射击好手了。"

约翰笑了，看样子松了一口气。"萨姆呢？"我问他。

约翰摇摇头："我不知道。他现在有了超能力，在我昏过去之前我看到他也昏迷了。他之前被拉进了埃拉的传心群聊，不过我不知道他现在哪里。"

"他马上就到。"

我们都认得这个声音。埃拉突然出现了，坐在我们梦境里洛里达斯的座椅上。噼啪作响的洛林能量从她的双眼不停往外溢。她将双手放在面前的桌子上，桌子表面冒出了火花。埃拉的头发飘散开来，好像她被静电环绕着似的。我们都注视着她，惊讶得一句话也说不出来。

"埃拉……"玛丽娜是第一个开口的，她朝埃拉走过去，"你还好吗？"

虽然埃拉没有往我们这个方向看，但她很快地笑了笑。她一直注视着她面前空荡荡的空间。她的举止让我想起了尊神，他们现在就像是共用一个身体似的。

"我没事，"埃拉回答，她的声音里有一种回响，好像说话的不止她一个人，又好像有别的对话穿插进来，"不过这种状况我维持不了多久，我们得快点进行了。别被接下来要发生的事所吓到。"

"被什么吓到？"约翰问道。

他的话音刚落，希特雷库斯·雷就出现在埃拉旁边的座椅上，他身上还穿着袭击圣殿时穿的铠甲。我们所有人都往后一退。不过这位莫加多尔领袖没有注意到我们。他没法注意到,因为他的头上现在戴着一个黑色头套。用发光的洛林石做的锁链将希特雷库斯·雷的胸口和肩膀都五花大绑起来。虽然他不停挣扎,他们还是让他坐到了椅子上。

"搞什么鬼啊?"九号问道,小心地朝希特雷库斯·雷走过去。

"他为什么会在这里?"我问埃拉。

"我必须把被超能君触碰过的人都拉进来,"埃拉回答,"要么都来,要么都不来。"

"超能君……什么意思?"

"就是尊神,"她回答,"我给他起了个名字。他似乎对此并不介意。"

玛丽娜咯咯地笑了。其实我也忍不住笑起来,这确实是以前那个埃拉的风格。

"这位超能君能出来自我介绍一下吗?"九号问道,"我想跟他打个招呼,再让他给我些新能力。"

"他就在这里,九号,"埃拉回答道,我觉得我看到她的嘴角扬起来笑了一下,"他就在我的身体里,在这个房间里,在我们周围。"

"哦,好吧。"九号回答。

"他能听到我们说话吗?"约翰瞪着被套住脑袋的希特雷库斯·雷问道。

"不,但他知道发生了一些事情,"埃拉说,"他在反抗我,想挣脱出去。我不知道我能困住他多久。我们到这儿来该做的事,最好还是赶紧做完。"

"我们到这里做什么来了?"我问道。

"每个人都坐下吧。"埃拉回答。

我环顾四周,想看看是否有人跟我一样,觉得这一切很疯狂。约翰和玛丽娜立刻拉开桌子边上的椅子,莱克萨和亚当也学着他们的样。九号与我目光交会,歪着嘴冲我一笑,耸耸肩,像是说"无所谓"。他在约翰旁边坐了下来,我则挤到玛丽娜和埃拉的中间。这样就只剩下了一个座位,希特雷库斯·雷隔壁的那个。没人想坐到那里去。

五号不情不愿地从房间边上走过来,坐到他前主人的身边。他看起来宁愿待在其他任何地方,而且他不敢看我们。

"好极了。"九号冷笑着说。

每个人都入座后,我倾身对埃拉说着悄悄话。我没法不去想我马上就要跟希特雷库斯·雷对决的事。

"埃拉,你说过不跑就得死,"我说道,不知道如何启齿跟这位也许已经死了的能量满溢的朋友讨论她的预言,"那……那是我们仅有的两个选择了吗?如果我与希特雷库斯·雷决战,我会——我们当中的任何人会……"

埃拉前额上的血管跳动起来:"六号,我不可以这么做,我不可以告诉你该怎么做。一切都……一切都还在变化中,难以预料。"

"现在做什么?"约翰打断了我们的对话,向埃拉问道。

她沉默了一会儿才回答,脸上出现了明显的皱纹。她是在努力集中意念做着什么事。

"现在,我会把其他人也带进来。"

"什么其他人?"约翰问道。

我们周围突然人声鼎沸,瞬间我们好像置身于一个人头攒动的派对,因为长老的议事桌周围的场地上都坐满了人。他们都跟我们年纪相仿——有一些也许还年轻几岁——乍一看,他们似乎来自世界各地。许多人正兴奋地互相交谈着,有些在作自我介绍,有些则讨论着刚刚看到的景象,分析希特雷库斯和庇塔库斯故事里的细节,还有一些独自坐着,一脸紧张或恐惧。一个脖子上戴着珠链的棕肤黑发男孩捂着脸在哭,身边有两个金发女孩在安慰他,那两个女孩像是从热可可广告里走出来的人物。从这些人的举止来看,他们像是一直就坐在这里,而我们倒是刚刚被瞬间移动到这里来似的。我想从他们的角度来看,情况就是如此。

萨姆就坐在最前面的一排,一个胡乱扎着辫子、脸色阴沉的女孩坐在他边上。他注视着我,笑眯眯的,无声地说了一声"嗨"。

接着,骚乱开始了。

"看哪!"一个日本女孩尖叫道,过了一会儿我才意识到,她是在指我们。

人群开始窃窃私语,每个人都注意到我们围坐在圆桌旁。一开始,他们一齐出声,一窝蜂地向我们提着根本无法听清的问题。慢慢地,房间里安静了下来,最终出现了一阵礼貌的沉默。他们都是地球人加尔德。我可以想象,对他们来说,这一切是多么不可思议。

现在,我意识到他们是在等我们解释目前的情况。

我环视坐在桌边的这些人:埃拉完全是在游离的状态;她旁边的希特雷库斯·雷一直在扭动挣扎;亚当和五号看样子都恨不得躲到桌子底下去;就连玛丽娜都涨红了脸,一副不自在的样子;九号倒是跟其他人不同,笑嘻嘻地冲着大家点头致意。

"你们好啊。"他说。有些人窃笑起来。

明摆着我们当中必须有一个人出面,说一些更有实质意义的话。

约翰站起身来，椅子擦过大理石地板发出很大的一声响。"是'油管'(YouTube)上的那个人呢。"我听到有人低声说，房间的另一头也有人说了一句："是约翰·史密斯。"约翰看着这些各不相同的脸庞，努力不显出窘态。我看到萨姆朝他竖起来大拇指。约翰深呼吸一口，然后又犹豫了，转身看着埃拉。

"他们全都，呃，会讲英语吗？"

"我正在翻译。"埃拉简略回答道，她的双眼更亮了。

我不知道她是什么时候学会翻译的，不过我不打算再询问她了，显然约翰也不想问。

"嗨，"约翰说道，举起了一只手，人群里有几个人也喃喃地向他问好，"我叫约翰·史密斯。我们是仅存的洛林后裔。"

约翰绕过桌子，站在了希特雷库斯·雷的身边。

"我想你们也看到了我们所看到的景象，对吧？其实故事的结局是，这位希特雷库斯·雷回到了我们的星球——洛林星，屠杀了那里的每一个人，除我们以外的每一个人呢。"他停歇了一会儿，给大家一点时间去理解他所说的话："如果你们不知道那与你们有什么关系，那也许你们都注意到了新闻上播出的外星飞船吧？希特雷库斯·雷到这里来了。他要把他在洛林星上的所作所为在地球上重演一次，除非我们能阻止他。"

约翰尽可能多地与观众进行眼神交流，他非常有领袖风采。

"我说的'我们'不是仅指坐在桌旁的我的朋友们，"约翰继续侃侃而谈，"我指的是你们和我们，在这个房间里的每一个人。"

这话让人群里的孩子们都嘟哝起来。那个在哭泣的夏威夷小孩早已停止了啜泣，听着约翰的讲话，但现在我看到他在左顾右盼地寻找房间的出口。

"我知道这话听起来有些疯狂，似乎也不太公平，"约翰接着说，"几天前，你们还过着正常的生活。现在，毫无预兆地，外星人出现在你们的星球上，而你们开始用意念就能移动物品了。我是说……这里还有人不会用意念移物吗？"

有几个人举起了手，包括那个哭泣的男孩。

"哦，"约翰说，"那你们一定非常疑惑了。你们离开这里之后，一定要试一试。呃……想象你房子里某件东西在空中移动，然后把意念集中在它上面。我向你们保证，你们会感到自己不可思议，也许还会吓到你们的父母。"约翰思索了一会儿："除了心灵传动，还有人具备其他的能力吗？对了，我们称之为超能力。还有人……"

中间一排有个人站起身来。他矮矮胖胖，一头褐发乱蓬蓬的，让我想起了一只绒毛动物玩具。他带着一点德国口音。

"我叫博特朗，"他紧张地环顾四周说，"我们一家都是养蜂人。昨天，我注意到那些蜜蜂……对着我说话。我以为是自己发疯了，但我让蜂群去哪儿，它们就到哪里去了，所以……"

"真是个呆子，"九号悄声对我说，"还是个养蜂的。"

约翰鼓起掌来："真是奇妙，博特朗，这么快就有了一项超能力。你们其他人也一定会得到的，而且不会都是与昆虫交谈的能力。我们可以训练你们如何使用超能力。我们有了解超能力的人，有经验的人……"说到这里，约翰环顾桌边的人。我想我们现在都成了赛邦了。"不管怎么说，你们获得这些超能力都是有缘由的，特别是现在。如果你们还不知道的话，我来告诉你们……那是因为你们应该帮助我们保卫地球。"

这话让在座的人纷纷交谈起来。有些人非常高兴，似乎一早就做好了战斗的准备，但多数人只是犹疑地嘟哝着，跟自己身边的人说着话。

"约翰……"埃拉咬着牙说,"拜托你快点。"

我瞥了一眼希特雷库斯·雷,他的扭动越来越有力了。

约翰举起双手示意大伙儿安静:"我不打算骗你们说我让大家去做的事情并不危险。这事绝对是危险的。我是在要求你们抛下性命、抛下家庭,加入我们,打一场开始于另一个星系的战争。"

从约翰的话语中,我依稀觉得这话他以前也曾说过。我注意到他看了一眼萨姆身边的女孩,她冲他莞尔一笑。

"我显然不能强迫你们加入我们的队伍。过不了多久,你们都会从这个小小的会议中醒过来,回到你们之前所在的地方。希望那里会是安全的。也许我们这些真正去战斗的人,加上全世界的军队,我们所有人……也许就够了。也许我们可以把莫加多尔人打跑,拯救地球。但如果我们失败了,就算你们对这场战争作壁上观……他们也会找上你们的。所以,我请求大家,虽然你们不认识我,虽然我们影响了你们的生活——请与我们并肩作战。帮助我们,拯救这个世界!"

"真棒!"九号为约翰鼓起掌来,"他的话你们都听到了,新丁们,不要再做缩头乌龟,加入战斗吧!"

九号一开口,之前约翰讲话时大家那种尊敬的沉默立刻就被打破了,我们突然变得像在举行新闻发布会似的,四面八方都有人叫喊着提问。

"坐在桌旁的那个是莫加多尔人吗?"

"回到你们的星系里去,疯子们!"

"我怎么才能不再用心灵传动打烂东西呢?"

"我想回家!"

"我们如何阻止他们?"

"你那个眼罩是怎么回事,兄弟?"

"那个吓人的家伙看得到我们吗?"

"他们为什么想把我们杀了呢?"

接着,在这一片嘈杂声中,一个身材瘦长的男人从座位上站起身,他发白的金发留着莫霍克发型,样子像是一个过气很久的朋克摇滚手。他重重地跺了跺脚,我想他的军靴踩在地上的声音也被翻译到这个梦境中来了,因为这一声非常响亮,让大家都闭起了嘴。

"小子,你们是在美国吧?"这个叛逆的年轻人问约翰,话里带着浓重的英国口音,"假设我很想加入战斗,好好对抗这些卑鄙下流的家伙,那我该怎么才能找到你们呢?告诉你们,因为空中悬着一艘巨型飞船,所有的越洋航班都停飞了。"

约翰揉搓着颈后,不知所措:"我……"

埃拉握紧了搭在桌子上的手。"这问题我可以回答。"她说道,声音带着回响,悦耳动听,绝对不是埃拉的声音。那是超能君借她的口在说话。

我们头顶上那幅世界地图上的光点持续地亮了起来。每一个人都转而注意上了天花板。我记得最亮的那些光点是洛林石所在的地方,我们用那些石头进行瞬间转移,但现在有更多暗一些的光点开始出现在地球上。

"这些是洛林石所在的地方,"埃拉说,"最亮的那些已经在这个星球上存在了很长一段时间。其他则是在我来到地球之后才开始慢慢长起来的。很快它们会遍布整个地球。"

玛丽娜大声说道:"我们需要……"她支吾着鼓起了勇气,"我们以前需要有瞬间移动的超能力才能运用那些石头。"

"不再需要了，因为现在我已经被唤醒了，"超能君通过埃拉说道，"洛林石是和你们的超能力互相协调的。你们接近时，就会感到它们的引力。那时你们只需要触碰其中一颗，想象另一颗的位置，余下的就交给洛林石去完成。"

"那是巨石阵吗？"这个英国人仰头看着地图问道，"那好吧。这是可行的了。"

"呃，我想其中有一个在索马里。"有一个人说。

"你们的环境会有更多的改变——"埃拉接着说，但突然就打住了，身子剧烈颤抖起来。她的双手抓着桌子，整个人都融进了那块木头里，火花在她身上噼啪作响。等到再次开口说话时，她用的就是自己的声音，而不是超能君的了。

"他要挣脱了！"埃拉尖叫道。

将希特雷库斯·雷捆绑在座位上的发光的锁链散落开来。断开的链环飞过桌面，不过毫无损伤地从我们身体里穿了过去。埃拉一定是没法坚持用意念限制希特雷库斯·雷的听觉了。他现在不再与我们隔绝。这个前洛林长老和莫加多尔领袖迅速站起身来，他的椅子翻倒在他身后。他一把扯下面罩，在座的人都尖叫起来，慌乱地离开座位，虽然他们根本无处可走。

希特雷库斯·雷将一只手搭在埃拉肩上，她眼里的光芒闪动起来，但她并没有移动。她集中着自己的意念。看到自己的孙女没有反应，他转身看着离他最近的加尔德，那碰巧是五号。希特雷库斯·雷咧嘴一笑。

"你好啊，小子。你想不想第一个跪倒在我面前啊？"

五号害怕得从桌旁一直往后退，加尔德们都站了起来。我做好扑过去的准备，但是我身边的九号似乎毫不担心。

"他在这里什么也做不了，"九号对我说，"我之前想痛揍五号一顿的时候就发现了。"

希特雷库斯·雷将目光转向观众席上的地球人加尔德。我知道他在做什么，他是想记住他们的脸。

"他还是可以做事的，"我说，"别让他看到他们，埃拉！把我们弄出去！"

"我不知道他们对你们说了什么！"希特雷库斯·雷对着观众大吼道，"不过我向你们保证，那都是一派胡言。如果你们看到的景象跟我是一样的，那你们就会知道，洛林人把我的孜孜以求认定为罪行，并因此企图杀害我。来吧！宣誓效忠你们敬爱的领袖，我就会教你们如何真正增强你们的能力。"

人群里没有人跑出来宣誓效忠这个变态的莫加多尔人，但许多人看上去满脸惊恐，那是情有可原的。

"我要将你们放了，"埃拉说，"这个过程会很快。做好准备。"

接着，她眼里的光芒暗淡下去，整个人也瘫倒了。我希望这不会是我与她的最后一次谈话。

"六号……"是约翰的声音，他就站在我身边，"我们很快会联系上的。把大家安全地带回来。"

接着他和九号突然就消失了。

天花板上的地图也开始消失。房间变得昏暗起来，整个梦境都结束了。

许多新来的加尔德已经消失，回到现实世界中。萨姆和他身旁的女孩也走了。不过还剩下一些人，希特雷库斯·雷正盯着他们。

"我见过你们的脸了！"希特雷库斯·雷冲这些地球人喊道，完全无视我们剩下的人，"我会追杀你们的！我会把你们杀了！我会——"

我不能再让这一切这样下去了。

我跳上桌子,挡在希特雷库斯·雷的面前。他停止了咆哮,那双漆黑空洞的眼睛死死地盯住了我的眼睛。我像个职业拳手那样左右跳跃着。

"嗨,混蛋,"我说,"等我们醒过来,我就要杀了你。"

"我们走着瞧。"希特雷库斯·雷回答。

我感觉我们快要回去了。我在此处的身体变得透明,房间里的细节变得模糊。我闻到了圣殿周围火堆浓烟的味道,感觉到肌肤蒙上了尘土。我开始快速移动,用意念活动着我的肌肉,希望在能动弹的时候,它们能迅速做出反应。

"我们走吧!"我喊道,"我们走啊!"

是时候结束这一切了。

第二十三章

　　一切都是在瞬间发生的。虽然梦境感觉很真实，但在那里是感受不到身体重量的。我随随便便地就被推回到自己的世界中，所有的感觉又鲜活起来。火焰的炙热，呛人的烟尘，还有我酸痛的肌肉。因为这一切的冲击，我的膝盖发软。我昏迷了一会儿，身体自然使不上劲，我没法不让自己跌倒。

　　我迎头撞上踉跄着的希特雷库斯·雷，这个大块头的混蛋跟我一样脚步不稳。我听到我脚下哐当一声，明白希特雷库斯·雷手里握住的亚当的剑掉了。

　　我尖叫一声，用尽全身力气将他推开，双手撕扯着他铠甲上的金属鳞片。

　　加油啊，六号。加油！

　　我比希特雷库斯·雷抢先一步稳住自己，这只给了我一两秒钟的先机，但我需要的正是这一两秒。我向前打了个滚，拾起了亚当的剑，一个跃起，立刻挥剑向希特雷库斯·雷的头砍去。

　　在千钧一发之际，希特雷库斯·雷举起了他的前臂。剑砍在他的铠甲上，发出铿锵之声。我把剑抽回来，黑色的血立刻喷射出来。我原本想至少能把他的手臂砍下来，可他的铠甲实在太坚固了，我只是砍伤了他。即使如此，希特雷库斯·雷也吓得睁大了双眼——我想他知道自己差点就没命了。不过他勉强挤出一个微笑，稳住自己，直视着我的眼睛。

"身手太慢了，姑娘，"他咆哮道，"现在我们来看看，你之前夸下的海口是否还能实现。"

我咬紧牙关，用尽全力把剑挥了出去。希特雷库斯·雷轻轻松松举起一个套着护甲的拳头将剑推到一边，这次避开了刀锋，然后一脚踢中我的腹部。我喘不过气来，被踢得站立不稳，重重地跌在地上。我马上就地一滚，避开他随即而来的一脚蹬踏，若是被他踩中，那我的整个脸都要陷进去了。

我翻滚的时候，那把剑卡在了我身下，在我的腿上割出一个浅浅的口子。我从来没有受过使剑的训练，一直觉得没有必要，现在真是后悔了。没有了超能力，这把剑就是我对抗希特雷库斯·雷的唯一武器。他比我更强壮，却和我一样敏捷。我开始觉得我之前应该听从玛丽娜的建议。

我在离希特雷库斯·雷几码远的地方站起身来。说到玛丽娜，我瞥了一眼周围寻找她的踪影。她就在那边——拖着亚当不省人事的身体沿着大坑远端的斜坡往上走。激光枪的火力落在她身边的地上，她被迫躲在坑口一堆灰砖后面隐蔽起来。从枪火的方向来看，似乎莫加多尔人重新聚集在"阿努比斯"号舱门的舷梯周围了。那艘巨型战船依旧在我们头顶盘旋，遮天蔽日，我们只能看见炮铜色的飞船底部。

希特雷库斯·雷又朝我扑过来，我连连后退，躲开他戴着金属护甲的拳头。看到我跳出他出拳的范围，他施展起心灵传动，隔空抓起几块松散的砖块向我掷过来。我用剑将砖头挑开，握剑的双手汗涔涔的。

"你的所谓勇气哪里去了，孩子？"他问道，"你干吗要跑啊？"

就让他以为我打算逃走吧。我是说，我确实是在后退，不过这并非我的目的。我真正的目的是尽可能把希特雷库斯·雷从玛丽娜那一侧的坑口引开。一旦她离开他消融力的作用范围，她就能把亚当治好，那样我们也许还能扭转局面。

我一边避开一块飞石，一边看着玛丽娜揽住亚当的头，然后将双手放在他脸上。她的超能力一定是又能发挥作用了！现在我只需要继续玩猫鼠游戏，直到——

哎呀！

我的脚后跟撞到了一个东西，让我一个仰面向后跌去。我跌到一个软绵绵的东西上，过了一会儿我才意识到我绊到的是埃拉的尸体。她脸色苍白，一动不动，两个鼻孔渗出的黑色液体都凝固住了。她还是一副死去的样子。我没有时间探一下她的脉搏，希特雷库斯·雷就站在我边上。

他收了手，埃拉的尸体霎时间让他无心再战。我不能读懂他那皱纹密布的脸和空洞的眼神，但如果让我猜，我觉得希特雷库斯·雷现在的心情夹杂着悲痛和失望。他以他最恶心的方式关心着他的孙女，一心想把她变成一个像他一样的怪物。他知道自己已经一败涂地，我希望这种痛苦将时刻啃噬他的内心。

"她厌恶你的一切。"我说，举起剑向希特雷库斯·雷的腹股沟刺去。

希特雷库斯·雷努力转身避开。剑锋掠过他的护罩，但接着我的运气来了。剑尖划到侧面，正好刺入铠甲的护板缝隙中，深深地刺进了他的腹股沟。我把剑一带，希特雷库斯疼得叫出声来，黏糊糊的黑血沿着大腿喷涌下来。

"你这个小婊子！"他大吼一声。我没有回答，而是抓起一把尘土，往他的双眼洒去。

我站起身再次跑起来，在他的铠甲上寻找更多的缝隙。那些空隙主要在他的关节处，以便他伸展关节——他的手肘、他的膝盖，自然还有他的头和长了疤的脖子。我立刻对准了这些地方。

"这件事实在拖得太久了！"希特雷库斯·雷大喊，我想他指的不只是现在这场搏杀。这么多年不停追杀我们，让这个老人产生了挫败感，现在我们还要破坏他精心策划的入侵计划。他怒不可遏，而我可以利用这一点。愤怒会让他的战斗失了方寸。

希特雷库斯·雷伸展起来。就在几秒钟之内，他从一个身高八英尺的大块头长成了一个二十英尺高的巨人，居高临下，好像一座塔。关键是他的铠甲跟着他一起变大，而他关节处的缝隙看上去就是更大的标靶了。

现在我只需要留心避免被他压死就行了。没什么大不了的。

我无法再从他身边跑开了，因为他现在占地很广。他朝我扑过来，我转身面对他，保持步履轻盈。

我的计划是先避开他的攻击，也许是从他双腿间跑过去，然后切开他的膝盖后侧。

希特雷库斯·雷现在的拳头有煤渣砖那么大，兜头朝我打了下来。我不知道我能否躲开。

其实我根本就不用躲。就在拳头即将打下来的时候，希特雷库斯·雷后退了几步，捂住自己的脸，痛苦地嚎叫起来。一头鹰头狮身、长着刀锋利爪和靓丽羽翅的动物飞了过来，狠狠地抓挠着他。这是一头狮鹫。一头狮鹫救了我。

伯尼·科萨。上帝保佑BK。

希特雷库斯·雷转身看着这头变形兽，它与他的个头几乎一样大。伯尼·科萨咆哮着，用爪子继续抓挠着希特雷库斯·雷。尽管它很强壮，希特雷库斯却比它还强壮。他一只手握住BK的爪子，把它往前一拉，像摔跤那样勒住了它的头。伯尼·科萨喊叫着，显然疼痛不已。希特雷库斯·雷发出一声像伯尼·科萨那样野兽般的嚎叫，用力扼住了这头变形兽的喉咙。

我不能眼睁睁地看着它这样下去。我用尽全力将剑刺入希特雷库斯·雷膝盖后侧的软组织中，剑锋轻易地刺进去了，他痛苦地喊出声来，松开了BK，踉跄着朝前跌去。我手里的剑被他一扯，松开了。他抬脚往后踢，虽然我努力纵身一跃，他的大脚还是踢中了我的肋部。我感觉到肋骨断了几根。

"拿下他，BK！"我尖叫着，重重跌倒在地。

伯尼·科萨正想猛扑过去，这时我们身后有人猛吸一口凉气，吸引了我们的注意力。

埃拉坐了起来。她又吸了一口气，听上去非常痛苦。她的双眼已经恢复正常了，只是眼角还有洛林能量的火花飞溅出来。她的鼻孔还在渗着黑色的黏液，口里也吐出了一些。

希特雷库斯·雷像拔刺一样把剑从他的小腿后侧拔了出来，这把武器在他的大手里看起来小得可笑。他把剑朝伯尼·科萨掷了出去，施展心灵传动让它继续飞行。BK在千钧一发之际奋力躲开了，但刀锋还是在它的身子一侧割开了一道血淋淋的口子。它受了伤，接着它那威力十足的狮鹫模样开始变回原形。BK来回晃着脑袋，努力维持变身，以继续战斗。

"乖孙女！"希特雷库斯·雷大吼，以他这么大的身形，他的声音也是震耳欲聋的。他跛着脚朝埃拉走去，听起来像是松了一口气似的。"我过去救你。"

埃拉听了，往地上吐出了更多黑色的液体。她非常难受，不管希特雷库斯·雷往她体内注入了什么，她的身体现在都在抗拒着它。我不能让他再把她捉住。

"伯尼·科萨！"我大喊，"把她带走！"

这头受了伤的变形兽用他锐利的鹰眼看了我一下，但毫不犹豫地扑出去。它抢在希特雷库斯·雷前头奔向埃拉，轻轻用爪子攫起她，带着她飞向了丛林。

"不！"希特雷库斯·雷尖叫道，"她是我的！"

希特雷库斯·雷拔腿狂追。他用心灵传动拉扯着伯尼·科萨，努力让这头变形兽慢下来。希特雷库斯·雷差一点就要够着伯尼了，此时一个手提凿岩机大小的冰锥从坑口飞了过来，削过希特雷库斯·雷的侧脸，把他的耳朵削去了一块。

是玛丽娜。她站在坑口边缘，手里已经冒出了另一个冰弹，正要朝希特雷库斯·雷掷过去。在她身边，亚当已经站起身来。他猛地一跺脚，一阵让人牙齿打颤的地震波传过大坑的一侧，松散的砖石和飞船零件随震荡波掉了下来。如果我不是已经站在地面上的话，那地震波会把我也埋了的。希特雷库斯·雷拖着他那条伤腿，重重地跌倒了。不知道是不是我的想象，我觉得他跌倒时缩小了一点。我们已经干扰了他的意念，使他无法继续施展所有的超能力。我试图用我的心灵传动抓起一些弹片朝他扔去，但还是打偏了。

"阿努比斯"号上的火力对准了玛丽娜和亚当，却遭到沿着坑口跑动的马克和萨拉的火力反击。在他们的火力掩护和圣殿的断石残砖的帮助下,我们其实无意中已经将希特雷库斯·雷和他的手下分隔开了。

我瞥了一眼,看到马克的头上有个伤口正在流血,萨拉的一只胳膊上下也都被激光枪烧出好几处可怕的伤口。不过他们看起来都没事。

其实他们的情形比希特雷库斯·雷好,后者的脸被砍伤,耳朵少了一块,腿也被刺中了。他挣扎着跪起来。

我们把他打倒了。我们真的把他打倒了。

玛丽娜又抄起一个冰锥朝希特雷库斯·雷扔了过去。他猛地出拳,在半空中将它击碎。

"我不会死在一帮乳臭未干的娃娃手里的。"他低吼着。但说出来你可能不信,他的语气并非很肯定。

尽管我全身酸痛,喘息连连,我还是努力站起来朝与玛丽娜和亚当相反方向的坑口跑去。如果我们能继续分散开去,希特雷库斯·雷就没办法把我们都纳入他的消融力磁场范围内。我们可以从远处攻击他。

马克和萨拉在与莫加多尔兵激烈交火,但他们还是看到我跑了过去。他们在我和玛丽娜及亚当的中间点停下了脚步。我看到他们交谈了几句,接着萨拉回头快步向我跑来,马克则继续朝其他人跑去。

"看样子你需要个帮手!"萨拉说,往坑里跑了几步,把我拉了上去。

"谢谢。你还好吧?"

"还能坚持。"她回答说。我看得出她是努力不去看胳膊上被激光枪烧伤的地方。

站在这上面,我对我们的处境有了更好的判断。死守在"阿努比斯"号跟前的莫加多尔兵人数出乎意料的少。在我和希特雷库斯·雷激战的时候,其他人一定杀了不少莫加多尔兵。就在我观察情况的时候,马克又让一个兵一枪爆头,化为灰烬。只剩下极少数的几个兵了。

希特雷库斯·雷没有任何增援。

不过他也不会轻易被打倒的。这个莫加多尔霸主还是一副巨无霸的身形,正沿着坑壁朝玛丽娜和亚当爬去。他的腿受了伤,现在正用双手攀爬着。其他人很聪明,没有让他靠近。亚当不停地发出地震波,把希特雷库斯·雷震得踉跄着后退。与此同时,玛丽娜交替着冻结他脚下的土地,并朝他扔冰锥。希特雷库斯·雷的铠甲化解了她大多数的冰弹,但也是有代价的。他不再骂骂咧咧,相反地,他看起来有些绝望。

"你是来掩护我的?"我问萨拉。

"是啊。"

我点点头,朝坑口的玛丽娜和亚当大喊:"就这么干!把能拿到的东西都朝他扔过去!"

亚当增强了他的地震波,玛丽娜扔出更多的冰锥,我感觉地面都震动了起来。萨拉和马克继续不断地向"阿努比斯"号舷梯上的莫加多尔兵开火,杀了一些,把其他人也控制住了。我举起手,集中意念于头顶的天象,开始召唤我力所能及的最大的风暴。就算有"阿努比斯"号在头顶盘旋,我也把云层拉低了,我们周围的空气开始阴沉潮湿起来。很快,那艘飞船就被裹在厚厚的云雾之中。

"哇!"我听见萨拉喊了一声。风暴云积聚在如此接近地面的地方,这种场景可不常见。

我还没完成召唤,就听到一声金属撕裂之声。希特雷库斯·雷不再试图爬出坑口去对付玛丽娜和亚当。他之前过于自负残忍了,现在他变聪明了。他施展心灵传动,将残留的管道从"阿努比斯"号上扯了下来。那台机器的巨大残骸在空中飘浮了片刻,然后就被他扔向了其他人。

"小心!"马克尖叫一声。他和亚当往一个方向跃开,玛丽娜则跳向另一个方向。那根管道撞在他们之间的地面上。他们都没有受伤,但是他们也没用超能力打击他,希特雷库斯·雷差点得以爬出大坑,他大步踩过大片区域。

现在轮到我来把他困在坑底了。

我在空中扭动双手,呼风唤雨。风力开始增强,卷起了许多砖石和尘土。我的脸被小石子打得生疼,眼睛也进了尘土,火辣辣的疼,但我继续施力。我要在希特雷库斯·雷头顶上创造一场龙卷风。

"去死吧,你这个狗娘——"

我的后背一阵剧痛,两块肩胛骨之间的位置被激光枪打中了。我双手双膝着地往前扑去,差点滚落到坑里去了。中枪时我也无法继续凝神了,风立刻小了下来。

"六号!"萨拉喊出声来。她揽住我的腰,我们一起滚到一堆碎石的后面,正好避过了更多的枪击。

枪击不是来自"阿努比斯"号,而是来自丛林。

"保护敬爱的领袖啊!"菲丽·邓拉尖叫着冲了出来,不停开火。她带着一小股莫加多尔兵。他们一定是跑进丛林里,发现并解救了这个原生人,然后兜到我们身后去的。看到援兵,"阿努比斯"号上的莫加多尔兵士气大振。我们一下子陷在交叉火力之中。萨拉试着回击,但对方的火力实在太密集了。她在我身旁蹲了下来。

"六号,现在我们该怎么做?"

我探出头去,正好看到希特雷库斯·雷走到了坑口。他拿起了亚当的剑,拿它当拐杖之用。

玛丽娜就在他前面。

"玛丽娜!离开那里!"我尖叫道。她听不到我的话,我眼睁睁地看着这一切发生。

玛丽娜将双手往前推,希望冰块能向希特雷库斯·雷飞去,但什么动静也没有。她的超能力被消融了。希特雷库斯·雷举起一只手,虽然玛丽娜拼命挣扎,他还是把她从地上提了起来。他用心灵传动力捉住了她。

"啊,天哪,"萨拉喊道,"不好了。"

希特雷库斯·雷将她摔倒在地,然后把她提起来,再次摔在地上。我看着玛丽娜的身体慢慢瘫了下去。每一次他都将她举到离地二十英尺的空中,然后把她摔在硬地上,如此反复不停。

是马克救了她。他绕过摔烂了的管道冲过去,一枪打在希特雷库斯·雷的侧脸上,把他那个血淋淋的洞烧焦了,那里原来是他的耳朵所在的地方。这个莫加多尔人添了新伤,愤怒地尖叫起来,他把玛丽娜的身体朝马克用力掷过去以反击他。他们撞在一起,两个人都跌倒在地。不过马克还能动弹,他抱住玛丽娜,使劲地想扶她起来。

就算离得这么远,我也看出她快不行了。

我没有感到脚踝上烧灼出一个新疤痕——目前还没有。她还活着。

亚当朝马克跑过去,他们一起抱起了玛丽娜,然后躲避着激光枪火,撤进了丛林。

菲丽·邓拉和其他莫加多尔兵已经跑到了希特雷库斯·雷的身边。他们从各个方向将他围了起来,虽然他拒绝别人的帮助,还恶狠狠地把一个大胆想触摸他的莫加多尔兵的脑袋捏得陷了下去。他们护送他走上舷梯,他几乎就要回到"阿努比斯"号上了。

"该死的,不行。"我不满地说,虽然背上痛得钻心,我还是拼命站了起来。

"六号!"萨拉扯住我,"停下!都结束了!"

我不会接受的。我们差一点就成功了,不能就这么让他逃之夭夭。

我还是可以杀了他的。我们还有机会可以打赢。

我从隐蔽处走出来,将双手举向天空,再次卷起大风。圣殿的砖石、来自被炸毁的"掠行者"的扭曲金属块、锐利的玻璃片——全都在一个致命的漏斗状飓风中旋转着。菲丽和她手下的兵朝我射击,我感到大腿被枪击中了,另一枪则打在我肩上。但这些都阻止不了我。

"你这是在自杀啊!"萨拉在我耳边大喊。她站在我身边,回击着莫加多尔兵的枪火。

"回去,"我对她说,"跑到丛林里去。"

"我不会离开你的!"她回答,再次试图抓住我。我甩开了她。

希特雷库斯·雷来到了舷梯顶上。我尖叫一声,用尽全力向前推,将我呼风唤雨的超能力和猛然爆发的心灵传动力结合在一起,把我的大风卷起的所有东西都朝希特雷库斯·雷投掷了过去。

两个活下来的莫加多尔兵在我们这一击之下,顷刻化为了尘土。菲丽·邓拉缩回去,遮住了自己的脸。但希特雷库斯·雷高高地站立在"阿努比斯"号的舱门口,转身对着我,石头和弹片撞在他身上都被反弹了回来。他的心灵传动力和我的撞击在一起。

各种物品向四面八方飞去。在眼角余光中,我看到萨拉手里的激光枪被夺走了。一架"掠行者"碎裂的挡风玻璃像一把闸刀插进我身旁的泥土里。我一次又一次地被打中——我都弄不清击中我的东西是什么,但我还是屹立着,脚后跟陷在土里。我不停地推着。

终于成功了。

一根刻着洛林标志的金属管飞过天空,那是希特雷库斯·雷被毁掉的管道的一部分。管子的一头锋利,呈锯齿状。

它插进了希特雷库斯·雷的胸膛。我看着他一个转身,在这一击之下趔趄后退。我看到菲丽·邓拉尖叫起来。

他的心灵传动力停止了。我感觉到他衰弱下去。

我做到了!

泪水从我的脸颊淌了下来。

我做到了!

菲丽·邓拉和其他人拖着希特雷库斯·雷进入"阿努比斯"号。门在他身后重重关上,舷梯也收了回去。

我跪倒在地。他死了。他必须得死,一定不能让我白费力气。

萨拉双臂环抱住我。

"起来,六号。"她颤抖着声音说,又吸了一口气,咳嗽起来。她受伤了。我们俩都是。"我们得走了!"

我将手搭在萨拉身上,两个人都隐了身。这样我才不用见到那些鲜血。

那么多血。

我希望这些血没有白流。

第二十四章

我在长老议事厅里做出了许多承诺。我告诉那些新来的加尔德我会引领他们,帮他们训练,还说我们可以一起拯救世界。看到他们都在那里,感觉非常奇妙。是的,一些人看上去十分惊恐,一些人则完全糊涂了,还有两个因为被牵扯进来而显得极其生气。但其他大多数人……他们看上去都准备好了。没错,他们是很紧张,但都做好了准备而且愿意挺身而出,加入战斗。

现在,为了履行诺言,我得从一头极度生气的莫加恐龙手里活下来。

我的元神一回到身体内,我就感觉到那头咆哮的野兽呼出的一股臭气扑面而来。它就在我们身后。我的一只胳膊还揽着萨姆,那是我们全都昏过去之前我抓住他的姿势。他也醒了过来,于是我们踉跄着撞在一起,但还是冷静下来一起跑了。

"讲得太好了!"萨姆冲我喊道,"我们现在要死了吗?"

"当然不是。"我回答。

加尔德的聚会不是埃拉的梦境中唯一让我挥之不去的事情,我还沉浸在庇塔库斯·洛尔施展超能力的那一幕中。超吸力，那是洛里达斯口中庇塔库斯·洛尔复制超能力的能力。还有我和亨利见面的事。

想象，他说，想象，回忆。

沃克探员不再对着卫星电话尖叫，而是停下来看着我们。她一定是感觉到出事了，因为我们都僵住了一会儿，像是录影带卡带那样。

"到底出什么事了？"她尖叫道。

"别担心！让你的人都躲起来！"我挥着手喊道。

"你打算怎么对抗那玩意儿呢？"萨姆扭头看了一下问。

"我不知道。"我闷声回答道。

"我们狠狠揍它呗！"九号吼叫道。

沃克和大多数探员利用自由女神像做掩护。想想这头莫加恐龙就跟雕像一样大，我不知道这样做能有什么用。在巨兽往前奔跑时，有名字不详的探员慌张之下绊倒在地。巨兽的行动像头大猩猩，所有的体重都沉在前掌上，它那带爪的后脚紧抓住地面时，在水泥地面上抓出了很多沟壑。对我们来说走运的是，那头新生的怪兽还不太习惯走路。

不过那也没能挽救那个绊倒的探员。我试着用心灵传动力将他拖回来，但我的身手还不够敏捷。这头莫加恐龙挥起一个握紧的拳头，将那个可怜的家伙打扁了。我觉得那头野兽其实都没有注意到他，它那点缀着洛林吊饰的双眼一直只盯着我们看。

它迟早都会抓住我们。我突然想起了在天堂镇第一次遇到六号的那个晚上。那是我第一次被一头派肯兽追赶，虽然那一头根本没有这头巨兽这么大。那天晚上，六号利用隐身术帮我们摆脱了危险。我记得她紧握我的手的样子，还记得能看穿自己的身体带给我的那种让人眩晕的感觉。

回忆。想象。

"约翰?"我们一边跑,萨姆一边尖叫,"约翰!!"

"怎么了?"我也对他喊道,脑子一直不停地转着。

"你——"他瞪着我看,差一点被自己的双脚绊倒,"你刚刚消失了。"

我没有消失,我意识到。我只是隐身了。

"不得了啊,我竟然做到了。"我大声喊道。

"做到什么了?"九号问我。

我没有回答,我的脑子急速运转起来。我刚刚施展了六号的隐身术,虽然只是短暂的一瞬。那么自然,就像回忆起自以为忘记的一个名字。我可以把我们都隐身起来,我们可以逃走,但这就意味着弃沃克和她的手下而不顾。

这些超能力唾手可得,却一直无用武之地。而现在——我怎么利用它呢?我需要时间去练习,去思考清楚,去训练。

接下来我可以施展什么超能力来帮我们打败这头怪兽呢?

沃克探员和她的手下对着这头野兽打光了手中的子弹。那些子弹都被这畜生厚厚的皮给化解了,跟我之前投掷的火球一样毫无作用。这些东西对这头莫加恐龙来说简直就是些小虫子。它完全不去理睬那些探员,而是直接朝我们扑过来。

"快啊!"我喊道,"把它引到草地上去!"那样的话,我们会有更多空间与它厮杀,想想这头怪兽是那么笨拙,如果我们让它一直跑,也许是个好办法。我希望在他追赶我们的时候,我能想出个办法来。

"唉,这下可不妙了。"丹妮拉说。丹妮拉通常跑得又快又稳健,结果在我们冲向草地的时候,她却绊倒了。我拉着她的手臂,拖着她跑。"我在那梦境中出了点事,现在头痛得厉害。"她说。

那头莫加恐龙扒起的水泥块砸在我的肩上。

"我要试试我的招数了,小翰!"九号说罢,从我们身边跑了开去。

"尽管动手。"我说道,心知九号不会去送死的。

九号飞奔到广场边上,那里立着一排带立柱的金属双筒望远镜,是供游客欣赏曼哈顿的风景用的。他将其中两个从地里拔了出来,一只手拿着一个,像拿着球拍一样。接着他朝怪兽扑了过去。他以超级速度飞驰过草地的时候,人都成了一个模糊的身影。

我可以利用这个能力。我努力专心想着九号,想象他的肌肉运动起来的样子,还有他是如何运用超能力提速的。但什么也没发生。

九号直奔它而去时,那头笨拙的畜生显得有些疑惑不解。它犹豫了一下,不知该直接跑向九号还是继续追赶我们余下的人。接着,也许经过它的小脑袋的分析,它觉得保持不动更轻松。于是这头莫加恐龙朝九号发出了一声呼叫。它举起一只大手,打算等九号一到,就一巴掌拍下去。

"他知道自己在做什么吗?"萨姆问道。

"他什么时候知道过啊?"我回答。

我们跑到自由女神像对面的草地边上。一到那儿,丹妮拉就跪倒在地,再也跑不动了。

"天哪,我的头就要爆炸了。"她呻吟道。她缩成一团,用掌根揉搓着自己的双眼。

"她怎么了?"萨姆问我。

"我不知道!"

我们四目相对,同时意识到一件事。我和萨姆一齐转身看着丹妮拉。

"她这是有了新的超能力!"萨姆说。

我在她身旁蹲下:"不管你怎么了,丹妮拉——你得由着它发生!将它释放出来,然后——"那头莫加恐龙对九号猛一挥手,打断了我的话。

这一击非常重,那野兽在广场的混凝土地面上留下了一个六英尺深的手形凹痕。一开始我觉得九号根本不可能活下来,但接着我看到他施展他的反重力超能力,顺着那头莫加恐龙肌肉发达、布满黑色血管的前臂往上跑。

这头怪兽气急败坏地咆哮着,用另一只手去击打九号。九号跑到这头畜生前臂的下方,避开了这一击。他速度很快,而且一直贴着这头莫加恐龙,像只烦人的小虫子那样,在它的胳膊上越跑越远。他跑到了怪兽的头上,我都不知道他到底要干什么。我敢打赌其实九号自己也还不知道。

"约翰!"有人在我身后喊道,"约翰!放开我!"

我转身看见五号跪在草地上挣扎着。我们之前用海岸卫队快艇上的绳子将他绑住了,他那把剑和能帮他将皮肤变为金属的滚珠也被拿走了,所以五号现在害不了人。

"啊,不要啊。"萨姆瞥了一眼五号说。

"我知道那头东西是什么。"五号向我们伸出手说。他又跪倒在地,双手绑在他身前,抬头看着我:"我知道怎么杀死它。我可以帮助你们。"

"说来听听。"我说。

"希特雷库斯·雷管它叫捕猎者,"五号快速说道,"我还在'阿努比斯'号上的时候,他就一直在训练它。它的眼里装配有洛林吊饰，能利用它们感知到任何加尔德的位置。我们毫无退路，只能杀了它。"

五号说话这会儿，九号已经跑到了捕猎者的肩头上。那畜生不再努力想把他拍下来，而是歪着长刺的脑袋，想把九号生吞了。九号将一根金属立柱断裂开的那一头直接插入了怪兽的上颚。那畜生将脑袋转开，嚎叫起来。

我身边的丹妮拉呻吟着。萨姆跪到她旁边，摩挲着她的背。"快点，照约翰说的做。"萨姆说道，但丹妮拉唯一的回应就是呻吟。萨姆抬头看着我说："我们需要弄清楚一件事！如果你们有什么新的厉害招数，现在是时候施展了！"

"他是有了那双眼睛才能跑的，约翰，"五号坚持道，他谁都不理睬，只是看着我，"放开我。我可以帮助你。"

"我干吗要相信你？"我问道。

五号的表情阴沉起来。我看到他拉扯着那些绳子，试探着。他抬头看着我，我看得出他在努力克制自己的愤怒。

"因为如果我真想的话，我可以挣脱这些东西，"五号对我说，"但我不会这么做。你救了我的命，约翰，不管你们怎么想，我跟他是不一样的。"

我知道五号指的是什么——希特雷库斯·雷和庇塔库斯·洛尔。仁慈换来的是恩将仇报。

"我想帮忙，"五号大声喊道，"让我帮你们吧。"

"算了吧。"萨姆说，替我做出了决定。他拿出五号的腕剑，割断了捆住五号的绳子。"大家都来帮忙吧。"

我又瞥了一眼怪兽。九号将剩下的金属柱子不断地插进那畜生的脖子一侧，我看到黑色的血飞溅出来，但他绝对没对怪兽造成多大伤害。接着，怪兽尖叫一声，又朝他拍了下去。这一次，它稍微打到了九号，九号被迫退回到怪兽的背上。

在捕猎者的咆哮声中，我听到了熟悉的直升机嘎吱嘎吱的声音。两架闪亮的黑鹰直升机刚刚从布鲁克林桥上起飞，朝这边过来。这么说，沃克探员也不是一无用处的。

"那个能还给我吗？"五号伸出手向萨姆索要他的武器。

"不行，"我说道，挤到了他们两个的中间，"你说你可以帮忙。那就去帮忙吧。"

五号叹了一口气。"好吧。那就采取费劲的方式吧，"他飞离地面几英尺，然后看着我，"行了，约翰。把我点着吧。"

"什么？"

"把我点着啊！"他大喊。

我非常乐意伤害五号。我点燃了掌中流明，把一个小火球朝他扔了过去。他任由它击中自己，瞬间他的肌肤就覆满了火焰。

"谢谢。"他说罢，就朝捕猎者飞了过去，成了我们自己的燃烧弹。

我在丹妮拉身旁蹲下，将手按在她头上。我倾注了我的疗伤超能力，希望能帮她止痛。不过那其实不是我的疗伤超能力，对吧？那是超吸力，疗伤只是我善于复制的一项能力罢了。这帮不了丹妮拉，但这股能量在我们之间流动的时候，有件事倒是发生了。我突然感觉到了她体内的变化。

我也有相同的感受。我的眼睛受到了一股压力，很重，感觉像是要从我的脸上冲出来似的。

"它都快让我崩溃了！"丹妮拉尖叫道。

"啊，我知道！我也感觉到了！"我回答说，双手抱头，感觉头盖骨就要裂开了似的。

此时,五号带着炙热的火焰,向捕猎者的一只眼睛高速飞去。那怪兽发出一声让人恶心的慌乱叫声,声音比之前都要响。过了一会儿,它的后脑勺出现了一个洞,五号从那里飞了出来。他将一样东西举得高高的,一定是一个洛林吊饰。

"天哪,"萨姆说,"可真够恶心的,不过奏效了。"

捕猎者的脑子刚刚中了一枚人肉子弹,它现在的感觉一定和我与丹妮拉是一样的。它没有像我希望的那样倒地而死。相反地,它更暴躁了。它朝迅速飞走的五号冲了过去。九号还是贴在那畜生身上,但现在知道该怎么伤害到它了,于是他开始朝它剩下的那只眼睛爬去。

这时"黑鹰"直升机到了。他们用导弹袭击捕猎者,却激怒了这头怪物。我虽然很感激他们来帮忙,但他们的武器根本伤不了这畜生。这些飞行员很有可能丢了性命,或是意外地伤到九号和五号。

捕猎者转过身来,猛冲过广场,反手一击差点击落一架直升机。这样一来,五号就很难对那只畜生的另一只眼睛发动攻击了。

捕猎者向后仰起头,咆哮着,那阵臭气足以将九号从它脸上吹下来。他从捕猎者的身上飞起来,朝离它几百英尺的水泥地坠落。我试着施展我的心灵传动力,但距离实在太远,而且我的头一直痛着,无法集中注意力。

五号猛扑下来,他身上的火焰熄灭了。五号没有再次发动袭击,而是在半空中捉住了九号的手腕,然后轻轻地将他带到地面上。九号的回应是:一拳打在他脸上,因为这就是他一贯的作风。

直升机飞行员又将飞机低飞过来。五号和九号落在地面上,正好在捕猎者的前方。情况突然变得很不妙。

"如果你们打算做点什么,现在是时候了!"萨姆喊道。

我不知道该怎么办。我可以感到我从丹妮拉那里复制来的超能力在我体内增强，但我不知道这是什么能力或应该如何使用它。我在这里急得团团转，除了头疼欲裂，什么也做不了。一定还有别的事能做。

丹妮拉痛苦地大喊一声，跳了起来。她推开我们俩，尖叫着。

"我得把它释放出来！"

丹妮拉睁开眼睛，一束密集的银色能量波直射向捕猎者。一开始，她完全无法自控，能量波从她头上喷射出来的时候，看上去特别粗大，而且曲曲折折洒满了怪兽全身。但过了一会儿，丹妮拉掌握了要领。这束光波更细也更集中了。

结果比我希望的还要好。

捕猎者发出一声困惑的尖叫，低头看着自己，发现自己的身体变成了石头。

一看到丹妮拉这样做，我就意识到自己也可以。我专心想着我眼睛后面的压力——就像一块大石头，渴望滚下山坡——然后我将它喷射了出来。光束从我眼里流淌出来，我的目光变成一道银色的光芒。一开始比较难，我不得不用自己的眼睛来控制它，所以不够精准，但我很快就掌握了。丹妮拉也是如此。我们很快就给这头困惑的兽巨大的身躯画上了一道道石头条纹。

捕猎者想向前走去抓住九号和五号，可它的腿再也不听使唤了。它们现在成了坚硬的石块。

几秒钟之后事情就结束了。矗立在自由女神像旁边的是一尊灰色雕像，这是我见过的最难看的莫加多尔艺术品了，困惑而愤怒的表情被永远地定格在了那张可怕的脸上。九号和五号仰头瞪着这玩意儿，莫名其妙得都忘了打架了。直升机绕着它飞行，显然是想确定这野兽不再是威胁，而只是一尊丑陋的塑像。

"喔，"丹妮拉反应过来，接着靠在我身上支撑住自己，"那感觉可一点都不好。"

我搓了搓自己的脸："开玩笑吧。"

"真是太奇妙了！"萨姆大喊，"你就像美杜莎一样。"

"这可不是我作为超级英雄的代号，"丹妮拉厉声回答道，"恶心死了。"

"而你就像——就像——"萨姆兴奋得都说不出话来了。

"就像庇塔库斯·洛尔。"我替他把话说完了。

"天哪，还真是！这太了不起了。你知道这有多了不起吗？"

"是了不起。"

"就像是窃取了我新的超能力。"丹妮拉抱怨说。

我摇了摇头，笑了，这些天来第一次感到轻松了些。九号朝那座怪兽塑像走去，双手叉腰，然后敲了敲那石头。五号则溜回到我们身边。我发现他把从怪兽脑袋里夺走的洛林吊饰戴在了脖子上。我不知道这是他自己放弃的吊饰，还是被希特雷库斯·雷夺走的那枚。或者那枚吊饰属于一位牺牲了的加尔德。我现在不想谈这个。他伸出了双手。

"好吧，我努力了，"他说，"如果你希望的话，可以把我绑起来了。"

我跟萨姆迅速交换了一个眼色。我知道五号刚刚帮过我们，我知道他说过他可以挣开那些绳索，但把他绑起来还是能让我更安心些。他就是个不按常理出牌的人，还是个杀人凶手。我不知道我是不是真的可以信任他。

我捡起几分钟前被萨姆割断的绳索，沃克探员和她幸存的手下向我们走来。她正用卫星电话跟别人低声交谈着。趁她没留意，莫雷探员冲我们咧嘴一笑，竖起了两只大拇指。

直升机停在远处为数不多的一条没被捕猎者破坏的广场步道上，我想他们是想把我们接回到军营里去。我必须弄清其他加尔德的情况。我的脚踝上没有出现新的伤疤，这意味着她们打赢了或者战斗还在进行中。我需要找到她们，找到希特雷库斯·雷，然后把这新的超能力好好施展一番。

好吧，只要我能弄清如何使用它。

"是，长官。"沃克探员对着电话说道，然后把它从脸边拿开，震惊地眨着眼，似乎不相信正在发生的一切，似乎这场对话比我和丹妮拉刚刚创造的怪兽石雕更让她吃惊。她捂住手机话筒，然后把手机递给我："约翰，呃，总统要跟你通话。"

我瞪着她："什么？真的吗？"

沃克点点头："他显然是……呃，改变了主意，想要全力支持洛林人。他希望你立刻赶到华盛顿去共商战略。"

九号朝我们慢悠悠地走过来，我将绳索递给了他。他很高兴能亲手将五号绑起来。"就算你接住了我，我们也不算扯平了。"我听到他对五号嘟哝说。

"是的，没有扯平。"五号轻声说道。

我暂时不去理睬他们，因为我就要跟总统交谈了。我摇摇头，看着沃克："这不是在耍花招吧？"

"不，"沃克冲我晃着电话说，"他是真心的。听起来有点难以置信，但是显然是他的大女儿刚刚看到了某种……景象？你在里头还发表了演说？"

萨姆笑得合不拢嘴："被发现了！"

沃克看着我们俩："我是不是错过什么了？"

"没有，"我说罢，笑着接过了电话，"回头我再向你解释。"

我还没接过沃克的卫星电话，我自己的手机就在后裤兜里震动起来。这个世界上只有两个人知道这个号码——萨拉和六号。如果打给我的是她们，那与希特雷库斯·雷的厮杀一定是结束了。谁知道呢，说不定她们还把那老混蛋给杀了。

"抱歉，"我对沃克说着，拿出了自己的手机。她看着我，像是觉得我疯了。"对总统说稍等，我必须得接这个电话。"

我接起了电话，好心情立刻消失得无影无踪。我可以听到风起云涌的声音，还有远处的激光枪火声和许多的尖叫声。我想那是马克的声音，听起来他像是发了疯似的，拼命喊着某人醒过来。我心里不由得一沉。

接着，萨拉开口了。

"约翰……"她细细的声音颤抖着，"听着，我没多少时间了……"

第二十五章

"抓紧了!"莱克萨从飞行员座椅上扭头喊道,飞船激烈地颠簸着。外面的激光枪嘶嘶作响,差点就打中了我们。她驾着飞机躲开了一阵炮火,猛地使我们往右倾斜。

"阿努比斯"号追着我们,只要能瞄准我们,它的能量大炮就冲我们开火。不过我相信莱克萨会保证我们的安全的。我们的飞船更小、更敏捷,而且她是一个极其出色的飞行员。

"那边出什么事了?"她喊道,将飞机下降到接近丛林的地方,利用树木作为掩护,她的脸上汗水直流,"六号?说话呀,六号!"

我没法说话。

在通道里,埃拉靠着墙坐在我对面,膝盖紧紧地抵住胸口。她抱住自己,前摇后摆,还一直哭着。她的脸被那些流出来的油腻腻的东西弄得脏兮兮的,但至少那些东西不再流了。她的头上偶尔还有洛林能量发出噼噼啪啪的声音。

"我警告过他,"她一遍又一遍地低声对自己说,"我警告过你们所有人会发生什么情况。"

玛丽娜躺在飞船尾部的一张小床上，不省人事，情况很糟糕，她的身体被固定在床上，以避免我们匆忙驾机逃走时被摇来晃去。我都不想去猜测她断了多少根骨头，或是她还会不会再醒过来。

即使如此，绝望哭泣中的马克还是不停地猛烈晃动她的肩膀。

"醒醒啊！"他冲着她大喊，"你是治疗者，该死的！你必须醒过来为她疗伤！"

亚当朝他扑了过去。这个莫加多尔人将马克狠狠地抵在飞船的墙面上，用前臂抵住了他的喉咙。马克挣扎着，亚当再次将他抵在墙上，直到他停了下来。

"住手！你这么摇晃她会害死她的。"亚当低吼道。

"我必须要——"马克哀求道。亚当坚决地摇了摇头。

"你无能为力。"他说道，努力不让语气显得冷酷。

马克将额头抵在亚当的额头上尖叫着："我们本来就不该到这里来！"

一切的混乱似乎都没有打扰到萨拉。她抬头看着我，安详地笑了笑，她的脸色是从没有过的苍白。我刚刚把我的卫星电话给她跟约翰通了话。

"约翰……听着。我没有多少时间了。"她说道，声音又细又弱。

我的双手都是萨拉的鲜血。我尽最大的努力去帮她止血，但伤口太大了。我其实都不知道是什么打中了她，那时空中有太多东西在飞舞。是一件边缘参差的大物件，它直接割开了她侧面臀部以上的部位，割掉了她上身的一大块肉。我在与希特雷库斯·雷搏斗时挨了好几枪，但我会没事的。

没有玛丽娜，萨拉活不了多久。

我震惊不已的时候，她把我从飞机跑道上拉开。我不知道她自己都出了这么多血,又是如何把我拉走的。是情急之下的举动吗?我们一到丛林,她就完全没有了力气。余下的路程我是抱着她回到莱克萨的飞船上的。

飞机地面上都是她的血,我的衣服上也是,还有我的双手。

这些都是因为我,因为她不肯撇下我来独自对抗希特雷库斯·雷。

※※※

蠢女孩,她说不定还救了我一命呢。

"求你,约翰,别说话,听着就好……"萨拉说,"你必须知道,从我在天堂镇高中校门口遇到你的那一刻起,我就知道我们会坠入爱河。我从来都不后悔,一点儿也没有。就算现在也是如此。我全心全意地爱你,约翰。以后也永远这样。那……都是值得的。"

飞船往左侧颠簸。就算我在那里杀了希特雷库斯·雷,也无法阻止阿努比斯号拼命追赶我们。我们如何向约翰解释这一点呢?以后的日子我又该如何自处?

死的应该是我啊。

"我希望……希望能再见你一面,"萨拉轻声说着,泪水涌出了双眼,"也许我还是会见到你的。我会等着你,约翰,不管下一站会在哪里。也许会是……会是洛林星,或是天堂镇。"

伯尼·科萨在萨拉身边躺下来,呜咽着舔着她的脸庞。她微微笑了笑。

"BK 在这里,"她对约翰说,声音听起来游离而难过,"它向你问好呢。"

萨拉喘了一口粗气,咳嗽起来,鲜血从她嘴角淌下来。是内出血。我看到她努力撑住，努力不让自己昏过去。

"答应我，约翰……答应我你会继续战斗。答应我一定要胜利。别让我们的努力都白费了，亲爱的。请你，记住，我爱你，约翰。我永远……"

萨拉不再说话了。她的嘴抽动了一会儿，说不出声来，然后就停住了。我用一只手捂住她的腹部，另一只按住她的脖子，虽然我已经知道了。

她死了。